U0598561

百蝶图

汪曾祺 著

北方文艺出版社

图书在版编目（CIP）数据

百蝶图 / 汪曾祺著 . -- 哈尔滨 : 北方文艺出版社，

2023.4

ISBN 978-7-5317-5515-9

I. ①百… II. ①汪… III. ①小说集 – 中国 – 当代

IV. ① I247

中国版本图书馆 CIP 数据核字 (2022) 第 053989 号

百蝶图
BAIDIETU

作　者 / 汪曾祺

责任编辑 / 赵芳　　　　　　　　　　封面设计 / 璞茜设计
策划编辑 / 孙玉洁
出版发行 / 北方文艺出版社　　　　　邮　编 / 150080
发行电话 / （0451）86825533　　　　经　销 / 新华书店
地　址 / 哈尔滨市南岗区宣庆小区 1 号楼　网　址 / www.bfwy.com

印　刷 / 保定市铭泰达印刷有限公司　开　本 / 787mmx1092mm 1/32
字　数 / 180 千字　　　　　　　　　印　张 / 9
版　次 / 2023 年 4 月第 1 版　　　　印　次 / 2023 年 4 月第 1 次

书　号 / ISBN 978-7-5317-5515-9　　定　价 / 55.00 元

编辑说明

　　汪曾祺（1920—1997），江苏高邮人，中国现当代著名作家，同时也是散文家、戏剧家，京派作家的代表人物。1939年，他以第一志愿考入西南联大中国文学系，师从沈从文。从1940年开始发表作品。他的创作，小说、散文、戏剧等都取得了较高的艺术成就。同时，他的书画作品也颇受读者喜爱。

　　此次出版的汪曾祺文集，共五本，体裁以散文和小说为主，按题材进行分类。为尊重著作原貌，基本保留了特殊历史条件下的特殊表达方式与作家个人的表达习惯，部分篇章的语言表述与今日略有不同之处，未对部分文字进行现代汉语规范化处理，请读者阅读时注意鉴别。

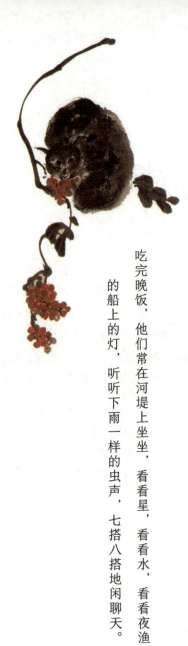

吃完晚饭，他们常在河堤上坐坐，看看星，看看水，看看夜渔的船上的灯，听听下雨一样的虫声，七搭八搭地闲聊天。

1987 年在家中

目 录

辑一　百蝶图

辑二　鉴赏家

辑三　鹿井丹泉

辑四　小学校的钟声

揀了梅苍倦過年

百蝶图

『走水』这词儿想得真是美妙，轿子一抬起来，流苏随轿夫脚步轻轻地摆动起伏，真像是水在走。

侯银匠

白果子树，开白花，
南面来了小亲家。
亲家亲家你请坐，
你家女儿不成个货。
叫你家女儿开开门，
指着大门骂门神。
叫你家女儿扫扫地，
拿着笤帚舞把戏。
……

　　侯银匠店是个不大点儿的小银匠店。从上到下，老板、工匠、伙计，就他一个人。他用一把灯草浸在油盏里，用一个弯头的吹管把银子烧软，然后用一个小锤子在一个钢模子或一个小铁砧上丁丁笃笃敲打一气，就敲出各种银首饰。麻花银镯、小孩子虎头帽上钉的银罗汉、系围裙的银链子、发蓝簪子、点翠簪子……侯银匠一天就这样丁丁笃笃地敲，戴着一副老花镜。

　　侯银匠店特别处是附带出租花轿。有人要租，三天前订好，到时候就由轿夫抬走。等新娘拜了堂，再把空轿抬回来。这顶花轿平常就停在屏门前的廊檐上，一进侯银匠家的门槛就看得见。银匠店出租花轿，不知是一个什么道理。

侯银匠中年丧妻，身边只有一个女儿，他这个女儿很能干。在别的同年的女孩子还只知道梳妆打扮，抓子儿、踢毽子的时候，她已经把家务全撑了起来。开门扫地、掸土抹桌、烧茶煮饭、浆洗缝补，事事都做得很精到。她小名叫菊子，上学之后学名叫侯菊。街坊四邻都很羡慕侯银匠有这么个好女儿。有的女孩子躲懒贪玩，妈妈就会骂一句："你看人家侯菊！"

一家有女百家求，头几年就不断有媒人来给侯菊提亲。侯银匠总是说："孩子还小，孩子还小！"千挑选万挑选，侯银匠看定了一家。这家姓陆，是开粮行的。弟兄三个，老大老二都已经娶了亲，说的是老三。侯银匠问菊子的意见，菊子说："爹作主！"侯银匠拿出一张小照片让菊子看，菊子噗嗤一声笑了。"笑什么？"——"这个人我认得！他是我们学校的老师，教过我英文。"从菊子的神态上，银匠知道女儿对这个女婿是中意的。

侯菊十六那年下了小定。陆家不断派媒人来催侯银匠早点把事办了。三天一催，五天一催。陆家老三倒不着急，着急的是老人。陆家的大儿媳妇、二儿媳妇进门后都没有生养，陆老头子想三媳妇早进陆家门，他好早一点抱孙子。三天一催，五天一催，侯菊有点不耐烦，说："总得给人家一点时间准备准备。"

侯银匠拿出一堆银首饰叫菊子自己挑。菊子连正眼都不看，说："我都不要！你那些银首饰都过了时。现在只有乡下人才戴银镯子、发蓝簪子、点翠簪子，我往哪儿戴，我又不梳髻！你那些银五事现在人都不知道是干什么用的！"侯银匠明白了，女儿是想要金的。他搜罗了一点金子给女儿打了一对秋叶形的耳坠、一条金链子、一个五钱重的戒指。侯菊说："不是我稀罕金东西。大嫂子、二嫂子家里都是有钱的，金首饰戴不完。我嫁过去，有个人来客往的，戴两件金的，也显得不过于寒碜。"侯银匠知道这也是给当爹的做脸，于是加工细做，心里有点甜，又有点苦。

爹问菊子还要什么，菊子指指廊檐下的花轿，说："我要这顶花轿。"

"要这顶花轿？这是顶旧花轿，你要它干什么？"

"我看了看，骨架都还是好的。这是紫檀木的。我会把它变成一顶新的！"

侯菊动手改装花轿，买了大红缎子、各色丝绒，飞针走线，一天忙到晚。轿顶绣了丹凤朝阳，轿顶下一圈鹅黄丝线流苏走水。"走水"这词儿想得真是美妙，轿子一抬起来，流苏随轿夫脚步轻轻地摆动起伏，真像是水在走。四边的帏子上绣的是八仙庆寿。最出色的是轿帘前的一对飘带，是"纳锦"的。"纳"的是两条金龙，金龙的眼珠是用桂圆核剪破了钉上去的（得好些桂圆才能挑得出四只眼睛），看起来乌黑闪亮。她又请爹打了两串小银铃，作为飘带的坠脚。轿子一动，银铃碎响。轿子完工，很多人都来看，连声称赞："菊子姑娘的手真巧，也想得好！"

转过年来，春暖花开，侯菊就坐了这顶手制的花轿出门。临上轿时，菊子说了声："爹！您多保重！"鞭炮一响，老银匠的眼泪就下来了。

　　花轿没有再抬回来，侯菊把轿子留下了。这顶簇新的花轿就停在陆家的廊檐下。

　　侯菊有侯菊的打算。

　　大嫂、二嫂家里都有钱。大嫂子娘家有田有地，她的嫁妆是全堂红木，压箱底一张田契，这是她的陪嫁。二嫂子娘家是开糖坊的。侯菊有什么呢？她有这顶花轿。她把花轿出租。全城还有别家出租花轿，但都不如侯菊的花轿鲜亮，接亲的人家都愿意租侯菊的花轿。这样她每月都有进项。她把钱放在迎桌抽屉里。这是她的私房钱，她想怎么花就怎么花。她对新婚的丈夫说："以后你要买书，订杂志，要用钱，就从这抽屉里拿。"

　　陆家一天三顿饭都归侯菊管起来。大嫂子、二嫂子好吃懒做，饭摆上桌，拿碗盛了就吃，连洗菜、剥葱、涮锅、刷碗都不管。陆家人多，众口难调。老大爱吃硬饭，老二爱吃软饭，公公婆婆爱吃烂饭。各人吃菜爱咸爱淡也都不同。侯菊竟能在一口锅里煮出三样饭，一个盘子里炒出不同味道的菜。

　　公公婆婆都喜欢三儿媳妇。婆婆把米柜的钥匙交给了她，公公连粮行账簿都交给了她，她实际上成了陆家的当家媳妇。她才十七岁。

　　侯银匠有时以为女儿还在身边。他的灯碗里油快干了，就大声喊："菊子！给我拿点油来！"及至无人应声，才一个人笑了："老了！糊涂了！"

　　女儿有时提了两瓶酒回来看看他，椅子还没有坐热就匆匆忙忙走了。侯银匠想让女儿回来住几天，他知道这办不到，陆家一天也离不开她。

侯银匠常常觉得对不起女儿，让她过早地懂事，过早地当家。她好比一树桃子，还没有开足了花，就结了果子。

女儿走了，侯银匠觉得他这个小银匠店大了许多，空了许多。他觉得有些孤独，有些凄凉。

侯银匠不会打牌，也不会下棋。他能喝一点酒，也不多。而且喝的是慢酒。两块从连万顺买来的茶干，二两酒，就够他消磨一晚上。侯银匠忽然想起两句唐诗，那是他錾在"一封书"样式的银簪子上的（他记得的唐诗并不多）。想起这两句诗，有点文不对题：

> 姑苏城外寒山寺，
> 夜半钟声到客船。

故里三陈

陈小手

我们那地方，过去极少有产科医生。一般人家生孩子，都是请老娘。什么人家请哪位老娘，差不多都是固定的。一家宅门的大少奶奶、二少奶奶、三少奶奶，生的少爷、小姐，差不多都是一个老娘接生的。老娘要穿房入户，生人怎么行？老娘也熟知各家的情况，哪个年长的女用人可以当她的助手，当"抱腰的"，不须临时现找。而且，一般人家都迷信哪个老娘"吉祥"，接生顺当。——老娘家都供着送子娘娘，天天烧香。谁家会请一个男性的医生来接生呢？——我们那里学医的都是男人，只有李花脸的女儿传其父业，成了全城仅有的一位女医人。她也不会接生，只会看内科，是个老姑娘。男人学医，谁会去学产科呢？都觉得这是一桩丢人没出息的事，不屑为之。但也不是绝对没有。陈小手就是一位出名的男性的产科医生。

陈小手的得名是因为他的手特别小，比女人的手还小，比一般女人的手还更柔软细嫩。他专能治难产。横生、倒生，都能接下来（他当然也要借助于药物和器械）。据说因为他的手小，动作细腻，可以减少产妇很多痛苦。大户人家，非到万不得已，是不会请他的。中小户人家，忌讳较少，遇到产妇胎位不正，老娘束手，老娘就会建议："去请陈小手吧。"

陈小手当然是有个大名的，但是都叫他陈小手。

接生，耽误不得，这是两条人命的事。陈小手喂着一匹马。这匹马浑身雪白，无一根杂毛，是一匹走马。据懂马的行家说，这马走的脚步是"野鸡柳子"，又快又细又匀。我们那里是水乡，很少人家养马。每逢有军队的骑兵过境，大家就争着跑到运河堤上去看"马队"，觉得非常好看。陈小手常常骑着白马赶着到各处去接生，大家就把白马和他的名字联系起来，称之为"白马陈小手"。

同行的医生，看内科的、外科的，都看不起陈小手，认为他不是医生，只是一个男性的老娘。陈小手不在乎这些，只要有人来请，立刻跨上他的白走马，飞奔而去。正在呻吟惨叫的产妇听到他的马脖子上的銮铃的声音，立刻就安定了一些。他下了马，即刻进产房。过了一会（有时时间颇长），听到哇的一声，孩子落地了。陈小手满头大汗，走了出来，对这家的男主人拱拱手："恭喜恭喜！母子平安！"男主人满面笑容，把封在红纸里的酬金递过去。陈小手接过来，看也不看，装进口袋里，洗洗手，喝一杯热茶，道一声"得罪"，出门上马。只听见他的马的銮铃声"哗棱哗棱"……走远了。

陈小手活人多矣。

有一年，来了联军。我们那里那几年打来打去的，是两支军队。一支是国民革命军，当地称之为"党军"；相对的一支是孙传芳的军队。孙传芳自称"五省联军总司令"，他的部队就被称为"联军"。联军驻扎在天王庙，有一团人。团长的太太（谁知道是正太太还是姨太太），要生了，生不下来。叫来几个老娘，还是弄不出来。这太太杀猪也似的乱叫。团长派人去叫陈小手。

陈小手进了天王庙。团长正在产房外面不停地"走柳"。见了陈小手，说：

"大人，孩子，都得给我保住！保不住要你的脑袋！进去吧！"

这女人身上的脂油太多了，陈小手费了九牛二虎之力，总算把孩子掏出来了。和这个胖女人较了半天劲，累得他筋疲力尽。他趔里歪斜走出来，对团长拱拱手：

"团长！恭喜您，是个男伢子，少爷！"

团长呲牙笑了一下，说："难为你了！——请！"

外边已经摆好了一桌酒席。副官陪着。陈小手喝了两盅。团长拿出二十块现大洋，往陈小手面前一送：

"这是给你的！——别嫌少哇！"

"太重了！太重了！"

喝了酒，揣上二十块现大洋，陈小手告辞了："得罪！得罪！"

"不送你了！"

陈小手出了天王庙，跨上马。团长掏出枪来，从后面，一枪就把他打下来了。

团长说："我的女人，怎么能让他摸来摸去！她身上，除了我，任何男人都不许碰！这小子，太欺负人了！日他奶奶！"

团长觉得怪委屈。

陈四

陈四是个瓦匠，外号"向大人"。

我们那个城里，没有多少娱乐。除了听书，瞧戏，大家最有兴趣的便是看会，看迎神赛会——我们那里叫做"迎会"。

所迎的神，一是城隍，一是都土地。城隍老爷是阴间的一县之主，但是他的爵位比阳间的县知事要高得多，敕封"灵应侯"。他的气派也比县知事要大得多。县知事出巡，哪有这样威严，这样多的仪仗队伍，还有各种杂耍玩艺的呢？再说打我记事起，就没见过县知事出巡过，他们只是坐了一顶小轿或坐了自备的黄包车到处去拜客。都土地东西南北四城都有，保佑境内的黎民，地位相当于一个区长。他比活着的区长要神气得多，但比城隍菩萨可就差了一大截了。他的爵位是"灵显伯"。都土地都是有名有姓的。我所居住的东城的都土地是张巡。张巡为什么会到我的家乡来当都土地呢，他又不是战死在我们那里的，这一点我始终没有弄明白。张巡是太守，死后为什么倒降职成了区长了呢？我也不明白。

都土地出巡是没有什么看头的。短簇簇的一群人，打着一些稀稀落落的仪仗，把都天菩萨（都土地为什么被称为"都天菩萨"，这一点我也不明白）抬出来转一圈，无声无息地，一会儿就过完了。所谓"看会"，实际上指的是看赛城隍。

我记得的赛城隍是在夏秋之交，阴历的七月半，正是大热的时候。不过好像也有在十月初出会的。

那真是万人空巷，倾城出观。到那天，凡城隍所经的耍闹之处的店铺就都做好了准备：燃香烛，挂宫灯，在店堂前面和临街的柜台里面放好了长凳，有楼的则把楼窗全部打开，烧好了茶水，等着东家和熟主顾人家的眷属光临。这时正是各种瓜果下来的时候，牛角酥、奶奶哼（一种很"面"的香瓜）、红瓤西瓜、三白西瓜、鸭梨、槟子、海棠、石榴，都已上市，瓜香果味，飘满一街。各种卖吃食的都出动了，争奇斗胜，吟叫百端。到了八九点钟，看会的都来了。老太太、大小姐、小少爷。老太太手里拿着檀香佛珠，大小姐衣襟上挂着一串白兰花。佣人手里提着食盒，里面是兴化饼子、绿豆糕，各种精细点心。

远远听见鞭炮声、锣鼓声，"来了，来了！"于是各自坐好，等着。

我们那里的赛会和鲁迅先生所描写的绍兴的赛会不尽相同。前面并无所谓"塘报"。打头的是"拜香的"。都是一些十六七岁的小伙子，光头净脸，头上系一条黑布带，前额缀一朵红绒球，青布衣衫，赤脚草鞋，手端一个红漆的小板凳，板凳一头钉着一个铁管，上插一支安息香。他们合着节拍，依次走着，每走十步，一齐回头，把板凳放到地上，算是一拜，随即转身再走。这都是为了父母生病到城隍庙许了愿的，"拜香"是还愿。后面是"挂香"的，则都是壮汉，用一个小铁钩勾进左右手臂的肉里，下系一个带链子的锡香炉，炉里烧着檀香。挂香多的可至香炉三对。这也是还愿的。后面就是各种玩艺了。

十番锣鼓音乐篷子。一个长方形的布篷，四面绣花篷檐，下缀走水流苏。四角支竹竿，有人撑着。里面是吹手，一律是笙箫细乐，边走边吹奏。锣鼓篷悉有五七篷，每隔一段玩艺有一篷。

茶担子。金漆木桶。桶口翻出，上置一圈细瓷茶杯，桶内和杯内都装了香茶。

花担子。鲜花装饰的担子。

挑茶担子、花担子的扁担都极软，一步一颤。脚步要匀，三进一退，各依节拍，不得错步。茶担子、花担子虽无很难的技巧，但几十副担子同时进退，整整齐齐，亦颇婀娜有致。

舞龙。

舞狮子。

跳大头和尚戏柳翠。

跑旱船。

跑小车。

最清雅好看的是"站高肩"。下面一个高大结实的男人，肩上站着一个孩子，也就是五六岁，都扮着戏，青蛇、白蛇、法海、许仙，关、张、赵、马、黄，李三娘、刘知远、咬脐郎、火公窦老……他们并无动作，只是在大人的肩上站着，但是衣饰鲜丽，孩子都长得清秀伶俐，惹人疼爱。"高肩"不是本城所有，是花了大钱从扬州请来的。

后面是高跷。

再后面是跳判的。判有两种，一种是"地判"，一文一武，手执朝笏，边走边跳。一种是"抬判"。两根杉篙，上面绑着一个特制的圈椅，由四个人抬着。圈椅上蹲着一个判官。下面有人举着一个扎在一根细长且薄的竹片上的红绸做的蝙蝠，逗着判官。竹片极软，有弹性，忽上忽下，判官就追着蝙蝠，做出各种带舞蹈性的动作。他有时会跳到椅背上，甚至能在上面打飞脚。抬判不像地判只是在地面做一些滑稽的动作，这是要会一点"轻功"的。有一年看会，发现跳抬判的竟是我的小学的一个同班同学，不禁哑然。

迎会的玩艺到此就结束了。这些玩艺的班子，到了一些大店铺的门前，店铺就放鞭炮欢迎，他们就会停下来表演一会，或绕两个圈子。店铺常有犒赏。南货店送几大包蜜枣，茶食店送糕饼，药店送凉药洋参，绸缎店给各班挂红，钱庄则干脆扛出一钱板一钱板的铜元，俵散众人。

后面才真正是城隍老爷（叫城隍为"老爷"或"菩萨"都可以，随便的）自己的仪仗。

前面是开道锣。几十面大筛同时敲动。筛极大，得吊在一根杆子上，前面担在一个人的肩上，后面的人担着杆子的另一头，敲。大筛的节奏是非常单调的：哐（锣槌头一击）定定（槌柄两击筛面）哐定定哐，哐定定哐定定哐……如此反复，绝无变化。唯其单调，所以显得很庄严。

后面是虎头牌。长方形的木牌，白漆，上画虎头，黑漆扁宋体黑字，大书"肃静""迴避""敕封灵应侯""保国佑民"。

后面是伞——万民伞。伞有多柄，都是各行同业公会所献，彩缎绣花，缂丝平金，各有特色。我们县里最讲究的几柄伞却是纸伞。硖石所出。白宣纸上扎出芥子大的细孔，利用细孔的虚实，衬出虫鱼花鸟。这几柄宣纸伞后来被城隍庙的道士偷出来拆开一扇一扇地卖了，我父亲曾收得几扇。我曾看过纸伞的残片，真是精细绝伦。

最后是城隍老爷的"大驾"。八台大轿，抬轿的都是全城最好的轿夫。他们踏着细步，稳稳地走着。轿顶四面鹅黄色的流苏均匀地起伏摆动着。城隍老爷一张油白大脸，疏眉细眼，五绺长须，蟒袍玉带，手里捧着一柄很大的折扇，端端地坐在轿子里。这时，人们的脸上都严肃起来了，正如鲁迅先生所说：诚惶诚恐，不胜屏营待命之至。

城隍老爷要在行宫（也是一座庙里）呆半天，到傍晚时才"回宫"。回宫时就只剩下少许人扛着仪仗执事，抬着轿子，飞跑着从街上走过，没有人看了。

且说高跷。

我见过几个地方的高跷，都不如我们那里的。我们那里的高跷，一是高，高至丈二。踩高跷的中途休息，都是坐在人家的房檐口。我们县的踩高跷的都是瓦匠，无一例外。瓦匠不怕高。二是能玩出许多花样。

高跷队前面有两个"开路"的，一个手执两个棒槌，不停地"郭郭，郭郭"地敲着。一个手执小铜锣，敲着"光光，光光"。他们的声音合在一起，就是"郭郭，光光；郭郭，光光。"我总觉得这"开路"的来源是颇久远的。老远地听见"郭郭，光光"，就知道高跷来了，人们就振奋起来。

高跷队打头的是渔、樵、耕、读。其中以渔公、渔婆最逗。他们要矮身蹲在高跷上横步跳来跳去做钓鱼撒网各种动作，重心很不好掌握。后面是几出戏文。戏文以《小上坟》最动人。小丑和旦角都要能踩"花梆子"碎步。这一出是带唱的。唱的腔调当中有一出"贾大老爷"。这贾大老爷不知是何许人，只是一个衙役在戏弄他，贾大老爷不时对着一个夜壶口喝酒。他的颟顸总是引得看的人大笑。殿底的是"火烧向大人"。三个角色：一个铁公鸡，一个张嘉祥，一个向大人。向大人名荣，是清末的大将，以镇压太平天国有功，后死于任。看会的人是不管他究竟是谁的，也不论其是非功过，只是看扮演向大人的"演员"的功夫。那是很难的。向大人要在高跷上蹬马，在高跷上坐轿——两只手抄在前面，"存"着身子，两只脚（两只跷）一蹽一蹽地走，有点像戏台上"走矮子"。他还要能在高跷上做"探海""射雁"这些在平地上也不好做的高难动作（这可真是"高难"，又高又难）。到了挨火烧的时候，还要左右躲闪，簸脑袋，甩胡须，连连转圈。到了这时，两旁店铺里的看会人就会炸雷也似的大声叫起"好"来。

擅长表演向大人的，只有陈四，别人都不如。

到了会期，陈四除了在县城表演一回，还要到三垛去赶一场。县城到三垛，四十五里。陈四不卸装，就登在高跷上沿着澄子河堤赶了去。他这一步有丈把远，赶到那里，准不误事。三垛的会，不见陈四的影子，菩萨的大驾不起。

有一年，城里的会刚散，下了一阵雷暴雨，河堤上不好走，他一路赶去，差点没摔死。到了三垛，已经误了。

三垛的会首乔三太爷抽了陈四一个嘴巴，还罚他当众跪了一炷香。

陈四气得大病了一场。他发誓从此再也不踩高跷。

陈四还是当他的瓦匠。

到冬天，卖灯。

冬天没有什么瓦匠活，我们那里的瓦匠冬天大都以糊纸灯为副业，到了灯节前，摆摊售卖。陈四的灯摊就摆在保全堂廊檐下。他糊的灯很精致。荷花灯、绣球灯、兔子灯。他糊的蛤蟆灯，绿背白腹，背上用白粉点出花点，四只爪子是活的，提在手里，来回划动，极其灵巧。我每年要买他一盏蛤蟆灯，接连买了好几年。

陈泥鳅

邻近几个县的人都说我们县的人是黑屁股。气得我的一个姓孙的同学，有一次当着很多人褪下了裤子让人看："你们看！黑吗？"我们当然都不是黑屁股。黑屁股指的是一种救生船。这种船专在大风大浪的湖水中救人、救船，因为船尾涂成黑色，所以叫做黑屁股。说的是船，不是人。

陈泥鳅就是这种救生船上的一个水手。

他水性极好，不愧是条泥鳅。运河有一段叫清水潭。因为民国十年、民国二十年都曾在这里决口，把河底淘成了一个大潭。据说这里的水深，三篙子都打不到底。行船到这里，不能撑篙，只能荡桨。水流也很急，水面上拧着一个一个漩涡。从来没有人敢在这里游水。陈泥鳅有一次和人打赌，一气游了个来回。当中有一截，他半天不露脑袋，半天半天，岸上的人以为他沉了底，想不到一会，他笑嘻嘻地爬上岸来了！

他在通湖桥下住。非遇风浪险恶时，救生船一般是不出动的。他看看天色，知道湖里不会出什么事，就呆在家里。

他也好义，也好利。湖里大船出事，下水救人，这时是不能计较报酬的。有一次一只装豆子的船在琵琶闸炸了，炸得粉碎。事后知道，是因为船底有一道小缝漏水，水把豆子浸湿了，豆子吃了水，突然间一齐膨胀起来，"砰"的一声把船撑炸了——那力量是非常之大的。船碎了，人掉在水里。这时跳下水救人，能要钱么？民国二十年，运河决口，陈泥鳅在激浪里救起了很多人。被救起的都已经是家破人亡，一无所有了，陈泥鳅连人家的姓名都没有问，更谈不上要什么酬谢。在活人身上，他不能讨价；在死人身上，他却是不少要钱的。

人淹死了，尸首找不着。事主家里一不愿等尸首泡胀漂上来，二不愿尸首被"四水捞子"①钩得稀烂八糟，这时就会来找陈泥鳅。陈泥鳅不但水性好，且在水中能开眼见物。他就在出事地点附近，察看水流风向，然后一个猛子扎下去，潜入水底，伸手摸触。几个猛子之后，他准能把一个死尸托上来。不过得事先讲明，捞上来给多少酒钱，他才下去。有时讨价还价，得磨半天。陈泥鳅不着急，人反正已经死了，让他在水底多呆一会没事。

陈泥鳅一辈子没少挣钱，但是他不置产业，一个积蓄也没有。他花钱很撒漫，有钱就喝酒尿了，赌钱输了。有的时候，也偷偷地周济一些孤寡老人，但嘱咐千万不要说出去。他也不娶老婆。有人劝他成个家，他说："瓦罐不离井上破，大将难免阵头亡。淹死会水的。我见天跟水闹着玩，不定哪天龙王爷就把我请了去。留下孤儿寡妇，我死在阴间也不踏实。这样多好，吃饱了一家子不饥，无牵无挂！"

通湖桥桥洞里发现了一具女尸。怎么知道是女尸？她的长头发在洞口外飘动着。行人报了乡约，乡约报了保长，保长报到地方公益会。桥上桥下，围了一些人看。通湖桥是直通运河大闸的一道桥，运河的水由桥下流进澄子河。这座桥的桥洞很高，洞身也很长，但是很狭窄，只有人的肩膀那样宽。桥以西，桥以东，水面落差很大，水势很急，翻花卷浪，老远就听见訇訇的水声，像打雷一样。大家研究，这女尸一定是从大闸闸口冲下来的，不知怎么会卡在桥洞里了。不能就让她这么在桥洞里堵着。可是谁也想不出办法，谁也不敢下去。

去找陈泥鳅。

陈泥鳅来了，看了看。他知道桥洞里有一块石头，突出一个尖角（他小时候老在洞里钻来钻去，对洞里每一块石头都熟悉）。这女人大概是身上衣服在这个尖角上绊住了。这也是个巧劲儿，要不，这样猛的水流，早把她冲出来了。

"十块现大洋，我把她弄出来。"

"十块？"公益会的人吃了一惊，"你要得太多了！"

"是多了点。我有急用。这是玩命的事！我得从桥洞西口顺水蹿进桥洞，一下子把她拨拉动了，就算成了。就这一下。一下子拨拉不动，我就会塞在桥洞里，再也出不来了！你们也都知道，桥洞只有肩膀宽，没法转身。水流这样急，退不出来。那我就只好陪着她了。"

大家都说："十块就十块吧！这是砂锅捣蒜，一锤子！"

陈泥鳅把浑身衣服脱得光光的，道了一声"对不起了！"纵身入水，顺着水流，笔直地窜进了桥洞。大家都捏着一把汗。只听见欻的一声，女尸冲出来了。接着陈泥鳅从东面洞口凌空窜进了水面。大家伙发了一声喊："好水性！"

陈泥鳅跳上岸来，穿了衣服，拿了十块钱，说了声"得罪得罪！"转身就走。

大家以为他又是进赌场、进酒店了。没有，他径直地走进陈五奶奶家里。

陈五奶奶守寡多年。她有个儿子，去年死了，儿媳妇改了嫁，留下一个孩子。陈五奶奶就守着小孙子过，日子很折皱②。这孩子得了急惊风，浑身滚烫，鼻翅扇动，四肢抽搐，陈五奶奶正急得两眼发直。陈泥鳅把十块钱交在她手里，说："赶紧先到万全堂，磨一点羚羊角，给孩子喝了，再抱到王淡人那里看看！"

说着抱了孩子，拉了陈五奶奶就走。

陈五奶奶也不知哪里来的劲，跟着他一同走得飞快。

一九八三年八月一日急就

载一九八三年第九期《人民文学》

① "四水捝子"是一种在水中打捞东西的用具，四面有弯钩，状如一小铁锚，而钩尖极锐利。
② 作者家乡话，意思是很困难，很不顺利。

七里茶坊

我在七里茶坊住过几天。

我很喜欢七里茶坊这个地名。这地方在张家口东南七里，当初想必是有一些茶坊的。中国的许多计里的地名，大都是行路人给取的。如三里河、二里沟、三十里铺。七里茶坊大概也是这样。远来的行人到了这里，说："快到了，还有七里，到茶坊里喝一口再走。"送客上路的，到了这里，客人就说："已经送出七里了，请回吧！"主客到茶坊又喝了一壶茶，说了些话，出门一揖，就此分别了。七里茶坊一定萦系过很多人的感情。不过现在却并无一家茶坊。我去找了找，连遗址也无人知道。"茶坊"是古语，在《清明上河图》《东京梦华录》《水浒传》里还能见到。现在一般都叫"茶馆"了。可见，这地名的由来已久。

这是一个中国北方的普通的市镇。有一个供销社，货架上空空的，只有几包火柴、一堆柿饼。两只乌金釉的酒坛子擦得很亮，放在旁边的酒提子却是干的。柜台上放着一盆麦麸子做的大酱。有一个理发店，两张椅子，没有理发的，理发员坐着打瞌睡。一个邮局。一个新华书店，只有几套毛选和一些小册子。路口矗着一面黑板，写着鼓动冬季积肥的快板，文后署名"文化馆宣"，说明这里还有个文化馆。快板里写道："天寒地冻百不咋①，心里装着全天下。"轰轰烈烈的大跃进已经过去，这种豪言壮语已经失去热力。前两天下过一场小雨，雨点在黑板上抽打出一条一条斜道。路很宽，是土路。两旁的住户人家，也都是土墙土顶（这地方风雪大，房顶多是平的）。连路边的树也都带着黄土的颜色。这个长城以外的土色的冬天的市镇，使人产生悲凉的感觉。

除了店铺人家，这里有几家车马大店。我就住在一家车马大店里。

我头一回住这种车马大店。这种店是一看就看出来的，街门都特别宽大，成天敞开着，为的好进出车马。进门是一个很宽大的空院子。院里停着几辆大车，车辕向上，斜立着，像几尊高射炮。靠院墙是一个长长的马槽，几匹马面墙拴在槽头吃料，不停地甩着尾巴。院里照例喂着十多只鸡。因为地上有撒落的黑豆、高粱，草里有种子，这些母鸡都长得极肥大。有两间房，是住人的。都是大炕。想住单间，可没有。谁又会上车马大店里来住一个单间呢？"碗大炕热"，就成了这类大店招徕顾客的口碑。

我是怎么住到这种大店里来的呢？

我在一个农业科学研究所下放劳动，已经两年了。有一天生产队长找我，说要派几个人到张家口去掏公共厕所，叫我领着他们去。为什么找到我头上呢？说是以前去了两拨人，都闹了意见回来了。我是个下放干部，在工人中还有一点威信，可以管得住他们，云云。究竟为什么，我一直也不太明白。但是我欣然接受了这个任务。

我打好行李，挎包里除了洗漱用具，带了一枝大号的 3B 烟斗，一袋掺了一半榆树叶的烟草，两本四部丛刊本《分类集注杜工部诗》，坐上单套马车，就出发了。

我带去的三个人，一个老刘、一个小王，还有一个老乔，连我四个。

我拿了介绍信去找市公共卫生局的一位"负责同志"。他住在一个粪场子里。一进门，就闻到一股奇特的酸味。我交了介绍信，这位同志问我：

"你带来的人，咋样？"

"咋样？"

"他们，啊，啊，啊……"

他"啊"了半天，还是找不到合适的词句。这位负责同志大概不大认识字。他的意思我其实很明白，他是问他们政治上可靠不可靠。他怕万一我带来的人会在公共厕所的粪池子里放一颗定时炸弹。虽然他也知道这种可能性极小，但还是问一问好。可是他词不达意，说不出这种报纸语言。最后还是用一句不很切题的老百姓话说：

"他们的人性咋样？"

"人性挺好！"

"那好。"

他很放心了，把介绍信夹到一个卷宗里，给我指定了桥东区的几个公厕。事情办完，他送我出"办公室"，顺便带我参观了一下这座粪场。一边堆着好几垛晒好的粪干，平地上还晒着许多薄饼一样的粪片。

"这都是好粪，不掺假。"

"粪还掺假？"

"掺！"

"掺什么？土？"

"哪能掺土！"

"掺什么？"

"酱渣子。"

"酱渣子？"

"酱渣子，味道、颜色跟大粪一个样，也是酸的。"

"粪是酸的？"

"发了酵。"

我于是猛吸了一口气，品味着货真价实、毫不掺假的粪干的独特的、不能代替的、余韵悠长的酸味。

据老乔告诉我，这位负责同志原来包掏公私粪便，手下用了很多人，是一个小财主。后来成了卫生局的工作人员，成了"公家人"，管理公厕。他现在经营的两个粪场，还是很来钱。这人紫棠脸，阔嘴岔，方下巴，眼睛很亮，虽然没有文化，但是看起来很精干。他虽不大长于说"字儿话",但是当初在指挥粪工、洽谈生意时,所用语言一定是很清楚畅达,很有力量的。

掏公共厕所,实际上不是掏,而是凿。天这么冷,粪池里的粪都冻得实实的,得用冰镩凿开,破成一二尺见方大小不等的冰块,用铁锹起出来,装在单套车上,运到七里茶坊,堆积在街外的空场上。池底总有些没有冻实的稀粪,就刮出来,倒在事先铺好的干土里,像和泥似的和好。一夜工夫,就冻实了。第二天,运走。隔三四天,所里车得空,就派一辆三套大车把积存的粪冰运回所里。

看车把式装车,真有个看头。那么沉的、滑滑溜溜的冰块,照样装得整整齐齐,严严实实,拿绊绳一煞,纹丝不动。走个百八十里,不兴掉下一块。这才真叫"把式"!

"叭——"的一鞭,三套大车走了。我心里是高兴的。我们给所里做了一点事了。我不说我思想改造得如何好,对粪便产生了多深的感情,但是我知道这东西很贵。我并没有做多少,只是在地面上挖一点干土,和粪。为了照顾我,不让我下池子凿冰。老乔呢,说好了他是来玩的,只是招招架架,跑跑颠颠。活,主要是老刘和小王干的。老刘是个使冰镩的行家,小王有的是力气。

这活脏一点,倒不累,还挺自由。

我们住在骡马大店的东房——正房是掌柜的一家人自己住的。南北相对,各有一铺能睡七八个人的炕——挤一点,十个人也睡下了。快到春节了，没有别的客人，我们四个人占据了靠北的一张炕，很宽绰。老乔岁数大，睡炕头。小王火力壮，把门靠边。我和老刘睡当间。我那位置很好，靠近电灯，可以看书。两铺炕中间，是一口锅灶。

天一亮，年轻的掌柜就推门进来，点火添水，为我们做饭——推莜面窝窝。我们带来一口袋莜面，顿顿饭吃莜面，而且都是推窝窝。——莜面吃完了，三套大车会又给我们捎来的。小王跳到地下帮掌柜的拉风箱，我们仨就拥着被窝坐着，欣赏他推窝窝的手艺。——这么冷的天，一大清早就让他从内掌柜的热被窝里爬出来为我们做饭，我心里实在有些歉然。不大一会，莜面蒸上了，屋里弥漫着白蒙蒙的蒸汽，很暖和，叫人懒洋洋的。可是热腾腾的窝窝已经端到炕上了。刚出屉的莜面，真香！用蒸莜面的水，洗了脸，我们就蘸着麦麸子做的大酱吃起来。没有油，没有醋，尤其是没有辣椒！可是你得相信我说的是真话：我一辈子很少吃过这么好吃的东西。那是什么时候呀？——一九六〇年！

我们出工比较晚。天太冷。而且得让过人家上厕所的高潮。八点多了，才赶着单套车到市里去。中午不回来。有时由我掏钱请客，去买一包"高价点心"，找个背风的角落，蹲下来，各人抓了几块嚼一气。老乔、我、小王拿一副老掉了牙的扑克牌接龙、瞥七。老刘在呼呼的风声里居然能把脑袋缩在老羊皮袄里睡一觉，还挺香！下午接着干。四点钟装车，五点多就回到七里茶坊了。

一进门，掌柜的已经拉动风箱，往灶火里添着块煤，为我们做晚饭了。

吃了晚饭，各人干各人的事。老乔看他的《啼笑因缘》。他这本《啼笑因缘》是个古本了，封面封底都没有了，书角都打了卷，当中还有不少缺页。可是他还是戴着老花镜津津有味地看，而且老看不完。小王写信，或是躺着想心事。老刘盘着腿一声不响地坐着。他这样一声不响地坐着，能够坐半天。在所里，我就见过他到生产队请一天假，哪儿也不去，什么也不干，就是坐着。我发现不止一个人有这个习惯。一年到头的劳累，坐一天是很大的享受，也是他们迫切的需要。人，有时需要休息。他们不叫休息，就叫"坐一天"。他们去请假的理由，也是"我要坐一天"。中国的农民，对于生活的要求真是太小了。我，就靠在被窝上读杜诗。杜诗读完，就压在枕头底下。这铺炕，炕沿的缝隙跑烟，把我的《杜工部诗》的一册的封面薰成了褐黄色，留下一个难忘的、美好的纪念。

有时，就有一句没一句，东拉西扯地瞎聊天。吃着柿饼子，喝着蒸锅水，抽着掺了榆树叶子的烟。这烟是农民用包袱包着私卖的，颜色是灰绿的，劲头很不足，抽烟的人叫它"半口烟"。榆树叶子点着了，发出一种焦糊的，然而分明地辨得出是榆树的气味。这种气味使我多少年后还难于忘却。

小王和老刘都是"合同工"，是所里和公社订了合同，招来的。他们都是柴沟堡的人。

老刘是个老长工，老光棍。他在张家口专区几个县都打过长工，年轻时年年到坝上割莜麦。因为打了多年长工，庄稼活他样样精通。他有过老婆，跑了，因为他养不活她。从此他就不再找女人，对女人很有成见，认为女人是个累赘。他就这样背着一卷行李——一块毡子、一床"盖窝"（即被）、一个方顶的枕头，到处漂流。看他捆行李的利索劲儿和背行李的姿势，就知道是一个常年出门在外的老长工。他真也是自由自在，也不置什么衣服，有两个钱全喝了。他不大爱说话，但有时也能说一气，在他高兴的时候，或者不高兴的时候。这二年他常发牢骚，原因之一，是喝不到酒。他老是说："这是咋搞的？咋搞的？"——"过去，七里茶坊，啥都有：驴肉、猪头肉、炖牛蹄子、茶鸡蛋……卖一黑夜。酒！现在！咋搞的！咋搞的！"——"'楼上楼下，电灯电话'！做梦娶媳妇，净慕②好事！多会儿？"他年轻时曾给八路军送过信，带过路。"俺们那阵，有什么好吃的，都给八路军留着！早知这样，哼！……"他说的话常常出了圈，老乔就喝住他："你瞎说点啥！没喝酒，你就醉了！你是想'进去'住几天是怎么的？嘴上没个把门的，亏你活了这么大！"

小王也有些不平之气。他是念过高小的。他给自己编了一口顺口溜："高小毕业生，白费六年工。想去当教员，学生管我叫老兄。想去当会计，珠算又不通！"他现在一个月挣二十九块六毛四，要交社里一部分，刨去吃饭，所剩无几。他才二十五岁，对老刘那样的自由自在的生活并不羡慕。

老乔，所里多数人称之为乔师傅。这是个走南闯北，见多识广，老于世故的工人。他是怀来人。年轻时在天津学修理汽车。抗日战争时跑到大后方，在资源委员会的运输队当了司机，跑仰光、腊戌。抗战胜利后，他回张家口来开车，经常跑坝上各县。后来岁数大了，五十多了，血压高，不想再跑长途，他和农科所的所长是亲戚，所里新调来一辆拖拉机，他就来开拖拉机，顺便修修农业机械。他工资高，没负担。农科所附近一个小镇上有一家饭馆，他是常客。什么贵菜、新鲜菜，饭馆都给他留着。他血压高，还是爱喝酒。饭馆外面有一棵大槐树，夏天一地浓荫。他到休息日，喝了酒，就睡在树荫里。树荫在东，他睡在东面；树荫在西，他睡在西面，围着大树睡一圈！这是前二年的事了。现在，他也很少喝了。因为那个饭馆的酒提潮湿的时候也很少了。他在昆明住过，我也在昆明呆过七八年，因此他老愿意找我聊天，抽着榆叶烟在一起怀旧。他是个技工，掏粪不是他的事，但是他自愿报了名。冬天，没什么事，他要来玩两天。来就来吧。

这天，我们收工特别早，下了大雪，好大的雪啊！

这样的天，凡是爱喝酒的都应该喝两盅，可是上哪儿找酒去呢？

吃了莜面，看了一会书，坐了一会，想了一会心事，照例聊天。

像往常一样，总是老乔开头。因为想喝酒，他就谈起云南的酒。市酒、玫瑰重升、开远的杂果酒、杨林肥酒……

"肥酒？酒还有肥瘦？"老刘问。

"蒸酒的时候，上面吊着一大块肥肉，肥油一滴一滴地滴在酒里。这酒是碧绿的。"

"像你们怀来的青梅煮酒？"

"不像。那是烧酒，不是甜酒。"

过了一会，又说："有点像……"

接着，又谈起昆明的吃食。这老乔的记性真好，他可以从华山南路、正义路、一直到金碧路，数出一家一家大小饭馆，又岔到护国路和甬道街，哪一家有什么名菜，说得非常详细。他说到金钱片腿、牛干巴、锅贴乌鱼、过桥米线……

"一碗鸡汤，上面一层油，看起来连热气都没有，可是超过一百度。一盘子鸡片、腰片、肉片，都是生的。往鸡汤里一推，就熟了。"

"那就能熟了？"

"熟了！"

他又谈起汽锅鸡。描写了汽锅是什么样子，锅里不放水，全凭蒸汽把鸡蒸熟了，这鸡怎么嫩，汤怎么鲜……

老刘很注意地听着，可是怎么也想象不出汽锅是啥样子，这道菜是啥滋味。

后来他又谈到昆明的菌子：牛肝菌、青头菌、鸡㙡③，把鸡㙡夸赞了又夸赞。

"鸡㙡？有咱这儿的口蘑好吃吗？"

"各是各的味儿。"

……

老乔白话的时候，小王一直似听不听，躺着，张眼看着房顶。忽然，他问我：

"老汪，你一个月挣多少钱？"

我下放的时候，曾经有人劝告过我，最好不要告诉农民自己的工资数目，但是我跟小王认识不止一天了，我不想骗他，便老实说了。小王没有说话，还是张眼躺着。过了好一会，他看着房顶说：

"你也是一个人，我也是一个人，为什么你就挣那么多？"

他并没有要我回答，这问题也不好回答。

沉默了一会。

老刘说："怨你爹没供你书。人家老汪是大学毕业！"

老乔是个人情练达的人，他捉摸出小王为什么这两天老是发呆，为什么会提出这样的问题，说：

"小王，你收到一封什么信，拿出来我看看！"

前天三套大车来拉粪冰的时候，给小王捎来一封寄到所里的信。

事情原来是这样的：小王搞了一个对象。这对象搞得稍微有点离奇：小王有个表姐，嫁到邻村李家。李家有个姑娘，和小王年貌相当，也是高小毕业。这表姐就想给小姑子和表弟撮合撮合，写信来让小王寄张照片去。照片寄到了，李家姑娘看了，不满意。恰好李家姑娘的一个同学陈家姑娘来串门，她看了照片，对小王的表姐说："晓得人家要俺们不要？"表姐跟陈家姑娘要了一张照片，寄给小王，小王满意。后来表姐带了陈家姑娘到农科所来，两人当面相了一相，事情就算定了。农村的婚姻，往往就是这样简单，不像城里人有逛公园、轧马路、看电影、写情书这一套。

陈家姑娘的照片我们都见过，挺好看的，大眼睛，两条大辫子。

小王收到的信是表姐寄来的，催他办事。说人家姑娘一天一天大了，等不起。那意思是说，过了春节，再拖下去，恐怕就要吹。

小王发愁的是：春节他还办不成事！柴沟堡一带办喜事倒不尚铺张，但是一床里面三新的盖窝、一套花直贡呢的棉衣、一身灯芯绒裤袄、绒衣绒裤、皮鞋、球鞋、尼龙袜子……总是要有的。陈家姑娘没有额外提什么要求，只希望要一支金星牌钢笔。这条件提得不俗，小王倒因此很喜欢。小王已经作了长期的储备，可是算来算去还差五六十块钱。

老乔看完信，说：

"就这个事吗？值得把你愁得直眉瞪眼的！叫老汪给你拿二十，我给你拿二十！"

老刘说："我给你拿上十块！现在就给！"说着从红布肚兜里就摸出一张十元的新票子。

问题解决了，小王高兴了，活泼起来了。

于是接着瞎聊。

从云南的鸡枞聊到内蒙古的口蘑。说到口蘑，老刘可是个专家。黑片蘑、白蘑、鸡腿子、青腿子……

"过了正蓝旗，捡口蘑都是赶了个驴车去。一天能捡一车！"

不知怎么又说到独石口。老刘说他走过的地方没有比独石口再冷的了，那是个风窝。

"独石口我住过，冷！"老乔说，"那年我们在独石口吃了一洞子羊。"

"一洞子羊？"小王很有兴趣了。

"风太大了，公路边有一个涵洞，去避一会风吧。一看，涵洞里白糊糊的，都是羊。不知道是谁的羊，大概是被风赶到这里的，挤在涵洞里，全冻死了。这倒好，这是个天然冷藏库！俺们想吃，就进去拖一只，吃了整整一个冬天！"

老刘说："肥羊肉炖口蘑，那叫香！四家子的莜面，比白面还白。坝上是个好地方。"

话题转到了坝上。老乔、老刘轮流说，我和小王听着。

老乔说：坝上地广人稀，只要收一季莜麦，吃不完。过去山东人到口外打把势卖艺，不收钱。散了场子，拿一个大海碗挨家要莜面，"给！"一给就是一海碗。说坝上没果子。怀来人赶一个小驴车，装一车山里红到坝上，下来时驴车换成了三套大马车，车上满满地装的是莜面。坝上人都豪爽、大方。吃起肉来不是论斤，而是放开肚子吃。他说坝上人看见坝下人吃肉，一小碗，都奇怪："这吃个什么劲儿呢？"他说，他们要是看见江苏人、广东人炒菜：青菜加两三片肉，更会奇怪了。他还说坝上女人长得很好看。他说，都说水多的地方女人好看，坝上没水，为什么女人都长得白白净净？那么大风沙，皮色都很好。他说他在崇礼县看过两姐妹，长得像傅全香。

傅全香是谁，老刘、小王可都不知道。

老刘说：坝上地大，风大，雪大，雹子也大。他说有一年沽源下了一场大雪，西门外的雪跟城墙一般高。也是沽源，有一年下了一场雹子，有一个雹子有马大。

"有马大？那掉在头上不砸死了？"小王不相信有这样大的雹子！

老刘还说，坝上人养鸡，没鸡窝。白天开了门，把鸡放出去。鸡到处吃草籽，到处下蛋。他们也不每天去捡。隔十天半月，挑了一副筐，到处捡蛋，捡满了算。他说坝上的山都是一个一个馒头样的山包。山上没石头。有些山很奇怪，只长一样东西。有一个山叫韭菜山，一山都是韭菜；还有一座芍药山，夏天开了满满一山的芍药花……

老乔、老刘把坝上说得那样好，使小王和我都觉得这是个奇妙的、美丽的天地。

芍药山，满山开了芍药花，这是什么景象？

"咱们到韭菜山上掐两把韭菜，拿盐腌腌，明天蘸莜面吃吧。"小王说。

"见你的鬼！这会儿会有韭菜？满山大雪！——把钱收好了！"

聊天虽然有趣，终有意兴阑珊的时候。天已经很黑了，房顶上的雪一定已经堆了四五寸厚了，摊开被窝，我们该睡了。

正在这时，屋门开处，掌柜的领进三个人来。这三个人都反穿着白茬老羊皮袄，齐膝的毡疙瘩。为头是一个大高个儿，五十来岁，长方脸，戴一顶火红的狐皮帽。一个四十来岁，是个矮胖子，脸上有几颗很大的痘疤，戴一顶狗皮帽子。另一个是和小王岁数仿佛的后生，雪白的山羊头的帽子遮齐了眼睛，使他看起来像一个女孩子——他脸色红润，眼睛太好看了！他们手里都拿着一根六道木二尺多长的短棍。虽然刚才在门外已经拍打了半天，帽子上、身上，还粘着不少雪花。

掌柜的说："给你们做饭？——带着面了吗？"

"带着哩。"

后生解开老羊皮袄，取出一个面口袋。——他把面口袋系在腰带上，怪不道他看起来身上鼓鼓囊囊的。

"推窝窝？"

高个儿把面口袋交给掌柜的：

"不吃莜面！一天吃莜面。你给俺们到老乡家换几个粑粑头吃。多时不吃粑粑头，想吃个粑粑头。把火弄得旺旺的，烧点水，俺们喝一口。——没酒？"

"没。"

"没咸菜？"

"没。"

"那就甜④吃！"

老刘小声跟我说："是坝上来的。坝上人管窝窝头叫粑粑头。是赶牲口的——赶牛的。你看他们拿的六道木的棍子。"随即，他和这三个坝上人搭咯起来：

"今天一早从张北动的身？"

"是。——这天气！"

"就你们仨？"

"还有仨。"

"那仨呢？"

"在十多里外，两头牛掉进雪窟窿里了。他们仨在往上弄。俺们把其余的牛先送到食品公司屠宰场，到店里等他们。"

"这样天气，你们还往下送牛？"

"没法子。快过年了。过年，怎么也得叫坝下人吃上一口肉！"

不大一会，掌柜的搞了粑粑头和几个腌蔓菁来。他们把粑粑头放在火里烧，水开了，把烧焦的粑粑头拍打拍打，就吃喝起来。

我们的酱碗里还有一点酱，老乔就给他们送过去。

"你们那里今年年景咋样？"

"好！"高个儿回答得斩钉截铁。显然这是反话，因为痘疤脸和后生都噗嗤一声笑了。

"不是说去年你们已经过了'黄河'了？"

"过了！那还不过！"

老乔知道他话里有话，就问：

"也是假的？"

"不假。搞了'标准田'。"

"啥叫'标准田'？"

"把几块地里打的粮算在一起。"

"其余的地？"

"不算产量。"

"坝上过'黄河'？不用什么'科学家'，我就知道，不行！"老刘用了一个很不文雅的字眼说："过'黄河'，过毯的个河吧！"

老乔解释："老刘说的对。坝上的土层只有五寸，下面全是石头。坝上一向是广种薄收，要求单位面积产量，是主观主义。"

痘疤脸说："就是！俺们和公社的书记说，这产量是虚的。但人家说：有了虚的，就会带来实的。"

后生说："还说这是：以虚带实。"

我还从来没有听说过"以虚带实"是这样的解释的。

高个儿沉重地叹了一口气："这年月！当官的都说谎！"

老刘接口说："当官的说谎，老百姓遭殃！"

老乔把烟口袋递给他们：

"牲畜不错？"

"不错！也经不起胡糟践。头二年，大跃进，大炼钢铁，夜战，把牛牵到地里，杀了，在地头架起了大锅，大块大块地煮烂，大伙儿，吃！那会儿吃了个痛快；这会，想去吧！——他们仨咋还不来？去看看。"

高个儿说着把解开的老羊皮袄又系紧了。

痘疤脸说："我们俩去。你啦就甭去了。"

"去！"

他们和掌柜的借了两根木杠，把我们车上的钢绳也借去了，拉开门，就走了。

听见后生在门外大声说："雪更大了！"

老刘起来解手，把地下三根六道木的棍子归在一起，上了炕，说：

"他们真辛苦！"

过了一会，又自言自语地说：

"咱们也很辛苦。"

老乔一面钻被窝，一面说：

"中国人都很辛苦啊！"

小王已经睡着了。

"过年，怎么也得叫坝下人吃上一口肉！"我老是想着大个儿的这句话，心里很感动，很久未能入睡。这是一句朴素、美丽的话。

半夜，朦朦胧胧地听到几个人轻手轻脚走进来，我睁开眼，问：

"牛弄上来了？"

高个儿轻轻地说：

"弄上来了。把你吵醒了！睡吧！"

他们睡在对面的炕上。

第二天，我们起得很晚。醒来时，这六个赶牛的坝上人已经走了。

一九八一年五月十一日写成

载一九八一年第五期《收获》

① "百不咋"是无所谓、没关系的意思。
② 慕，是思量、向往的意思。这是很古的语言，元曲中常见。张家口地区保留了很多宋元古语。
③ 鸡圾是一种菌，长在白蚁窝上，味极腴美。
④ 张家口一带不说"淡"，说"甜"。

名士和狐仙

　　杨渔隐是个怪人。怪处之一，是不爱应酬。杨家在县里是数一数二的高门望族，功名奕世，很是显赫。杨渔隐的上一代曾经是一门三进士，实属难得。杨家人口多，共八房。杨家子弟彼此住得很近，都是深宅大院。门外有石鼓，后园有紫藤、木香。他们常来常往，遇有年节寿庆，都要相互宴请。上一顿的肴核才撤去，下一顿的席面即又铺开。照例要给杨渔隐送一回"知单"，请大爷过来坐坐（杨渔隐是大房），杨渔隐抓起笔来画了一个字："谢"，意思是不去。他的堂兄堂弟知道他的脾气，也不再派人催请。杨渔隐住的地方比较偏僻，地名大淖大巷。一个小小的红漆独扇板扉，不像是大户人家的住处。这是一个侧门，想必是另有一座大门的，但是大门开在什么方向，却很少人知道。便是这扇侧门也整天关着，好像里面没有住人。只有厨子老王到大淖挑水，老花匠出来挖河泥（栽花用），女用人小莲子上街买鱼虾菜蔬，才打开一会儿。据曾经向门里窥探过的人说：这座房子外面看起来很朴素，里面的结构装修却是很讲究的，而且种了很多花木。杨渔隐怎么会住到这么一个地方来？也许这是祖上传下来的一所别业，也许是杨渔隐自己挑中的，为了清静，可以远离官衙闹市。

　　杨渔隐很少出来，有时到南纸店去买一点纸墨笔砚，顺便在街上闲走一会儿，街坊邻居就可以看到"大太爷"的模样。他长得微胖、稍矮，很结实，留着一把乌黑的浓髯，双目炯炯有神。

杨渔隐不爱理人，有时和一个邻居面对面碰见了，连招呼都不打一个。因此一街人都说杨渔隐架子大，高傲。这实在也有点冤枉了杨渔隐，他根本不认识你是谁！

杨渔隐交游不广，除了几个做诗的朋友，偶然应渔隐折简相邀，到他的书斋里吟哦唱和半天，是没有人敲那扇红漆板扉的。

杨渔隐所做的一件极大的怪事，是他和女用人小莲子结了婚。

这地方把年轻的女用人都叫做"小莲子"。小莲子原来是伺候杨渔隐夫人的病的。杨渔隐的夫人很喜欢她，一见面就觉得很投缘。杨渔隐的夫人得的是肺痨，小莲子伺候她很周到，给她煎药、熬燕窝、煮粥。杨夫人没有胃口，每天只能喝一点晚米稀粥，就一碟京冬菜。她在床上躺了三年，一天不如一天。她自己知道没有多少日子了，就叫小莲子坐在床前的机凳上，跟小莲子说："我不行了。我死后，你要好好照顾老爷。这样我就走得放心了。我在地下会感激你的。"小莲子含泪点头。

杨夫人安葬之后，小莲子果然对杨渔隐伺候得很周到。每逢换季，单夹皮棉，全都准备好了。冬天床上铺了厚厚的稻草，夏天换了凉席。杨渔隐爱吃鱼，小莲子很会做鱼。鳊、白、鲦、清蒸、汆汤，不老不嫩，火候恰到好处。

日长无事，杨渔隐就教小莲子写字（她原来跟杨夫人认了不少字），小字写《洛神赋》，教她读唐诗，还教她做诗。小莲子非常聪明，一学就会。杨渔隐把小莲子的窗课拿给他的做诗的朋友看，他们都大为惊异，连说："诗很像那么回事，小楷也很娟秀，真是有夙慧！夙慧！"

杨渔隐经过长期考虑，跟小莲子提出，要娶她。"你跟我那么久，我已经离不开你；外人也难免有些闲话。我比你大不少岁，有点委屈了你。你考虑考虑。"小莲子想起杨夫人临终的嘱咐，就低了头说："我愿意。"

把房屋裱糊了一下，请诗友写了几首催妆诗，贴在门后，就算办了事。杨渔隐请诗友们不要把诗写得太"艳"，说："我这不是扶正，更不是纳宠，是明媒正娶地续弦，小莲子的品格很高，不可亵玩！"

杨渔隐娶了小莲子，在他们亲戚本家、街坊邻居间掀起了轩然大波。他们认为这简直是岂有此理！这是杨渔隐个人的事，碍着别人什么了？然而他们愤愤不平起来，好像有人踩了他的鸡眼。这无非是身份门第间的观念作怪。如果杨渔隐不是和小莲子正式结婚，而是娶小莲子为妾，他们就觉得这可以，这没有什么，这行！杨渔隐对这些议论纷纷、沸沸扬扬，全不理睬。

杨渔隐很爱小莲子，毫不避讳。他时常搀着小莲子的手，到文游台凭栏远眺。文游台是县中古迹，苏东坡、秦少游诗酒留连的地方，西望可见运河的白帆从柳树梢头缓缓移过。这地方离大淖很近，几步就到了。若遇到天气晴和，就到西湖泛舟。有人说："这哪里是杨渔隐，这是《儒林外史》里的杜少卿！"

杨渔隐忽然得了急病。一只筷子掉到地上，他低头去捡，一头栽下去就没有起来。

小莲子痛不欲生，但是方寸不乱，她把杨渔隐的过继侄子请来，商量了大爷的后事。根据杨渔隐生前的遗志，桐棺薄殓，送入杨氏祖茔安葬，不在家里停灵。

送走了大爷，小莲子觉得心里空得很。她整天坐在杨渔隐的书房里，整理大爷的遗物：藏书法帖、古玩字画、蕉叶白端砚、田黄鸡血图章，特别是杨渔隐的诗稿，全部装订得整整齐齐，一首不缺。

小莲子不见了！不知道她是什么时候走的。厨子老王等了她几天，也不见她回来。老花匠也不见了。老王禀告了杨渔隐的过继侄儿，杨家来人到处看了看，什么东西都井井有条，一样不缺。书桌上留下一把泥金折扇，字是小莲子手写的。"奇怪！"杨家的本家叔侄把几扇房门用封条封了，就带着满脸的狐疑各自回家。厨子老王把泥金折扇偷偷掖了起来，倒了一杯酒，反复看这把扇子，他也说："奇怪！"

老王常在晚上到保全堂药铺找人聊天。杨家出了这样的事，他一到保全堂，大家就围上他问长问短。老王把他所知道的一五一十都说了。还把那把折扇拿出来给大家看。

座客当中有一个喜欢白话的张汉轩，此人走南闯北，无所不知，是个万事通。他把小莲子写的泥金折扇拿在手里翻来覆去地看，一边摇头晃脑，说："好诗！好字！"大家问他："张老，你对杨家的事是怎么看的？"张汉轩慢条斯理地说："他们不是人。"——"不是人？"——"小莲子不是人。小莲子学做诗，学写字，时间都不长，怎么能到得如此境界？诗有点女郎诗的味道，她读过不少秦少游的诗，本也无足怪。字，是玉版十三行，我们且能写这种字体的小楷的，没人！老花匠也不是人。他种的花，别人种不出来。牡丹都起楼子，荷花是'大红十八瓣'，还都勾金边，谁见过？"

"他们都不是人，那，是什么？"

"是狐仙。——谁也不知道他们是从哪里来的，又向何处去了。飘然而来，飘然而去，不是狐仙是什么？"

"狐仙？"大家对张汉轩的高见将信将疑。

小莲子写在扇子上的诗是这样的：

> 三十六湖蒲荇香，
> 侬家旧住在横塘。
> 移舟已过琵琶闸，
> 万点明灯影乱长。

这需要做一点解释：高邮西边原有三十六口小湖，后来汇在一处，遂成巨浸，是为高邮湖。琵琶闸在南门外，是一个码头。

一九九五年十一月十五日

载一九九六年第二期《大家》

百蝶图

小陈三是个卖绒花的货郎。他父亲活着的时候就是个货郎，卖绒花。父亲死了，子承父业，他十六七岁就挑起货郎担卖绒花。城里人叫他小货郎，也叫他小陈。有些人叫他小陈三，则不知是什么道理。他是个独儿子，并无兄弟。也许因为他人缘好，长得聪明清秀，这么叫着亲切。他家住泰山庙。每天从家里出来，沿科甲巷，越塘，进东门，经王家亭子，过奎楼，奔南市口，在焦家巷、百岁巷、熙和巷等几条大巷子都停一停。把货郎担歇在巷口，举起羊皮拨浪鼓摇一气：布楞、布楞、布楞楞……宅门开了，走出一个大姑娘、小媳妇、老太太。

"小陈三，来了？"

"来了您哪！"

"有好花没有？"

"有！昨天刚从扬州贩来的。您瞧瞧！"

小陈三把货郎担的圆笼一个一个打开，摆在扫净的阶石上让人观赏。

他的担子两头各有四层。已经用了两代人，还是严丝合缝，光泽如新，毫不走形。四层圆屉，摞得高高的，但挑起来没有多大分量，因为里面都是女人戴的花：大红剪绒的红双喜、团寿字，这是老太太要的；米珠子穿成的珠花，是少奶奶订的；绢花、通草花，颜色深浅不一，都好像真花，有的通草花上还伏了一只黑凤蝶，凤蝶触须是极细的"花丝"拧成的，拿在手里不停地颤动，好像凤蝶就要起翅飞走。小陈三一枝一枝送到大姑娘、小媳妇、老太太面前，她们能不买一两枝么？

有的姑娘媳妇是为了看两眼小陈三，才买他的花的。

货郎担的一屉放的是绣花用的彩绒丝线。

一天，小陈挑了货郎担往南城去，到了王家亭子边上，忽然下起雨来。真是瓢泼大雨！雨暴风狂，小陈站不住脚，货郎担被风刮得拧着麻花乱转。附近没有地方可以躲避，小陈只好敲敲王家亭子的玻璃窗，问里面的王小玉，可以不可以让他进来避避雨。

"可以可以！进来进来！"

这王家亭子紧挨东门，正字应该叫做蝶园，本是王家的花园，算得是一处可以供人游赏的名胜。当日王家常在园中宴客，赋诗饮酒。后来王家渐渐衰败，子孙迁寓苏州，蝶园花木凋残，再也听不到吟诗拍曲的声音，只有"亭子"和亭前的半亩荷塘却保留了下来。所谓"亭子"实是一座五间的大厅。大厅四面开窗，十分敞亮。王家把大厅（包括全堂红木家具）和荷塘交给原来的管家老王头看管。清明上坟，偶尔来蝶园看看，平常是不来的。

小陈的上衣都湿透了，小玉叫他脱下来，在小缸灶里抓了一把柴禾，把小陈三的湿衣服搭在烘笼上烤着，扔给他一条手巾，叫他擦擦身上的雨水，给他一件父亲老王头的旧上衣，叫他披披。缸灶火上还炖了一壶茶水——老王头是喝茶的。还好，圆笼里的花没有湿了，但是怕受了潮气，闷得退了色，小玉还是帮小陈一屉一屉揭开，平放在红木条案上。

雨还在下。

小陈说："这雨！"

小玉说："这雨！"

"你一个人，不怕？"

"不怕！怕什么？"

小玉的父亲常常出去，给王家料理一点杂事：完钱粮、收佃户送来的租稻……找护国寺的老和尚聊天、有时还找老朋友喝个小酒，回来时往往是月亮照着城墙垛子了。

小玉胆很大。王家亭子紧挨着城墙，城外荒坟累累，还是杀人的刑场，鬼故事很多，她都不相信，只有一个故事，使她觉得很凄凉：一个外地人赶夜路，到了东门外，想抽一袋烟。前面有几个人围着一盏油灯。赶路人装了一袋烟，凑过去点个火。不想叭叽了半天，烟不着，他用手摸摸火苗，火是凉的！这几个是鬼！外地人赶紧走，鬼在他身后哈哈大笑。小玉时常想起凉的火、鬼哈哈大笑。但是她并不汗毛直竖。这个鬼故事有一种很美的东西，叫她感动。

小玉的母亲死得早，她十四岁就支撑门户，打里打外，利利落落，凡事很有决断。

母亲是个绣花女工，小玉从小就学会绣花。手很巧，平针、"乱厾"、挑花、"纳锦"都会。绣帐檐、门帘、枕头顶，都成。她能出样子、配颜色，在县城里有些名气，"打子儿""七色晕"，她为甄家即将出阁的小姐绣的一对门帘飘带赢得很多人称赞。白缎地子，平金纳锦飞龙。难的是龙的眼睛，眼珠是桂圆核壳钉上去的。桂圆核壳剪破，打了眼，头发丝缝缀。桂圆核很不好剪，一剪就破，又要一般大，一样圆，剪坏了好多桂圆，才能选出四颗眼珠。白地、金龙、乌黑闪亮的龙眼睛，神气活现。

小陈三看王小玉的绣活，王小玉看小货郎的绒花。喝着老王头的土叶茶，说着话，雨停了，小陈的上衣也干了，小陈告辞。小玉送到门口：

"常来！"

"哎，来！"

小陈三果然常来歇脚。他们说了很多话，还结伴到扬州辕门桥去过几次。小陈三办货，小玉买彩绒丝线。

王小玉是个美人，长得就像王家亭子前才出水的一箭荷花骨朵，细皮嫩肉，一笑俩酒窝。但是你最好不要招惹她。她双眼一瞪，够你小子哆嗦一会子，她会拿绣花针给你身上留下一点记号。

都说王小玉和小陈三是天生的一对。

小玉对小陈是喜欢的，认为他本小利薄，但是是一个有

志气、有出息的后生。小玉对她自己的，也是小陈三的前途有
个"远景规划"。她叫小陈在南市口租一个门面，当中是店堂，
两边设两个玻璃砖面的小柜台。一边卖她的绣活，小陈帮她接
活，记帐；一边还可以由小陈卖绒花丝线。小陈可以不必再挑
货郎担——愿意挑也可以，只是一天磨鞋底子，太辛苦了。兢
兢业业，做上几年，小日子会红火起来的。"斗升之家"还能
指望什么呢？

对小玉的"蓝图"，小陈表示完全同意，只是：

"太委屈你了！"

"我愿意！"

有一个人不愿意。

谁？

小陈的妈。

小陈的父亲死得早，妈年轻守寡。她是个非常要强的女人。
她眼睛有病，双眼有翳——白内障，见人只模模糊糊看见脸，
眉眼分不太清，对面来人，听说话才知道是谁。就这样，她还
一天不拾闲，忙忙碌碌，家里收拾得"一水也似的"。儿子爱
王小玉，她知道，因为儿子早在她耳朵跟前夸小玉，怎么好看，
怎么能干，什么事都拿得起，放得下。老太太只是听着，不言
语，转着灰白的眼珠子，好像想什么心事。

王小玉给孙家四小姐绣了一个幔帐。这孙四小姐是个很讲
究的，欣赏品味很高的才女，衣着都别出心裁，不落俗套。她

曾经让小玉绣过一"套"旗袍。一套三件。她一天三换衣，但是乍看看不出来，三件都绣的是白海棠，早起，海棠是骨朵；中午，海棠盛开了；晚上，海棠开败了。她要出嫁了，要小玉绣一个幔帐。她讨厌凤穿牡丹这样大红大绿的花样，让小玉给她绣一幅"百蝶图"。她收藏了一套《滕王蛱蝶》大册页，叫小玉照着绣。

小玉花了一个月，绣得了，张挂在王家亭，请孙四小姐来验看。孙四小姐一进门，失声说了一个字："好！"王小玉绣的《百蝶图》轰动一城，来看的人很多。

小陈三的妈也来了。经过一个眼科名医金针拨治，她的眼睛好多了，已经能看清楚黄瓜茄子。她凑近去细看了《百蝶图》，越看越有气。

小陈跟老太太提出要把小玉娶过来，他妈瞪着浑浊的眼睛喊叫起来：

"不行！"

小玉太好看，太聪明，太能干，是个人尖子。她的家里，绝对不能有个人尖子。她不能接受，不能容忍！

她宁可要一个窝窝囊囊的平庸的儿媳。

来了一个人尖子，把她往哪儿搁？

"你要娶王小玉，除非等我死了！"

小陈三不明白母亲为什么生那么大的气。小陈是个孝子。"顺者为孝。"他只好听妈的，没有在家里吵嚷吼叫，日子过得还是平平静静的。但是小陈的妈知道，儿子和妈之间在感情上发生了很大的变化，她知道儿子对她有一种刻骨的怨恨。他一天不说话。他们的关系已经不是母亲和儿子，而是仇敌。

小陈的妈有时也觉得做了一件错事。她也想求儿子原谅她，但是，决不！她没有错！

她为什么有如此恶毒的感情，连她自己也莫名其妙。

一九九六年七月二十三日

载一九九六年第六期《中国作家》

合锦

　　魏小坡原是一个钱谷师爷。"师爷"是衙门里对幕友的尊称，分为两类。一类是参谋司法行政的，称为"刑名师爷"；一类是主办钱粮、税收、会计的，称为"钱谷师爷"。"刑名师爷"亦称"黑笔师爷"；"钱谷师爷"亦称"红笔师爷"。他们有点近乎后来的参谋、秘书班子。虽无官职，但出谋划策，能左右主管官长的思路举措。师爷是读书人考取功名以外的另一条生活途径，有他们自己一套价值观念。求财取利的法门，也是要从师学习的。师爷自成网络，互通声气，翻云覆雨，是中国的吏治史上的一种特殊人物。师爷大都是绍兴人，鲁迅文章中曾经提到过。京剧《四进士》中道台顾读的师爷曾经挟带赃款，不辞而别，把顾读害得不浅。清室既亡，这种人没有了，代之而起的是秘书、干事。但是地方官有些事，如何逢迎辖治、推诿延宕……还得把老师爷请去，在"等因奉此"的公文稿上斟酌一番，趋避得体，动一两句话，甚至改一两个字，果然是"一鞭一条痕，一掴一掌血"，老辣之至。事前事后，当官的自然不会叫他们白干，总得有一点"意思"。

　　魏小坡已经三代在这个县城当师爷。"民国"以后就洗手不干了，在这里落户定居。除了说话中还有一两句绍兴字眼，如"娘东戳杀"，吃菜口重，爱吃咸鱼和霉干菜，此外已经和本地人没有什么两样。他在钱家伙买了四十亩好田（他是钱谷师爷，对田地的高低四至、水源渠堰自然非常熟悉），靠收租过日子。虽不算缙绅之家，比起"挑箩把担"的，在生活上却优裕得多。

他的这座房屋的格局却有些特别，或者也可以说是不成格局。大门朝西，进门就是一台锅灶。有锅三口：头锅、二锅、三锅。正当中是一个矮饭桌，是一家人吃饭的桌子。魏小坡家人口不多，只有四口人。不知道为什么在这样的矮桌上吃饭。南边是两间卧室，住着魏小坡的两个老婆，大奶奶和二奶奶。两个老婆是亲姊妹。姊妹二人同嫁一个丈夫，在这县城里并非绝无仅有。大奶奶进门三年，没有生养，于是和双亲二老和妹妹本人商量，把妹妹也嫁过来。这样不但妹妹可望生下一男半女，同时姊妹也好相处，不会像娶个小搅得家宅不安。不想妹妹进门三年仍是空怀，姐姐却怀上了，生了一个儿子！

大奶奶为人宽厚。佃户送租子来，总要留饭，大海碗盛得很满，压得很实。没有什么好菜，白菜萝卜烧豆腐总是有的。

锅灶间养着一只狮子玳瑁猫，一只黄狗。大奶奶每天都要给猫用小鱼拌饭，让黄狗啃得到骨头。

出锅灶间，往后，是一个不大的花园。魏小坡爱花。连翘、紫荆、碧桃、紫白丁香……都开得很热闹。魏小坡一早临写一遍《九成宫醴泉铭》，就靸着鞋侍弄他的那些花。八月，他用莲子（不是用藕）种了一缸小荷花，从越塘捞了二三十尾小鱼秧养在荷花缸里，看看它们悠然来去，真是万虑俱消，如同置身濠濮之间。冬天，腊梅怒放，天竺透红。

　　说魏家房屋格局特别，是小花园南边有一小侧门，出侧门，地势忽然高起，高地上有几间房，须走上五六级"坡台子"（台阶）才到。好像这是另外一家似的。这是为了儿子结婚用的。

　　魏小坡的儿子名叫魏潮珠（这县西边有一口大湖，叫氅射湖，据说湖中有神珠，珠出时极明亮，岸上树木皆有影，故湖亦名珠湖）。魏大奶奶盼着早一点抱孙子，魏潮珠早就订了亲，就要办喜事。儿媳妇名卜小玲，是乾陞和糕饼店的女儿，两家相距只二三十步路。

　　我陪我的祖母到魏家去（我们两家是斜对门）。魏家的人听说汪家老太太要来，全都起身恭候。祖母进门道了喜，要去看看魏小坡种的花。"唔，花种得好！花好月圆，兴旺发达！"她还要到后面看看。后面的房屋正中是客厅，东边是新房，西边一间是魏潮珠的书房，全都裱糊得四白落地，簇新。我对新房里的陈设，书房里的古玩全都不感兴趣，只有客厅正面的画却觉得很新鲜。画的是很苍劲的梅花。特别处是分开来挂，是四扇屏；相挨着并挂，却是一个大横幅。这样的画我没有见过。回去问父亲，父亲说："这叫'合锦'，这样的画品格低俗，和一个钱谷师爷倒也相配。他这堂画用的是真西洋红，所以很鲜艳。"

　　卜小玲嫁过来，很快就怀了孕。

　　魏大奶奶却病了，吃不下东西，只能进水，不能进食，这是"噎嗝"。"疯痨气臌嗝，阎王请的客"，这是不治之症，请医服药，只能拖一天算一天。

一天，大奶奶把二奶奶请过来，交出一串钥匙，对妹妹说："妹妹，我不行了，这个家你就管起吧。"二奶奶说："姐姐，你放心养病。你这病能好！"可是一转眼，在姐姐不留神的时候，她就把钥匙掖了起来。

没有多少日子，魏大奶奶"驾返瑶池"了，二奶奶当了家。

二奶奶持家和大奶奶大不相同。她非常啬刻。煮饭量米，一减再减，菜总是煮小白菜、炒豆腐渣。女用人做菜，她总是嫌油下得太多。"少倒一点！少倒一点！这样下油法，万贯家财也架不住"咸菜煮小鱼、药芹（水芹菜），这是荤菜。她的一个特点是不相信人，对人总是怀疑、嘀咕、提防，觉得有人偷了她什么。一个女用人专洗大件的被子、帐子，通阴沟、倒马桶，力气很大。"她怎么力气这样大呢？"于是断定女用人偷吃了泡锅巴。丢了一点什么不值几个钱的东西：一块布头、一团烂毛线，她断定是出了家贼，"家贼难防狗不咬！"有一次丢失了一个金戒指，这可不得了，搅得天翻地覆。从里到外搜了用人身子，翻遍了被褥，结果是她自己藏在梳头桌的小抽屉里了！卜小玲坐月子，娘家送来两只老母鸡炖汤。汤放在儿媳妇"迎桌"的沙锅里。二奶奶用小调羹舀了一勺，聚精会神地尝了尝。卜小玲看看婆婆的神态，知道她在琢磨吴妈是不是偷喝了鸡汤又往汤里兑了开水。卜小玲很生气，说："吴妈是我小时候的奶妈，我是喝了她的奶长大的，她不会偷喝我的鸡汤！婆婆你就放心吧！你连吴妈也怀疑，叫我感情上很不舒服！"——"我这是为你！知人知面不知心，难说！难说！"卜小玲气得面朝里，不理婆婆："什么人哩！"二奶奶这样多疑，弄得所有的人都不舒服。原来有说有笑、和和气气的一家人，弄得清锅冷灶，寡淡无聊。谁都怕不定什么时候触动二奶奶的一根什么筋，二奶奶的脸上刷地一下就挂下了一层六月严霜。猫也瘦了，狗也瘦了，人也瘦了，花也瘦了。二奶奶从来不为自己的多疑觉得惭愧，觉得对不起人。她觉得理所应该。魏小坡说二奶奶不通人情，她说："过日子必须刻薄成家！"魏小坡听见，大怒，拍桌子大骂："下一句是什么？"①

　　魏家用过几次用人，有一回一个月里竟换了十次用人。荐头店②要帮人的，听说是魏家，都说："不去！"

　　后客厅的梅花"合锦"第三条的绫边受潮脱落了，魏小坡几次说拿到裱画店去修补一下，二奶奶不理会。这个屏条于是老是松松地卷着，放在条几的一角。

载一九九六年第四期《收获》

---

① 出自朱柏庐《治家格言》："刻薄成家，理无久享。"
② 专为介绍女佣的店铺叫"荐头店"或"荐头行"。

要账

　　张老头八十六了（我很反对把所有数目字都改成阿拉伯字，那样很别扭），身体还挺好，只是耳朵聋，有时糊涂。有一次他一个人到铁匠营去，找不到自己的家了。他住在蒲黄榆，从蒲黄榆到铁匠营只有半站地。从此他就不往离他的家十步以外的地方蹓跶。他总是在他所住的居民楼的下面的墙根底下坐着，除了刮大风，下雨，下雪。带着他的全部装备：一个马扎，一个棉垫子，都用麻绳吊在一起；一个紫红色的尼龙绸口袋，里面装的是眼镜盒——他其实不看报，烟卷——他抽的是最次的烟，烟嘴，火柴……他手指上戴了三四个黄铜的戒指，纽扣孔里拖出一条钥匙链，一头塞在左上角衣兜里，仿佛这是一个怀表——他"感觉"这就是怀表。他的腕子上经常套着山桃核的手串；有时是山核桃的，有时甚至是一串算盘珠。除了回家吃饭，他一天就这么坐着。

　　他不是一段木头，是个人。是人，脑子里总要想一些事。

　　这几个月来他天天想的一件事是他要到天津跟老李要账。老李欠他五十块钱，他要去要回来。他跟他的二儿子说，叫儿子陪他上天津去。儿子说："老李欠你五十块钱？我怎么没听说过？这是哪儿的事呀？"——"你知不道！那是俺们在天津'跑腿儿'时候的事，你知不道，你还年轻！"儿子被他纠缠不过，只好陪他上了一趟天津，七拐八弯到处打听，总算把老李找到了。

李老头也八十多了。

老哥俩见面倒还都认识。

奉了茶，敬了烟，李老头说：

"张大哥身子骨还挺硬朗？"

"硬朗着哪！"

"您咋会上天津来啦？有事？找人？"

过去有那么一路人，人家有什么事，他去帮忙打杂，叫做"跑腿儿"。

"有事！找人！"

"找谁？"

"找你！"

"找我有什么事？"

"找你要账。"

"找我要账？我欠你的账？"

"欠。"

"什么时候我欠过你的账？"

"那年，还是在咱们跑腿儿的时候，咱们合计过，合伙开一个煤铺，有这事没有？”

“有。”

“咱们合计，一个拿出五十块钱，有这事没有？”

“有。”

“你没拿这五十块钱，是不？”

“这事没有弄成，吹了。”

“管他吹了不吹了。你答应拿出五十块钱，你没拿，你欠我五十块钱，这钱你得还我。”

“你也答应拿五十块钱，你也没拿呀！”

“那是我的事，你不用管。你还我钱。”

两个老头吵得不可开交，只好上派出所去解决。

值班的民警听了两个老头的申诉，说：

“李老头和张老头合计合伙开煤铺，李老头答应拿出五十块钱，李老头没拿，李老头欠张老头五十块钱。现在判决李老头拿出五十块钱还给张老头。”

张老头胜诉，喜笑颜开。李老头只好拿出五十块钱，心里不服。

值班民警继续说：

“张老头答应拿出五十块钱，也没有拿，张老头欠李老头五十块钱，应该偿还。现决定，张老头将李老头还给张老头的五十块钱还给李老头。现在，谁也不欠谁的钱了，问题就这样解决了，你们都回去吧。"

张老头从天津回到北京，一直想不通。他一直认为李老头欠他的钱，整天想这件事。

张老头再活十年没有问题，他会想这件事想十年。

载一九九四年三月二日《平顶山时报》

鉴赏家

杏子、桃子下来时卖鸡蛋大的香白杏，白得像一团雪，只嘴儿以下有一根红线的『一线红』蜜桃。

鉴赏家

全县第一个大画家是季匋民，第一个鉴赏家是叶三。

叶三是个卖果子的。他这个卖果子的和别的卖果子的不一样。不是开铺子的，不是摆摊的，也不是挑着担子走街串巷的。他专给大宅门送果子。也就是给二三十家送。这些人家他走得很熟，看门的和狗都认识他。到了一定的日子，他就来了。里面听到他敲门的声音，就知道：是叶三。挎着一个金丝篾篮，篮子上插一把小秤，他走进堂屋，扬声称呼主人。主人有时走出来跟他见见面，有时就隔着房门说话。"给您称——？"——"五斤。"什么果子，是看也不用看的，因为到了什么节令送什么果子都是一定的。叶三卖果子从不说价。买果子的人家也总不会亏待他。有的人家当时就给钱，大多数是到节下（端午、中秋、新年）再说。叶三把果子称好，放在八仙桌上，道一声"得罪"，就走了。他的果子不用挑，个个都是好的。他的果子的好处，第一是得四时之先。市上还没有见这种果子，他的篮子里已经有了。第二是都很大，都均匀，很香，很甜，很好看。他的果子全都从他手里过过，有疤的、有虫眼的、挤筐、破皮、变色、过小的全都剔下来，贱价卖给别的果贩。他的果子都是原装；有些是直接到产地采办来的，都是"树熟"——不是在米糠里闷熟了的。他经常出外，出去买果子比他卖果子的时间要多得多。他也很喜欢到处跑。四乡八镇，哪个园子里，什么人家，有一棵什么出名的好果树，他都知道，而且和园主打了多年交道，熟得像是亲家一样了——别的卖果子的下不了这样的功夫，也不知道这些路道。到处走，能看很多好景致，知道各地乡风，可助谈资，对身体也好。他很少得病，就是因为路走得多。

立春前后，卖青萝卜。"棒打萝卜"，摔在地下就裂开了。杏子、桃子下来时卖鸡蛋大的香白杏，白得像一团雪，只嘴儿以下有一根红线的"一线红"蜜桃。再下来是樱桃，红的像珊瑚，白的像玛瑙。端午前后，枇杷。夏天卖瓜。七八月卖河鲜：鲜菱、鸡头、莲蓬、花下藕。卖马牙枣，卖葡萄。重阳近了，卖梨——河间府的鸭梨、莱阳的半斤酥，还有一种叫做"黄金坠子"的香气扑人、个儿不大的甜梨。菊花开过了，卖金橘，卖蒂部起脐子的福州蜜橘。入冬以后，卖栗子、卖山药（粗如小儿臂）、卖百合（大如拳）、卖碧绿生鲜的檀香橄榄。

他还卖佛手、香橼。人家买去，配架装盘，书斋清供，闻香观赏。

不少深居简出的人，是看到叶三送来的果子，才想起现在是什么节令了的。

叶三卖了三十多年果子，他的两个儿子都成人了。他们都是学布店的，都出了师了。老二是三柜，老大已经升为二柜了。谁都认为老大将来是会升为头柜，并且会当管事的。他天生是一块好材料。他是店里头一把算盘，年终结总时总得由他坐在账房里哗哗剥剥打好几天。接待厂家的客人，研究进货（进货是个大学问，是一年的大计，下年多进哪路货，少进哪路货，哪些必须常备，哪些可以试销，关系全年的盈亏），都少不了他。老二也很能干。量尺、撕布（撕布不用剪子开口，两手的两个指头夹着，借一点巧劲，嗤——的一声，布就撕到头了），干净利落。店伙的动作快慢，也是一个布店的招牌。顾客总愿意从手脚麻利的店伙手里买布。这是天分，也靠练习。有人就一辈子都是迟钝笨拙，改不过来。不管干哪一行，都是人比人，这是没有办法的事。弟兄俩都长得很神气，眉清目秀，不高不矮。布店的店伙穿得都很好。什么料子时新，他们就穿什么料子。他们的衣料当然是价廉物美的。他们买衣料是按进货价算的，不加利润；若是零头，还有折扣。这是布店的规矩，也是老板乐为之的，因为店伙穿得时髦，也是给店里装门面的事。有的顾客来买布，常常指着店伙的长衫或翻在外面的短衫的袖子："照你这样的，给我来一件。"

弟兄俩都已经成了家，老大已经有一个孩子——叶三抱孙子了。

这年是叶三五十岁整生日，一家子商量怎么给老爷子做寿。老大、老二都提出爹不要走宅门卖果子了，他们养得起他。

叶三有点生气了：

"嫌我给你们丢人？两位大布店的'先生'，有一个卖果子的老爹，不好看？"

儿子连忙解释：

"不是的。你老人家岁数大了，老在外面跑，风里雨里，水路旱路，做儿子的心里不安。"

"我跑惯了。我给这些人家送惯了果子。就为了季四太爷一个人，我也得卖果子。"

季四太爷即季匋民。他大排行是老四，城里人都称之为四太爷。

"你们也不用给我做什么寿。你们要是有孝心，把四太爷送我的画拿出去裱了，再给我打一口寿材。"这里有这样一种风俗，早早就把寿材准备下了，为的讨个吉利：添福添寿。于是就都依了他。

叶三还是卖果子。

他真是为了季匋民一个人卖果子的。他给别人家送果子是为了挣钱，他给季匋民送果子是为了爱他的画。

季匋民有一个脾气，一边画画，一边喝酒。喝酒不就菜，就水果。画两笔，凑着壶嘴喝一大口酒，左手拈一片水果，右手执笔接着画。画一张画要喝二斤花雕，吃斤半水果。

叶三搜罗到最好的水果，总是首先给季匋民送去。

季匋民每天一起来就走进他的小书房——画室。叶三不须通报，由一个小六角门进去，走过一条碎石铺成的冰花曲径，隔窗看见季匋民，就提着、捧着他的鲜果走进去。

"四太爷，枇杷，白沙的！"

"四太爷，东墩的西瓜，三白！——这种三白瓜有点梨花香味，别处没有！"

他给季匋民送果子，一来就是半天。他给季匋民磨墨、漂朱膘、研石青石绿、抻纸。季匋民画的时候，他站在旁边很入神地看，专心致意，连大气都不出。有时看到精彩处，就情不自禁地深深吸一口气，甚至小声地惊呼起来。凡是叶三吸气、惊呼的地方，也正是季匋民的得意之笔。季匋民从不当众作画，他画画有时是把书房门锁起来的。对叶三可例外，他很愿意有这样一个人在旁边看着，他认为叶三真懂，叶三的赞赏是出于肺腑，不是假充内行，也不是谀媚。

季匋民最讨厌听人谈画。他很少到亲戚家应酬。实在不得不去的，他也是到一到，喝半盏茶就道别。因为席间必有一些假名士高谈阔论。因为季匋民是大画家，这些名士就特别爱在他面前评书论画，借以卖弄自己高雅博学。这种议论全都是道听途说，似通不通。季匋民听了，实在难受。他还知道，他如果随声答音，应付几句，某一名士就会在别的应酬场所重贩他的高论，且说："兄弟此言，季匋民亦深为首肯。"

但是他对叶三另眼相看。

季匋民最佩服李复堂。他认为扬州八怪里李复堂功力最深，大幅小品都好，有笔有墨，也奔放，也严谨，也浑厚，也秀润，而且不装模作样，没有江湖气。有一天叶三给他送来四开李复堂的册页，使季匋民大吃一惊：这四开册页是真的！季匋民问他是多少钱买的，叶三说没花钱。他到三垛贩果子，看见一家的橱柜的玻璃里镶了四幅画——他在四太爷这里看过不少李复堂的画，能辨认，他用四张"苏州片"①跟那家换了。"苏州片"花花绿绿的，又是簇新的，那家还很高兴。

叶三只是从心里喜欢画，他从不瞎评论。季匋民画完了画，钉在壁上，自己负手远看，有时会问叶三：

"好不好？"

"好！"

"好在哪里？"

叶三大多能一句话说出好在何处。

季匋民画了一幅紫藤，问叶三。

叶三说："紫藤里有风。"

"唔！你怎么知道？"

"花是乱的。"

"对极了！"

季匋民提笔题了两句词：

"深院悄无人，风拂紫藤花乱。"

季匋民画了一张小品，老鼠上灯台。叶三说："这是一只小老鼠。"

"何以见得。"

"老鼠把尾巴卷在灯台柱上。它很顽皮。"

"对！"

季匋民最爱画荷花。他画的都是墨荷。他佩服李复堂，但是画风和复堂不似。李画多凝重，季匋民飘逸。李画多用中锋，季匋民微用侧笔——他写字写的是章草。李复堂有时水墨淋漓，粗服乱头，意在笔先；季匋民没有那样的恣悍，他的画是大写意，但总是笔意俱到，收拾得很干净，而且笔致疏朗，善于利用空白。他的墨荷参用了张大千，但更为舒展。他画的荷叶不勾筋，荷梗不点刺，且喜作长幅，荷梗甚长，一笔到底。

有一天，叶三送了一大把莲蓬来，季匋民一高兴，画了一幅墨荷，好些莲蓬。画完了，问叶三："如何？"

叶三说："四太爷，你这画不对。"

"不对？"

"'红花莲子白花藕'。你画的是白荷花，莲蓬却这样大，莲子饱，墨色也深，这是红荷花的莲子。"

"是吗？我头一回听见！"

季匋民于是展开一张八尺生宣，画了一张红莲花，题了一首诗：

红花莲子白花藕，果贩叶三是我师。
惭愧画家少见识，为君破例著胭脂。

季匋民送了叶三很多画。——有时季匋民画了一张画，不满意，团掉了。叶三捡起来，过些日子送给季匋民看，季匋民觉得也还不错，就略改改，加了题，又送了叶三。季匋民送给叶三的画都是题了上款的。叶三也有个学名。他五行缺水，起名润生。季匋民给他起了个字，叫泽之。送给叶三的画上，常题"泽之三兄雅正"。有时径题"画与叶三"。季匋民还向他解释：以排行称呼，是古人风气，不是看不起他。

有时季匋民给叶三画了画，说："这张不题上款吧，你可以拿去卖钱——有上款不好卖。"

叶三说："题不题上款都行。不过您的画我不卖。"

"不卖？"

"一张也不卖！"

他把季匋民送他的画都放在他的棺材里。

十多年过去了。

季匋民死了。叶三已经不卖果子，但是他四季八节，还四处寻觅鲜果，到季匋民坟上供一供。

季匋民死后，他的画价大增。日本有人专门收藏他的画。大家知道叶三手里有很多季匋民的画，都是精品。很多人想买叶三的藏画。叶三说：

"不卖。"

有一天有一个外地人来拜望叶三，叶三看了他的名片，这人的姓很奇怪，姓"辻"，叫"辻听涛"。一问，是日本人。辻听涛说他是专程来看他收藏的季匋民的画的。

因为是远道来的，叶三只得把画拿出来。辻听涛非常虔诚，要了清水洗了手，焚了一炷香，还先对画轴拜了三拜，然后才展开。他一边看，一边不停地赞叹：

"喔！喔！真好！真是神品！"

让听涛要买这些画，要多少钱都行。

叶三说：

"不卖。"

让听涛只好怅然而去。

叶三死了。他的儿子遵照父亲的遗嘱，把季匋民的画和父亲一起装在棺材里，埋了。

一九八二年二月二十八日

载一九八二年第五期《北京文学》

---

① 仿旧的画，多为工笔花鸟，设色娇艳，旧时多为苏州画工所作，行销各地，故称"苏州片"。苏州片也有仿制得很好的，并不俗气。

辜家豆腐店的女儿

　　豆腐店是一个"店"，怎么会有个女儿？然而螺蛳坝一带的人背后都是这么叫她。或者称做"辜家的女儿""豆腐店的女儿"。背后这样的提她，有一种特殊的意味。姓辜的人家很少，这个县里好像就是两三家。

　　螺蛳坝是"后街"，并没有一个坝，只是一片不小的空场。七月十五，这里做盂兰盆会。八九月，如果这年年成好，就有人发起，在平桥上用杉篙木板搭起台来唱戏。约的是里下河的草台班子，京戏、梆子"两下锅"，既唱《白水滩》这样摔"壳子"的武打戏，也唱《阴阳河》这样踩跷的戏。做盂兰盆会、唱大戏，热闹几天，平常这里总是安安静静的。孩子在这里踢毽子、踢铁球，滚钱，抖空竹（本地叫"抖天嗡子"）。有时跑过来一条瘦狗，匆匆忙忙，不知道要赶到哪里去干什么。忽然又停下来，竖起耳朵，好像听见了什么。停了一会，又低了脑袋匆匆忙忙地走了。

　　螺蛳坝空场的北面有几户人家。有两家是打芦席的。每天看见两个中年的女人破苇子，编席。一顿饭工夫，就织出一大片。芦席是为大德生米厂打的。米厂要用很多芦席。东头一家是个"茶炉子"，即卖开水的，就是上海人所说的"老虎灶"。一个像柜子似的砖砌的炉子，四角有四个很深的铁铸的"汤罐"，满满四罐清水，正中是火眼，烧的是粗糠。粗糠用一个小白铁簸箕倒进火眼，"呼——"火就猛升上来，"汤罐"的水就呱呱地开了。这一带人家用开水——冲茶、烫鸡毛、拆洗被窝，都是上"茶炉子"去灌，很少人家自己烧开水。因为上"茶炉子"灌水很方便，省得费柴费火，烟熏火燎，又用不了多少。"茶炉子"卖水，不是现钱交易，而是一次卖出一堆"茶筹子"——一个一个长方形的小竹片，一面用铁模子烙出"十文""二十文"……灌了开水，给几根茶筹子就行了。"茶炉子"烧的粗糠是成挑的从大德生米厂趸来的。一进"茶炉子"，除了几口很大的水缸，一眼看到的便是靠后墙堆得像山一样的粗糠。

螺蛳坝一带住的都是"升斗小民"，称得起殷实富户的，是大德生米厂。大德生的东家姓王，街上人都称他王老板。大德生原来的底子就厚实，一盘很大的麻石碾子，喂着两头大青骡子，后面仓里的稻子堆齐二梁。后来王老板把骡子卖了，改用机器碾米，生意就更兴旺了。大德生原是一个米店，改用机器后就改称为"米厂"。这算是螺蛳坝唯一的"工厂"。每天这一带都听得到碾米的柴油机的铁烟筒里发出节奏均匀的声音：蓬——蓬——蓬……

王老板身体很好，五十多岁了，走路还飞快，留一撇乌黑的牙刷胡子，双眼有神。

他的大儿子叫王厚辽，在米厂里量米，记账。他有个外号叫"大呆鹅"，看样子也确是有点呆相。

二儿子叫王厚堃，跟一个姓刘的老先生学中医。长得眉清目秀，一表人才。

大德生东墙外住着一个姓薛的裁缝。薛裁缝是个老实人，整天只知道低头做活，穿针引线。他的老婆人称薛大娘。薛大娘跟老头子可不是一样的人，她也"穿针引线"，但引的是另外一种线，说白了，就是拉皮条。

大德生门前有一条小巷，就叫做辜家巷，因为巷子里只有一家人家。辜家的后门就开在巷子里，和大德生斜对门，两步就到了。后面是住家，前面是做豆腐的作坊，前店后家。

辜家很穷。

从螺蛳坝到草巷口，有两家豆腐店。豆腐店是发不了财的，但是干了这一行也只有一直干下去。常言说"黑夜思量千条路，清早起来依旧磨豆腐"。不过草巷口的一家生意不错。一清早卖豆浆，热气腾腾的满满一锅。卖豆腐，四大屉。压百叶，百叶很薄，很白。夏天卖凉粉皮。这凉粉皮是用莴苣汁和的绿豆，颜色是浅绿的，而且有一股莴苣香。生意好，小老板两个月前还接了亲。新媳妇坐在磨子一边，往磨眼里注水，加黄豆，头上插一朵大红剪绒的小小的囍。

相比之下，辜家豆腐店就显得灰暗，残旧，一点生气也没有。每天只做两屉豆腐，有时一屉，有时一屉也没有。没本钱，买不起黄豆。辜老板老是病病歪歪的，没有一点精神。

辜老板老婆死得早，没有留下一个儿子，跟前只有一个女儿。

辜家的女儿长得有几分姿色，在螺蛳坝算是一朵花。她长得细皮嫩肉，只是面色微黄，好像是用豆腐水洗了脸似的。身上也有点淡淡的豆腥气。

一天三顿饭，几乎顿顿是炒豆腐渣，不过总得有点油滑滑锅。牵磨的"蚂蚱驴"也得扔给它一捆干草。更费钱的是她爹的病。他每天吃药，王厚堃的师父开的药又都很贵，这位刘先生爱用肉桂，而且旁注："要桂林产者。"每天辜家女儿把药渣倒在路口，对面打芦席和烧茶炉子的大娘看见辜家的女儿在门前倒药渣，就叹了一口气："难！"

大德生的王老板找到薛大娘，说是辜家的日子很难，他想帮他们家一把。

"怎么个帮法？"

"叫他女儿陪我睡睡。"

"什么？人家是黄花闺女，比你的女儿还小一岁！我不干这种缺德事！"

"你去说说看。"

媒人的嘴两张皮，辣椒能说成大鸭梨。七说八说，辜家女儿心里活动了，说："你叫他晚上来吧。"

没想到大呆鹅也找到薛大娘。

王老板是包月，按月给五钱。

大呆鹅是现钱交易。每次事完，摸出一块现大洋，还要用两块洋钱叮叮当当敲敲，以示这不是灌了铅的"哑板"。

没有不透风的墙，螺蛳坝巴掌大的一块地方，那么多双眼睛，辜家女儿的事情谁都知道了。烧茶炉子、打芦席的大娘指指戳戳，咬耳朵，点脑袋，转眼珠子，撇嘴唇子。大德生的碾米的师傅、量米的伙计议论："两代人操一张×，这叫什么事！"——"船多不碍港，客多不碍路，一个羊也是放，两个羊也是赶，你管他是几代人！"

辜家的女儿身体也不好，脸上总是黄白黄白的，她把王厚堃请到屋里看病。王厚堃给她号了脉，看了舌苔，开了脉案，大体说是气血两亏，天癸不调……辜家女儿问什么是"天癸不调"，王厚堃说就是月经不正常。随即写了一个方子，无非是当归、枸杞之类。

王厚堃站起身来要走，辜家女儿忽然把门闩住，一把抱住了王厚堃，把舌头吐进他的嘴里，解开上衣，把王厚堃的手按在胸前，让他摸她的奶子，含含糊糊地说："你要要我、要要我，我喜欢你，喜欢你……"

王厚堃没有想到她会这样，只好和她温存了一会，轻轻地推开了她，说：

"不行。"

"不行？"

"我不能欺负你。"

王厚堃给她掩了前襟，扣好纽子，开门走了。

　　王厚堃悬崖勒马，也因为他就要结婚了，他要保留一个童身。

　　过了两个月，王厚堃结婚了。花轿从辜家豆腐店门前过，前面吹着唢呐，放着三眼铳。螺蛳坝的人都出来看花轿，辜家的女儿也挤在人丛里看。

　　花轿过去了，辜家的女儿坐在一张竹椅上，发了半天呆。

　　忽然她奔到自己的屋里，伏在床上号啕大哭。哭的声音很大，对面烧茶炉子的和打芦席的大娘都听得见，只是听不清她哭的是什么。三位大娘听得心里也很难受，就相对着也哭了起来，哭得稀溜稀溜的。

　　辜家的女儿哭了一气，洗洗脸，起来泡黄豆，眼睛红红的。

　　　　　　　　　　　　　　　　一九九四年二月十五日

　　　　　　　　　　　　　　载一九九四第三期《收获》

迟开的玫瑰或胡闹

　　邱韵龙是唱二花脸的。考科班的时候，教师看看他的长相，叫他喊两嗓子，说："学花脸吧。"科班教花脸戏，头几年行当分得没有那样细，一般的花脸戏都教。学花脸的，谁都愿意唱铜锤——大花脸，大花脸挣钱多。邱韵龙自然也愿学大花脸。铜锤戏，《大（保国）、探（皇陵）、二（进宫）》《御果园》《锁五龙》……这些戏他都学过。但是祖师爷没赏他这碗饭，他的条件不够。唱铜锤得有一条好嗓子。他的嗓子只是"半条吭"（"吭"字读阴平），一般铜锤戏能勉强唱下来，但是"逢高不起"，遇有高音，只是把字报出来，使不了大腔，往往一句腔的后半截就"交给胡琴"。内行所谓"龙音""虎音"，他没有。不响堂，不打远，不挂味。铜锤要求有个好脑袋。最好的脑袋要数金少山。铜锤要有个锛儿头（大脑门儿），金少山有；大眼睛，他有；高鼻梁、高颧骨，有；方下巴、大嘴叉，有！这样扮出戏来才好看。可是邱韵龙没有。他的脑袋不小，但是圆乎乎的，肌肉松弛，轮廓不清楚，嘴唇挺厚，无威猛之气。唱铜锤也要讲身材，得是高个儿、宽肩膀、细腰，这样穿上蟒、靠，尤其是箭衣，才是样儿。邱韵龙个头不算很矮，但是上下身比例不对，有点五短。而且小时候就是个挺大的肚子，他还不大服气。出科以后，唱了几年，有了点名气，他曾经约了一个唱青衣的坤角贴过一出《霸王别姬》。一出台，就招了一个嗤笑。霸王的脸谱属于"无双谱"，既不是"三块瓦"，也不是"十字门"，眼窝朝下耷拉着，是个"愁脸"。这样的脸谱得是个长脸勾出来才好看。杨小楼是个长脸，勾出来好看。可是邱韵龙的脸短，勾出来不是样儿，再加上他的五短身材、大肚子，后台看他扮出戏，早就窃窃地笑开了：活脱像个熊猫。打那以后，他就死了唱大花脸这条心。他学过架子花，《醉打山门》《芦花荡》这些戏也都会，但是出科就没有唱过。架子花要"身上"、要功架、要腰腿、要脆、要媚，他自己知道，以他那样的身材，唱这样的戏讨不了俏。因此，他唱偏重文戏的二花脸。他自有优势。他会"做戏"，台上的"尺寸"比较好，"傍""角儿"演戏傍得很"严"。他的最好的戏是《四进士》的顾读，"一公堂""二公堂"烘托得很有气氛。他有一出算是主角的戏（二花脸多是配角），是《野猪林》。《野猪林》的鲁智深得袒着肚子，正合适。全国唱花脸的都算上，要找这么个肚子，还真找不出来。他唱戏很认真，不懈场，不"撒儿哄"，不撒汤，不漏水。他奉行梨园行的一句格言："小心干活，大胆拿钱。"因此名角班社都愿用他。他是个很称职的二路。海报上、报纸广告上总有他的名字，在京剧界"有这么一号"。他挣钱不少。比起挑班儿唱红了的"好角"，没法儿比；比起三路、四路乃至"底帏子"，他可是阔佬。"别人骑马我骑驴，回头再看推车的汉——比上不足，比下有余"。

他在戏班里有一种优越感，他的文化程度比起同行师兄弟，要高出一截，用他自己的说法，是"头挑"。唱戏的，一般都是"幼而失学"，他是高小毕了业的。打小，他爱瞧书、瞧报。

他有个叔叔，是个小学教员，有一架子书，他差不多全看过。在戏班里，能看"三列国"（《三国演义》《东周列国志》，戏班里合称之为"三列国"），就是圣人。他的书底子可远远超过"三列国"了。眼面前的小说，不但是《西游》《水浒》《红楼》，全都看得很熟，就连外国小说《基度山恩仇记》《茶花女》《莎氏乐府本事》，也都记得很清楚。他还有一样长处，是爱瞧电影，国产片、外国片——主要是美国电影，都看。他能背出许多美国电影故事和美国电影明星的名字。不过他把美国明星的名字一律都变成北京话化了。他叫卓别林为贾波林，秀兰·邓波儿为沙利邓波，范朋克成了"小飞来伯"，把奥丽薇得哈弗兰（这个名字也实在太长）简化为哈惠兰，而且"哈"字读成上声，听起来好像是家住牛街的一位回民姑娘。他的叔叔鼓励他看电影，以为这对他的舞台表演有帮助。那倒也是。他会做戏，跟瞧电影多不无关系。更重要的是许多缠绵悱恻、风流浪漫的电影故事于不知不觉之中对他产生了影响，进入了潜意识。

他熟知北京的掌故、传说、故事、新闻。他爱聊，也会聊。戏班里的底包，尤其是跑龙套、跑宫女的年轻人，很爱听他白话。什么四大凶宅、八大奇案，每天说一段，也能说个把月，不亚于王杰魁的《包公案》，陈士和的《聊斋》。他以此为乐，也以此为荣。试举他说过不止一次的两件奇闻为例：

有一个老花子在前门、大栅栏一带要饭。有一天，来了一个阔少，趴在地下就给老花子磕了三个头："哎呀爸爸！您怎么在这儿，儿子找了您多少年了！快跟我回家去吧！"老花子心想：这是哪儿的事呀？我怎么出来个儿子——一个阔少爷！不管它，家去再说！到了家，给老太爷更衣，到澡塘洗澡，剃头，戴上帽盔儿：嗨，还真有个福相。带着老太爷吃馆子、看戏。反正，怎么能讨老太爷喜欢怎么来。前门一带，这就嚷嚷动了：冯家的少爷（不知是哪位闲人，打听到这家姓冯）认了失散多年的老父亲。每逢父子俩坐着两辆包月车，踩着脚铃，一路叮叮当当地过去，总有人指指点点，谈论半天。天凉了，该给老太爷换季了。上哪儿买料子——瑞蚨祥①。扶着老太爷，挑了好些料子，绸缎呢绒，都是整匹的，外搭上两件皮筒子，一件西狐肷，一件貉绒，都是贵重的稀物。一算账，哎呀，带的钱不够。"这么着吧，我回去取一趟，让老爷子在这儿坐会儿。东西，我先带着。我一会就来。快！"瑞蚨祥的上上下下对冯大少都有个耳闻，何况还有老太爷在这儿坐着呢。掌柜的就说："没事，没事！您尽管去。"一面给老太爷换了一遍茶叶。不想一等也不来，二等也不来，过了两个钟头了，掌柜的有点犯嘀咕，问："老太爷，您那少爷怎么还不来？"——"什么少爷！我跟他不认识！"掌柜的这才知道，受了骗了。行骗，总得先下点本儿，花一点时间。

廊坊头条的珠宝店，现在没有多少值钱的东西了，在以前，哪一家每天都要进出上万洋钱。有一家珠宝店，除了一般的首饰，专卖钻戒。有一天，来了一位阔少，要买钻戒。二柜拿出三盒钻戒请他挑。他坐在茶几旁边的椅子上，一面喝茶，一面挑选，左挑右挑，没有中意的。站起来，说了一声："对不起，麻烦你们了！"这就要走。二柜喊了一声："等等！"他发现钻戒少了一只。"你们要怎么样？"——"我们要搜！"——"搜不出来呢？"——"摆酒请客，赔偿名誉损失！""请搜。"解衣服，脱袜子，浑身上下，搜了一个遍：没有。珠宝店只好履行诺言，请客、赔偿。二柜直纳闷，这只钻戒是怎么丢的呢？除了柜上的伙计，顾客就他一个人呀。过了一些日子，珠宝店刷洗全堂家具，一个伙计在茶几背面发现一张膏药的痕迹，膏药当中正是那只钻戒的印子。原来，阔少挑钻戒时把这只钻戒贴在了茶几背面，过了几天，又由别的人来取走了。贴钻戒，这要手疾眼快。骗案，大都不是一个人，必有连裆。

邱韵龙把这些奇闻说得活灵活现，好像他亲眼目睹似的。其实都有所本。头一件奇闻，出于《三刻拍案惊奇》第九回。第二件奇闻的出处待查。他白话的故事大都出于坊刻小说或《三六九画报》之类的小报。有些是道听途说。比如他说川岛芳子（金碧辉）要敲翡翠大王铁三一笔竹杠，铁三把她请到家里去，打开珍宝库的铁门，请她随便挑。这么多的"水碧"，连金碧辉也没有见过。她拿了一件，从此再不找铁三的麻烦。这件事就不知道可靠不可靠。不过铁三他是见过的，他说铁三有那么多钱，可是自奉却甚薄，爱吃个芝麻烧饼，这也有几分可信。金碧辉他也见过，经常穿着男装，或长袍马褂，或军装大马靴，爱到后台来鬼混。金碧辉枪毙，他没有赶上。有一个敌伪时期的汉奸，北京市副市长丁三爷绑赴刑场，他是看见的。这位丁三爷恶迹很多，但是对梨园行却很照顾。有戏班里的人犯了事，叫公安局或侦缉队薅去了，托一个名角去求他，他一个电话，就能把人要出来。因此，戏班里的人对他很有好感。那天，邱韵龙到前门外去买茶叶，正好赶上。他亲眼看到丁三爷五花大绑，押在卡车上。不过他没有赶去看丁三爷挨那一枪。他谨遵父亲大人的庭训：不入三场——杀场、火场、赌场。

不但上海绿宝之类的赌场他没有去过，就是戏班里耍钱，他也概不参加。过去戏班赌风很盛，后台每天都有一桌牌九。做庄的常是一个唱大丑的李四爷。他推出一条，开了门，手里控着色子，叫道："下呀！下呀！"大家纷纷下注，邱韵龙在一旁看着，心里冷笑：今天你下了，明天拿什么蒸（窝头）呀！

他不赌钱，不抽烟，不喝酒，唯一的爱好是吃。吃肉，尤其是肘子，冰糖肘子、红焖肘子、东坡肘子、锅烧肘子、四川菜的豆瓣肘子，是肘子就行。至不济，上海菜的小白蹄也凑合了。年轻的时候，晋阳饭庄的扒肘子，一个有小二斤，九寸盘，他用一只筷子由当中一豁，分成两半，掇过盘子来，呼噜呼噜，几口就"喝"了一半；把盘子掉个边，呼噜呼噜，那一半也下去了。中年以后，他对吃肉有点顾虑。他有个中医朋友，是心血管专家，自己也有高血压、心脏病，也爱吃肉、吃肘子。他问他："您是大夫，又有这样的病，还这么吃？"大夫回答他："他不明儿才死吗？"意思是说：今天不死，今天还吃。邱韵龙一想：也有道理！

邱韵龙精于算计。有时有几个师兄弟说"咱们来一顿"，得找上邱韵龙，因为他和好几家大饭馆的经理、跑堂的、掌勺的大师傅都熟，有他去，价廉物美。"来一顿"都是"吃公墩"，即"打平伙"，费用平摊。饭还没有吃完，他已经把账算出来，每人该多少钱，大家当场掏钱，由他汇总算账，准保一分也不差。他有时也请请客，有一个和他是"发小"，现在又当了剧团领导的师弟，他有时会约他出来来一顿小吃，那不外是南横街的卤煮小肠、门框胡同的褡裢火烧、朝阳门大街的门钉肉饼，那费不了几个钱。

他二十二岁结的婚，娶的是著名武戏教师林恒利的女儿，比他大两岁。是林恒利相中的。他跟女儿说："你也别指望嫁一个挑班唱头牌的，我看也不会有唱头牌的相中你。再说，唱头牌的哪个不有点花花事儿？那气，你也受不了。我看韵龙不错，人老实。二牌，钱不少挣。"托人一说，成了。媳妇模样平常，人很贤惠，干什么都利利索索的。他们生了个女儿。女儿像韵龙，胖乎乎的，挺好玩。邱韵龙爱若掌上明珠，常带她到后台来玩。媳妇每天得给他捉摸吃什么，不能老是肘子。有时给他焐一个锅子（涮羊肉），有时煨牛（肉），或是炒一盘羊尾巴油炒麻豆腐②。一来给他调剂调剂，二来也得照顾照顾女儿的口味。女儿读了外贸学院，工作了，结婚了，生孩子了。一转眼，邱韵龙结婚小四十年了。一家子过得风平浪静，和和美美。

万万没有想到：邱韵龙谈恋爱了！

消息传开了，很多人都不相信。

"邱韵龙谈恋爱？别逗啦！"

"他？他都六十出头啦！"

"谁要他呀？这么大的肚子！"

事实就是事实，邱韵龙不否认。

女的是公共汽车公司卖月票的售票员，模样不错，照邱韵龙的说法是："高鼻梁，大眼睛，一笑俩酒窝。"她四十几了，一年前死了丈夫。因为没有生过孩子，身材还挺苗条，说是三十大几，也说得过去。邱韵龙每月买月票，渐渐熟了，每次隔着售票处的窗口，总要搭搁几句。有一次，女的跟他说："我昨儿晚上瞧见您了——在电视里。"——"你瞧见了吗？"那是一次春节晚会，有一个游艺节目，电影明星和体育健将的排球赛——用轻气球，只许用头顶，邱韵龙是裁判。那天他穿了一件大花粗线毛衣，喊着裁判口令："红队，得分！"——"蓝队，过网击球，换发球！"本来这是逢场作戏，逗人一乐的事，比赛场内外笑声不绝，邱韵龙可是认真其事，奔过来，跑过去，吹哨子，叫口令，一丝不苟，神气十足。"您真精神！样子那么年轻，一点不显老！"——"是吗？"邱韵龙就爱听这句话，心里美不滋儿的。邱韵龙送过两回戏票，请她看戏。两个人看过几场电影，吃过几回小馆子。说话这就到夏天了，他们逛了一回西山八大处。回来，邱韵龙送她回家。天热，女的拧了一个手巾把儿递给他："您擦擦汗。我到里屋擦把脸，你少坐一会。"过了一会，女的撩开门帘出来：一丝不挂。

有人劝邱韵龙："您都这么大的岁数了，您这是干什么？"

邱韵龙的回答是："你说吃，咱们什么没吃过？你说穿，咱们什么没穿过？就这个，咱们没有干过呀！"

女的不愿这么不明不白、偷偷摸摸地过，她让他和老婆离婚，和她正式结婚。

他回家和老婆提出，老婆说："你说什么？"

他的一个弟妹（师弟的媳妇）劝他不要这样，他说：

"我宁精精致致地过几个月，也不愿窝窝囊囊地过几年。"

这实在是一句十分漂亮、十分精彩的话，"精精致致"，字眼下得极好，想不到邱韵龙的厚嘴唇里会吐出这样漂亮的语言！

他天天跟老婆蘑菇，没完没了。最后说："你老不答应，赶明儿那大红花叫别人戴上了③，你心里不难受呀？"

他的女儿听到母亲告诉她父亲的原话，说："这是什么逻辑！"

老婆叫他纠缠得没有办法，说："离！离！"他自觉于心有愧，什么也没有带，大彩电、电冰箱、洗衣机，成套沙发，组合家具，全都留给发妻，只带了一个存折，两箱衣裳。"扫地出门"，去过他那精精致致的日子去了。

他很注意保重身体。家里五屉柜一个抽屉里装的都是常用药。血压稍有波动，只要低压超过九十，高压超过一百三，就上医务室要降压灵。家里常备氧气袋，见了过了六十的干部就奉劝道："像咱们这个年龄，一定要有氧气袋！"他还举出最近逝世的两个熟人，说"那样的病情，吸一点氧气就过来了。家里人无知呀！"他犯过两次心绞痛，都不典型，心电图看不出太大的问题。这一天，他早餐后觉得心脏不大舒服，胸闷气短，就上医院去看看。医院离他家——他的新居很近，几步就到了，他是步行去的。他精神还挺好。头戴英国兔呢便帽——唱花脸的得剃光头，不能留发，所以他对帽子就特别在意，他有好几顶便帽，都是进口货；穿着铁灰色澳毛薄呢大衣，脚下是礼服呢千层底布鞋——他不爱穿皮鞋，上面不管穿什么，哪怕是西服，脚下也总是礼服呢面布鞋。他双手插在大衣兜里，缓缓地，然而是轻轻松松地在人行道上走着，像一个洋绅士在散步。他自我感觉良好，觉得自己很潇洒，觉得自己有一种美。这种美不是泰隆保华、罗拔泰勒那样的美，这是"旱香瓜——另一个味儿"。他觉得自己很有艺术家的气质、风度，他很有自信。这种自信在他恋爱之后就更加强化，更加实在了。他时时不免顾影自怜——在商店大橱窗的反光的玻璃前一瞥他自己的风采。他原以为没有事儿，上医院领一点药就回来了，没想到左前胸忽然剧痛，浑身冷汗下来了，几乎休克过去。医生一检查，当即决定，住院抢救：大面积心肌梗死。

住院抢救，须有家属陪住。叫谁来陪住呢？他的虽已登记、尚未正式结婚的新夫人不便前来，医院和剧团领导研究，还是得请他已经离婚的原配夫人来。

到底是结发夫妻，他的原先的老伴接到通知，二话没说，就到医院里来了，对他侍候得很周到。他大小便失禁，拉了一床，还得给人家医院洗床单。他神志清醒，也很知情，很感激。

他还没有过危险期，但是并没有把日子过糊涂了。正是月初，发薪的日子，他跟老伴说："你去给我把工资领来。"老伴说："你都病成这相儿了，还惦着这个干什么？"——"你去给我领来，我爱瞧这个！"老伴给他领来了工资，把一沓人民币放在他的枕边。他看了看人民币，一笑而逝。享年六十二岁。

他死后，由于种种原因，没有开追悼会。悼词不好写，写什么？追悼会的会场上家属位置上谁站着？

他死后，剧团的同事说："邱韵龙简直是胡闹！"

他的女儿说："我爸爸纯粹是自己嘅④的！"

一九九〇年十月三日

载一九九一年第一期《香港文学》

---

① 瑞蚨祥是北京最大的绸缎庄。
② 麻豆腐是制粉丝的下脚料，本身很便宜，但配料费钱，羊尾巴油很不易得。
③ 做新郎，例于胸前戴绢制大红花一朵。
④ "嘅"是地道北京话，有自作自受，自己找死的意思，但语气更重。

熟藕

　　刘小红长得很好看，大眼睛，很聪明，一街的人都喜欢她。

　　这里已经是东街的街尾，店铺和人家都少了。比较大的店是一家酱园，坐北朝南。这家卖一种酒，叫佛手曲。一个很大的方玻璃缸，里面用几个佛手泡了白酒，颜色微黄，似乎从玻璃缸外就能闻到酒香。酱菜里有一种麒麟菜，即石花菜。不贵，有两个烧饼钱就可以买一小堆，包在荷叶里。麒麟菜是脆的，半透明，不很咸，白嘴就可以吃，孩子买了，一边走，一边吃，到了家已经吃得差不多了。

　　酱园对面是周麻子的果子摊。其实没有什么贵重的果子，不过就是甘蔗（去皮、切段），荸荠（削去皮，用竹签串成串，泡在清水里）。再就是百合、山药。

　　周麻子的水果摊隔壁是杨家香店。

　　杨家香店的斜对面，隔着两家人家，是周家南货店，亦称杂货店。这家卖的东西真杂。红蜡烛。一个师傅把烛芯在一口锅里一支一支"蘸"出来，一排一排挂在房椽子上风干。蜡烛有大有小，大的一对一斤，叫做"大八"；小的只有指头粗，叫做"小牙"。纸钱。一个师傅用木槌凿子在一沓染黄了的"毛长纸"上凿出一溜溜的铜钱窟窿，是烧给死人的。明矾。这地方吃河水，河水浑，要用矾澄清了；炸油条也短不了用矾。碱块。这地方洗大件的衣被都用碱，小件的才用肥皂。浆衣服用的浆面——芡实磨粉晒干。另外在小缸里还装有白糖、红糖、冰糖、南枣、红枣、蜜枣、桂圆、荔枝干、山楂糕……老板一天说不了几句话，跟人很少来往，见人很少打招呼，有点不近人情。他生活节省，每天青菜豆腐汤。有客人（他也还有一些生意上的客人）来，不敬烟，不上点心，连茶叶都不买一包，只是白开水一杯。因此有人从《百家姓》上摘了四个字，作为他的外号："白水窦章。"白水窦章除了做生意、写账，没有什么别的事。不看戏、不听说书、不打牌。一天只是用一副骨牌"打通关"，抱着一只很肥的玳瑁猫。他并不喜欢猫。是猫避鼠。他养猫是怕来老鼠偷吃蜡烛油。打通关打累了，他伸一个懒腰，走到门口闲看。看来往行人，看狗，看碾坊里放青回来的骡马，看乡下人赶到湖西歇伏的水牛，看对面店铺里买东西的顾客。

周家南货店对面是一家绒线店，是刘小红家开的。绒线店卖丝线、花边、绦子，还有一种扁窄上了浆的纱条，叫做"鳝鱼骨子"，是捆扎东西用的。绒线店卖这些东西不用尺量，而是在柜台边刻出一些道道，用手拉出了这些东西在刻出的道道上比一比。刘小红的父亲一天就是比这些道道，一面口中报出尺数："一尺、二尺、三尺……"绒线店还卖梳头油、刨花（抿头发用）、雪花膏。还有一种极细的铜丝，是穿珠花用的，就叫做"花丝"。刘小红每学期装饰教室扎纸花，都从家里带了一箍花丝去。

刘老板夫妇就这么一个女儿，娇惯得不行，要什么给什么，给她的零花钱也很宽松。刘小红从小爱吃零嘴，这条街上的零食她都吃遍了。

但是她最爱吃的是熟藕。

正对刘家绒线店是一个土地祠。土地祠厢房住着王老，卖熟藕。王老无儿无女，孤身一人，一辈子卖熟藕。全城只有他一个人卖熟藕，谁想吃熟藕，都得来跟王老买。煮熟藕很费时间，一锅藕得用微火煮七八个小时，这样才煮得透，吃起来满口藕香。王老夜里煮藕，白天卖，睡得很少。他的煮藕的锅灶就安在刘家绒线店门外右侧。

小红很爱吃王老的熟藕，几乎每天上学都要买一节，一边走，一边吃。

小红十一岁上得了一次伤寒，吃了很多药都不见效。她在床上躺了二十多天，街坊们都来看过她。她吃不下东西。王老到南货店买了蜜枣、金橘饼、山楂糕给她送来，她都不吃，摇头。躺了二十多天，小脸都瘦长了，妈妈非常心疼。一天，她忽然叫妈：

"妈！我饿了，想吃东西。"

妈赶紧问：

"想吃什么？给你下一碗饺面。"

小红摇头。

"冲一碗焦屑！"

小红摇头。

"熬一碗稀粥，就麒麟菜？"

小红摇头。

"那你想吃什么？"

"熟藕。"

那还不好办！小红妈拿了一个大碗去找王老，王老说：

"熟藕？吃得！她的病好了！"

王老挑了两节煮得透透的粗藕给小红送去。小红几口就吃了一节，妈忙说："慢点！慢点！不要吃得那么急！"

小红吃了熟藕，躺下来，睡着了。出了一身透汗，觉得浑身轻松。

小孩子复原得快，休息了一个星期，就蹦蹦跳跳去上学了，手里还是捧了一节熟藕。

日子过得真快，转眼小红二十了，出嫁了。

婆家姓翟，也是开绒线店的。翟家绒线店开在北市口。北市口是个热闹地方，翟家生意很好。丈夫原是小红的小学同学，还做了两年同桌，对小红也很好。

北市口离东街不远，小红隔几天就回娘家看看，帮王老拆洗拆洗衣裳。

王老轻声问小红：

"有了没有？"

小红红着脸说："有了。"

"一定会是个白胖小子！"

"托您的福！"

王老死了。

早上来买熟藕的看看，一锅煮熟藕，还是温热的，可是不见王老来做生意。推开门看看，王老不知什么时候已经断了气。

小红正在坐月子，来不了。她叫丈夫到周家南货店买了一对"大八"，到杨家香店"请"了三股香，叫他在王老灵前点一点，叫他给王老磕三个头，算是替她磕的。

王老死了，全城再没有第二个人卖熟藕。

但是煮熟藕的香味是永远存在的。

载一九九五年第六期《长江文艺》

露水

露水好大。小轮船的跳板湿了。

小轮船靠在御码头。

这条轮船航行在运河上已经有几年，是高邮到扬州的主要交通工具。单日由高邮开扬州，双日返回高邮。轮船有三层，底层有几间房舱，坐的是县政府的科长、县党部的委员，杨家、马家等几家阔人家出外就学的少爷小姐，考察河工的水利厅的工程师。房舱贵，平常坐不满。中层是统舱。坐统舱的多是生意买卖人，布店、药店、南货店的二掌柜，给学校采购图书仪器的中学教员……给茶房一点钱，可以租用一张帆布躺椅。上层叫"烟篷"，四边无遮挡，风、雨都可以吹进来。坐"烟篷"的大都自己带一块油布，或躺或坐。"烟篷"乘客，三教九流。带着锯子凿子的木匠，挑着锡匠挑子的锡匠，牵着猴子耍猴的，细批流年的江湖术士，吹糖人的，到缫丝厂去缫丝的乡下女人，甚至有"关亡"的、"圆光"的、挑牙虫的。

客人陆续上船，就来了许多卖吃食的。卖牛肉高粱酒的，卖五香茶叶蛋的，卖凉粉的，卖界首茶干的，卖"洋糖百合"的，卖炒花生的。他们从统舱到烟篷来回窜，高声叫卖。

轮船拉了一声汽笛，催送客的上岸，卖小吃的离船。不过都知道开船还有一会。做小生意的还是抓紧时间照做，不过把价钱都减下来了一些。两位喝酒的老江湖照样从从容容喝酒，把酒喝干了，才把豆绿酒碗还给卖牛肉高粱酒的。

轮船拉了第二声汽笛，这是真要开了。于是送客的上岸，做小生意的匆匆忙忙、三步两步跨过跳板。

正在快抽起跳板的时候，有两个人逆着人流，抢到船上。这是两个卖唱的，一男一女。

男的是个细高条，高鼻、长脸，微微驼背，穿一件褪色的蓝布长衫，浑身带点江湖气，但不讨厌。

女的面黑微麻，穿青布衣裤。

男的是唱扬州小曲的。

他从一个蓝布小包里取出一个细磁蓝边的七寸盘，一双刮得很光滑的竹筷。他用右手持磁盘，食指中指捏着竹筷，摇动竹筷，发出清脆的、连续不断的响声；左手持另一只筷子，时时击盘边为节。他的一只磁盘、两只竹筷，奏出或紧或慢、或强或弱的繁复的碎响，真是"大珠小珠落玉盘"。

> 姐在房中头梳手，
> 忽听门外人咬狗。
> 拾起狗来打砖头，
> 又怕砖头咬了手。
> 从来不说颠倒话，
> 满天凉月一颗星。

"哪位说了：你这都是淡话！说得不错。人生在世，不过是几句淡话罢了。等人、钓鱼、坐轮船，这是'三大慢'。不错。坐一天船，难免气闷无聊。等学生给诸位唱几段小曲，解解闷，醒醒脾，冲冲瞌睡！"

他用磁盘竹筷奏了一段更加紧凑的牌子，清了清嗓子，唱道：

> 一把扇子七寸长，
> 一个人扇风二人凉。
> 松呀，嘣呀。
> 呀呀子沁，
> 月照花墙。
>
> 手扶栏杆口叹一声，
> 鸳鸯枕上劝劝有情人呀。
> 一路鲜花休要采呫，
> 干哥哥，
> 奴是你的知心着意人哪！

这是短的，他还有些比较长的，《小尼姑下山》《妓女悲秋》。他的拿手，是《十八摸》，但是除非有人点，一般是不唱的。他有一个经折子，上列他能唱的小曲，可以由客人点唱。一唱《十八摸》，客人就兴奋起来。统舱的客人也都挤到"烟蓬"里来听。

唱了七八段，托着磁盘收钱。给一个铜板、两个铜板，不等。加上点唱的钱，他能弄到五六、七八角钱。

他唱完了，女的唱：

你把那冤枉事对我来讲，

一桩桩一件件，

桩桩件件对小妹细说端详。

最可叹你死在那麦田以内，

高堂上哭坏二老爹娘……

　　这是《枪毙阎瑞生·莲英惊梦》的一段。枪毙阎瑞生是上海实事。莲英是有名的妓女，阎瑞生是她的熟客。阎瑞生把莲英骗到郊外，在麦田里勒死了她，劫去她手上戴的钻戒。案发，阎瑞生被枪毙。这案子在上海很轰动，有人编成了戏。这是时装戏。饰莲英的结拜小妹的是红极一时的女老生露兰春。这出戏唱红了，灌了唱片，由上海一直传到里下河。几乎凡有留声机的人家都有这张唱片，大人孩子都会唱"你把那冤枉事"。这个女的声音沙哑，不像露兰春那样响堂挂味。她唱的时候没有人听，唱完了也没有多少人给钱。这个女人每次都唱这一段，好像也只会这一段。

　　唱了一回，客人要休息，他们也随便找个旮旯蹲蹲。

　　到了邵伯，有些客人下船，新上一批客人，等客人把包袱行李安顿好了，他们又唱一回。

　　到了扬州，吃一碗虾籽酱油汤面、两个烧饼，在城外小客栈的硬板床上喂一夜臭虫，第二天清早蹚着露水，赶原班轮船回高邮，船上还是卖唱。

　　扬州到高邮是下水，船快，五点多钟就靠岸了。

　　这两个卖唱的各自回家。

他们也还有自己的家。

他们的家是"芦席棚子"。芦笆为墙，上糊湿泥。棚顶也以"钢芦柴"（一种粗如细竹、极其坚韧的芦苇）为椽，上覆茅草。这实际上是一个窝棚，必须爬着进，爬着出。但是据说除了大雪天，冬暖夏凉。御码头下边，空地很多，这样的"芦席棚子"是不少的。棚里住的是叉鱼的、照蟹的、捞鸡头米的、串糖球（即北京所说的"冰糖葫芦"）的、煮牛杂碎的……

到家之后，头一件事是煮饭。女的永远是糙米饭、青菜汤。男的常煮几条小鱼（运河旁边的小鱼比青菜还便宜），炒一盘咸螺蛳，还要喝二两稗子酒。稗子酒有点苦味，上头，是最便宜的酒。不知道糟房怎么能收到那么多稗子做酒，一亩田才有多少稗子？

吃完晚饭，他们常在河堤上坐坐，看看星，看看水，看看夜渔的船上的灯，听听下雨一样的虫声，七搭八搭地闲聊天。

渐渐地，他们知道了彼此的身世。

男的原来开一个小杂货店，就在御码头下面不远，日子满过得去。他好赌，每天晚上在火神庙推牌九，把一间杂货店输得精光。老婆也跟了别人。他没脸在街里住，就用一个盘子、两根筷子上船混饭吃。

女的原是一个下河草台班子里唱戏的。草台班子无所谓头牌、二牌，派什么唱什么。后来草台班子散了，唱戏的各奔东西。她无处投奔就到船上来卖唱。

"你有过丈夫没有？"

"有过。唱醉了酒栽在大河里，淹死了。"

"生过孩子没有？"

"出天花死了。"

"命苦！……你这么一个人干唱，有谁要听？你买把胡琴，自拉自唱。"

"我不会拉。"

"不会拉……这么着吧，我给你拉。"

"你会拉胡琴？"

"不会拉还到不了这个地步。泰山不是堆的，牛×不是吹的。你别把土地爷不当神仙。告诉你说，横的、竖的、吹的、拉的，我都拿得起来。十八般武艺件件精通——件件稀松。不过给你拉'你把那冤枉事'，还是富富有余！"

"你这是真话？"

"哄你叫我掉到大河里喂王八！"

第二天，他们到扬州辕门桥乐器店买了一把胡琴。男的用手指头弹弹蛇皮，弹弹胡琴筒子、担子，拧拧轸子，撅撅弓子，说："就是它！"买胡琴的钱是男的付的。

第二天回家。男的在胡琴上滴了松香，安了琴码，定了弦，拉了一段西皮、一段二黄，说："声音不错！——来吧！"男的拉完了原板过门，女的顿开嗓子唱了一段《莲英惊梦》，引得芦席棚里邻居都来听，有人叫好。

从此，因为有胡琴伴奏，听女的唱的客人就多起来。

男的问女的："你就会这一段？"

"你真是隔着门缝看人！我还会别的。"

"都是什么？"

"《卖马》《斩黄袍》……"

"够了！以后你轮换着唱。"

于是除了《莲英惊梦》，她还唱"店主东，带过了，黄骠马……""孤王酒醉桃花宫"。当时刘鸿声大红，里下河一带很多人爱唱《斩黄袍》。唱完了，给钱的人渐渐多起来。

男的进一步给女的出主意。

"你有小嗓没有？"

"有一点。"

"你可以一个人唱唱生旦对儿戏：《武家坡》《汾河湾》……"

最后女的竟能一个人唱一场《二进宫》。

男的每天给她吊嗓子，她的嗓子"出来"了，高亮打远，有味。

这样女的在运河轮船上红起来了。她得的钱竟比唱扬州小曲的男的还多。

他们在一起过了一个月。

男的得了绞肠痧，折腾一夜，死了。

女的给他刨了一个坟，把男的葬了。她给他戴了孝，在坟头烧钱化纸。

她一张一张地烧纸钱。

她把剩下的纸钱全部投进火里。

火苗冒得老高。

她把那把胡琴丢进火里。

首先发出爆裂的声音的是蛇皮，接着毕卜一声炸开的是琴筒，然后是担子，最后轸子也烧着了。

女的拍着坟土，大哭起来：

"我和你是露水夫妻，原也不想一篙子扎到底。可你就这么走了！"

"就这么走了！

"就这么走了！

"你走得太快了！

"太快了！

"太快了！

"你是个好人！

"你是个好人！"

"你是个好人哪！"

她放开声音号啕大哭，直哭得天昏地暗，树上的乌鸦都惊飞了。

第二天，她还是在轮船上卖唱，唱"你把那冤枉事对我来讲……"

露水好大。

一九九三年七月三十一日

载一九九三年第六期《十月》

关老爷

老关老爷——关老爷的父亲，作过两任两淮盐务道，搂了不少银子，他喜欢这小城土地肥美，人情淳厚，就在这里落户安家，起房屋，置田地，优哉游哉当了几年快活神仙老太爷。老关老爷的丧事办得极其体面。老关老爷死后，关老爷承其父业，房屋盖得更大，田地置得更多。一沟、二沟、三垛、钱家伙都有他的庄子。他是旗人。旗人有族无姓，关老爷却沿其父训，姓了关。关老爷的二儿子是个少年名士，还刻了一块图章：汉寿亭侯之后，其实关家和关云长是没有关系的。关老爷有两个特点。一是说了一嘴地道京腔，比如，他见小孩子吸烟，就劝道："小孩子不抽烟！"本地都说"吃烟"，他却说"抽烟"，本地人觉得这很奇怪。一是他走起路来是方步，有点像戏台上的台步，特别像方巾丑。这城里有几家旗人，他们见面时都还行旗礼——打千儿，本地人觉得他们好像在演戏，很滑稽，很可笑。关老爷个子不高，矮墩墩的。方脸。"高帝子孙多隆准"，高鼻梁。留两撇八字胡。立如松，坐如钟，他的行动都是很端正的。他的为人也很正派。他不抽大烟，不嫖，不赌。只是每年要下乡看一次青。

"看青"即估产。田主和佃户一同看看今年的庄稼长势，估计会有多少收成，能交多少租。一到稻子开花，关老爷就带了"田禾先生"下乡。关老爷骑一匹大青走骡，田禾先生骑一匹粉嘴踢雪黑叫驴，一路分花度柳，款款而行。庄稼碧绿，油菜金黄，一阵一阵野蔷薇的香味扑鼻而来，关老爷东张张西望望，心情十分舒畅。他下乡看青，其实是出来玩玩，看看野景，尝尝野味，改变一下他在深宅大院里的生活。估产定租这些事自有田禾先生和庄头商量，他最多只是点点头，摇摇头。他看的什么青！这些事他也不懂。他还带着一个厨子。厨子头一天已经带了伏酱秋油，五香八角，一应作料，乘船到了一沟。

在路上吃过一碗虾仁鳝丝面，中午饭就不吃了，关老爷要眯一小觉。起来，由庄头领着，田禾先生随着，绕村各处看了看。田禾先生和庄头估计今年收成，商谈得很细，各处田土高低，水流洪窄，哪一个八亩能打多少，哪一堤柽柳能卖多少钱……意见一致，就粗粗落了纸笔，有时意见相左，争持不下，甚至会吵了起来。到了太阳偏西，还没有一个通盘结果。关老爷只在喝茶抽烟，听他们争吵，不置一词。厨子来问："开不开饭？"关老爷肚子有点饿了，就说："开饭开饭！先吃饭，剩下的尾数也不值仨瓜俩枣，明天再议。"

关老爷在一沟的食单如下：

凉碟——醉虾、炸禾花雀，还有乡下人不吃的火焙蚂蚱、油汆蚕茧；

热菜——叉烧野兔、黄焖小公狗肉、干炸活鳊花鱼；

汤——清炖野鸡。

他不想吃饭，要了两个乡下面点：榆钱蒸糕，面拖灰藋菜加蒜泥。关老爷喝酒上脸，三杯下肚就真成了关公了。喝了两杯普洱茶，就有点吃饱了食困，睁不开眼了。

他还要念一会经。他是修密宗的，念的是喇嘛经。

他要睡了。庄头已经安排了一个大姑娘或小媳妇，给他铺好被窝，陪他睡下了。

第二天起来，就什么都好说了，一切都按庄头的话定规。

他给陪他睡的大姑娘、小媳妇一个金戒指。他每次都要带十多二十个戒指，田禾先生知道，关老爷下乡看青，只是要把一口袋戒指给出去，他和庄头磨牙费嘴都只是过场而已。

一沟、二沟、三垛转了一圈，关老爷累了，回到钱家伙喝了人参汤，大睡了两天，回家，完成了他的看青壮举，得胜还朝。

关老爷是旗人，又是从外地迁来的，本地亲戚很少，只有一个老姑奶奶嫁给阚家；一个老姨嫁给简家，算是至亲。有熟读《三国演义》的人说：你们一家是阚泽的后人，一个是简雍的后人，这样的姓很少，难得！关老爷和岑直斋小时候是同学，跟杨又渔学过做古文、制艺、试帖诗，以后常在一起作文酒之游。关老爷的二儿子关汇和岑直斋的大儿子岑瑜从小学到中学都是同班同学。这几家是通家之好，婚丧嫁娶，办生做寿，走动得很勤。

岑直斋的女儿岑瑾是个美人（她母亲是姨太太，本是南堂子里的名妓）。她眼睛弯弯的，常若含笑，皮肤非常白嫩，真是"吹弹得破"——因此每年都生冻疮。关汇很爱看岑瑾的一举一动，他央求老姨奶奶到岑家说媒。岑瑾的妈说这得问问她本人。岑瑾本不愿意，理由是：一、她比关汇还大两岁；二、关汇身体不好，有点驼背；三、他在学校里功课不好，尤其是数、理、化。她妈说：大两岁没有关系，大媳妇知道疼女婿；身体不好，可以吃药调理；功课——关家这样的人家不指着儿子做事挣钱，一个庄子就够吃一辈子。经过妈下了水磨功夫掰开揉碎反复开导，岑瑾想：富贵人家的子弟差不多也就是这样，就说："妈，您作主！"这样关汇和岑瑾就定了婚，他们那年才读初三。关汇几乎每天都到岑家去，暑假就住在岑家，和岑瑜一起玩：用汽枪打鸟，钓鱼。关汇每天给岑瑾写情书，虽然天天见面。情书大都是把旧诗词改头换面。如"身无彩凤双飞翼，心有灵犀一点通"之类，他送岑瑾一张放大十二寸的相片，岑瑾把相片配了框子挂在墙上。岑瑾觉得她迟早是关家的人了，也不再有别的想法。

初中毕业，关汇到上海去读高中，岑瑾到苏州读了女子师范，暂时"劳燕分飞"了。关汇还是每天写信，热情洋溢；岑瑾也回信，但是关汇觉得她的信感情有点冷淡。

关家老太太急于想早一点抱孙子，姑奶奶、姨奶奶也觉得关汇的婚事不能再拖，就不断催关汇把事情办了。于是在关汇和岑瑾高三寒假就举行了婚礼。两家亲友都不甚多，但是吹吹打打，也很热闹。婚礼半新不旧。关汇坚持穿燕尾服，不穿袍子马褂，岑瑾披婚纱，但是拜堂行礼却是旧式的。燕尾服、婚纱，磕头，有点滑稽。

热闹了一天，客人散尽，关汇、岑瑾入洞房。

三天无大小，有些姑娘小子把耳朵贴在房门上"听房"。什么也没有听见。

半夜里，听到劈劈啪啪的声音，打人？关老爷一听，不对！把关老太太叫起来，叫她带了大儿媳妇赶紧去看看。撞开了房门，只见岑瑾在床前跪着，关汇拿了一根马鞭没头没脸地打她。打一鞭，骂一句："你欺骗了我！你欺骗了我！"大嫂把岑瑾拉起来，给她盖了被窝；老太太把关汇拉到关老爷的书房里，问："为什么打她？"关汇气得浑身发抖，说："她欺骗了我！她欺骗了我！"——"怎么回事？"——"她不是处女！不是处女啊！"

这里的风俗，三天回门，要把那点女儿红包在一方白绫子里，亲手交给妈妈。妈妈接过白绫子，又是哭，又是笑："闺女！好闺女！"

岑瑾三天回门，这门怎么回呢？关汇不去。老太太再三给他央求，说"关、岑两家，不能让人议论"。好说歹说："你就给妈这点面子，我求你了！"老太太差点跪下。关汇只能铁青着脸进了岑家的门，连饭都没有吃，推说头疼，就先回去了。

关汇不进岑瑾的门，自在书房里睡。

关、岑两家是不能离婚的。一离婚，就会引起一县人的揣测刺探。只好就这样拖下去。拖到什么时候呢？

这事总得有个了局。

会是怎样的了局呢?

关老爷还是每年下乡看青。他把他的看青的"章程"略微作了一点修改:凡是陪他睡觉的,倘是处女——真正的黄花闺女,加倍有赏——给两个金戒指。

一九九六年一月二十二日

载一九九六年第三期《小说界》

礼俗大全

　　这条河叫准提河，因为河上巷子里有一个小庵准提庵。这条巷子也就叫准提巷。出准提巷，在准提河上有一道砖桥，叫准提桥。准提桥是平桥，铺着立砖，两边白石栏杆。挺好看的。下雨天，雨水从准提巷流出来，流过桥面。这时候没有多少行人来往。偶尔听到钉鞋穿过巷子的声音，由近而远，让人觉得很寂寞。

　　这是一条不宽的河，孩子打水飘，噌噌噌噌，瓦片可以横越河面，由北边到南边，到河边一直窜到岸上。

　　吕虎臣住在河南边，挨着准提庵。河南边就只有这一家，单门独院，四面不挨人家。谁都知道，这是吕家，吕虎臣家。孩子都知道。

　　吕家人口简单。吕虎臣中年丧妻，没有再娶。没有儿子，只有个女儿。女儿叫吕蕤，小时候放鞭炮，崩瞎了一只左眼，因此整天戴了深蓝色的卵形眼镜。有个女婿叫李成模，菱塘桥人。女婿不是招赘的，而是从小和吕蕤订了婚，为了考大学，复习功课住到丈人家来的。小两口很亲热。吕蕤很好看，缺了一只眼睛还是很好看。他们每天都在门前闲眺，看人打鱼，日子过得很舒心自在。有一次互相打闹，吕蕤在李成模屁股上踢了一脚。正好吕虎臣从外面回来，装得很生气："玩归玩，闹归闹，哪有这样的闹法的！叫过路人看见了笑话！"吕蕤和李成模一伸舌头。

吕虎臣在家的时候少，在外面的时候多。

河北岸，正对着准提巷，是方家。方家的大人去世早，留下一儿一女，兄妹二人相依为命。哥哥方继淦在一个工厂当会计。抗战爆发后随厂到了重庆。妹妹方景心高气傲，一心想读大学，但读了初中，就没有再升学，留在家乡，在一个电话公司当接线员（由于吕虎臣的介绍），她很不甘心。而且医生发现她得了肺结核：全身无力，每天下午面色潮红，有时还咯两口血。她连班都上不了了，只好在家休养。吕虎臣和方家是亲戚，又和方景的父亲同过学（都是邑中名士杨渔隐的学生），对方景很关心。方景爱靠在栏杆上看准提河的水，一看半天。吕虎臣看见，总要走过去安慰她几句，他怕方景会一时想不开。方景看看吕虎臣，说："大姨夫（她总是叫吕虎臣大姨夫），我不会跳下去的！您放心！"——"那好，那好！你不要灰心，你的日子还长着哪！等身体好了，你还可以飞得高高的！"——"谢谢你大姨夫！"吕虎臣知道方景生活艰难，只靠哥哥辗转托人带一点钱来，有时给她一点帮助。看病的诊费、买药的药钱都由吕虎臣代付了（写在吕虎臣的账上了）。

方景长得黑黑的，眉毛、眼睫毛都很重，眼睛亮晶晶的，走路时脑袋爱往一边偏，是个很好看的黑姑娘。

吕虎臣和城里的几大户，马家、杨家、孙家都是亲戚，时常走动。尤其和孙家是至亲。孙家有什么事，婚丧嫁娶，需要吕虎臣来借箸代筹，一请就到，不请也到。吕虎臣对孙家的世谊姻亲，了如指掌。一切想得很周到，绝对落不了褒贬。他和孙家男女上下都非常熟悉。孙家的姑奶奶都跟他很亲热，爱听他说话。姑奶奶都叫他"虎臣大哥"。吕虎臣有点齉鼻子，说话瓮声瓮气，但是听起来很诚恳。

这孙家是有点特别的人家。既不像马家一样是冠盖如云的大绅士，也不像杨家功名奕世，出过几个进士，他家有些田产，并不很多，但是盖的房子却很讲究。东西两座大厅，磨砖对缝，厅前是一片很大的白矾石的天井。靠东围墙是一间大书房，平常不用；靠西一间小书房，壁隔里摆着古玩瓶盘，是四姑奶奶的绣房，这是名副其实的"绣房"，四姑奶奶不久即将出嫁，她整天在小书房里绣花。

孙老头儿名筱波，但是满城人都叫他"孙小辫"，因为他一直留着一条黄不黄白不白的小辫子，辫根还要系一截红头绳。

孙小辫不喜欢花鸟虫鱼，却喂了一对鹤——灰鹤。这对灰鹤在四姑奶奶绣房后面的假山跟前老是踱来踱去，时不时停下来剔剔翎毛，从泥里搜出一根蚯蚓，吃掉。孙家总是很安静，四姑奶奶飞针走线，绣花针插进绣绷的声音都听得很清楚。

孙筱波的另一特别处是把一位名士宣瘦梅请到家里来教女儿读书。这位宣先生能诗能画，终身不应科举。他教女学生不是读"女四书"之类，而是诗词歌赋。孙家的女儿都能通背《长恨歌》《琵琶行》《董西厢》：

　　碧云天，

> 黄花地，
> 秋风紧，
> 北雁南飞，
> 晓来谁染霜林醉？
> 都是离人泪。

孙家女儿都有点多愁善感。孙小辫为什么让宣先生教女儿这些东西，令人百思不得其解。但是男女老少又都会背一篇东西。这篇东西说古文不是古文，说诗词不是诗词，说道情不是道情，不俗不雅，不文不白，是一种奇怪的文体：

> 三子三鼎甲，
> 五婿五传胪。
> 鼎甲本不贵，
> 贵的是三子三鼎甲；
> 传胪本不难，
> 难的是五婿五传胪。
> 齐家治国平天下，
> 儿辈承当。
> 这些事，
> 老夫也管些儿个：
> 竹篱石井，
> 鹤食猴粮。

这算是什么东西呢？是谁的作品？不知道。有人说这是孙筱波作，经宣瘦梅润色过的。这表达了谁的思想？是孙筱波的还是宣瘦梅的？不知道。但是孙家男女老少全都会摇头晃脑地高声背诵，俨然这写的就是孙家。怎么可能呢？"三子三鼎甲""五婿五传胪"，哪里会有这样的人家！这只能说是孙筱波的白日梦，或孙家一家的白日梦。孙家不是书香世家，却以世家自居。几个姑奶奶尤其是这样，说起话来引经据典、咬文嚼字，似乎很高雅。女人而说"雅言"叫人很反感。

孙筱波得了一种怪病，两脚不能下地，一着地就疼得不得了。找了几个医生，内科、外科切脉服药，都不见效。吕虎臣来看他，孙筱波说："这是无名之病，势将不治矣！"吕虎臣叫他把袜子脱了，看了看，说："嗐！"原来是他平常不洗脚，洗脚也不剪趾甲，趾甲反屈弯曲，抠进了脚心，那着地还有不疼的？吕虎臣到澡堂里请来一位修脚师傅，师傅用几把刀给他修了脚，他下地走了几步，没事了！

不久，孙筱波真的病了。没几天就呜呼哀哉，伏维尚飨了。也没有什么大病，心力衰竭，老死的。盛殓之后，因为日本人已经打到离县城不远，兵荒马乱，难以成礼，经子女亲戚计议，决定移柩三垛镇，六七开吊。当然得惊动吕虎臣。吕虎臣头两天就到了三垛，料理一切。

吕虎臣是个礼俗大全，亲戚朋友家有婚丧嫁娶，必须请他到场，擘画斟酌。

做寿倒没他什么事，他只是看看寿堂：这家有一幅吕纪的豹（报）喜图应该挂在正面，寿屏的次序有没有挂错，寿联的上下联颠倒了没有，陈曼生、汪琬的对联应该分挂在不同地方；

来客应于何处侍茶、何处吸（鸦片）烟，都得安排妥当了。开宴时席位的尊卑长幼更得有个讲究。吕虎臣左顾右盼，添酒布菜，三杯寿酒是绝对喝不安生的。

办喜事，吕虎臣事不多。找一个胖小子押轿；花轿到门，姑爷射三箭；新娘子跨火、过马鞍……直到坐床撒帐，这都由姑奶奶、姨奶奶张罗，属于"妈妈令"。吕虎臣只关心一件事，找一位"全福太太"点燃龙凤喜烛。"全福太太"即上有公婆父母、下有儿女的那么一个胖乎乎的半大老太太。这样的"全福人"不大好找。吕虎臣早就留心，道一声"请"，全福太太就带点腼腆，款款起身，接过纸媒子，把喜烛点亮，于是洞房里顿时辉煌耀眼，喜气洋洋。

最麻烦复杂的是办丧事。一到三垛，进了门，吕虎臣就问："已经请了李荥了没有？"——"请了，请了！明天上午派船，三老爷擦黑准到！"——"那好，要派妥当的人去！"——"没错您哪！"——"准备云土！"——"是！"

李荥抽大烟，而且必须是云土。

吕虎臣第一件事是用一张白宣纸，裁成四指宽、一尺多长，写了三个扁宋体的字，"盥洗处"，贴好了，检查检查"初献、亚献、终献"的金漆小木屏，察看了由敞厅到灵堂的道路，想了想遗漏了什么事。

"开吊"有点像演戏。"初献""亚献""终献"，各有其人。礼生执金漆小屏前导，司献戚友踱方步至灵前"拜"——"兴"，退出。"亚献""终献"亦如此。这当中还要有"进曲"，一名鼓手执荸荠鼓，唱曲一支，内容多是神仙道化，感叹人世无常；另有二鼓手吹双笛随。以后是"读祝"，即读祭文，祭文不知道为什么叫做"祝"。礼生高唱"读祝者读祝"，一个嗓音清亮、声富表情的亲戚（多半是本地才子）就抑扬顿挫、感慨唏嘘地朗读起来。有人读祝有名，读到沉痛婉转处可令女眷失声而哭。其实"祝"里说的是什么，她们根本不知道，只是各哭其所哭。"祝"里许多词句是通用的，可以用之于晴雯，也可以用之于西门庆。

"开吊"最庄严肃穆的一个节目是"点主"。"神主"枣木牌位上原来只写某某之"神王"，主字上面一点空着，经过一"点"，显考或先妣的灵魂就进入牌内，以后这小木牌就成了显考先妣们的代表。"点主"要请一位官大功高的耆宿。李萲是常被请的。他点过翰林，在本县可说是最高功名。他脸上有几颗麻子，仆人们都叫他"李三麻子"，因为他架子大，很不好伺候。

礼生高唱："凝神——想象，请加墨主！"李萲就用一枝新笔舔了墨在"神王"上点了一个瓜子点。"凝神，想象，请加朱主。"李三麻子用白芨调好的朱砂，盖在"墨主"上。于是礼成。

"凝神——想象"，这是开吊所用的最叫人感动、最富人情味的、最艺术的语言，其余的都只是照章办事，行礼如仪而已。

孙筱波的丧事把吕虎臣累得够呛。没想到这是他一生中操办的最后一件丧事。

　　吕虎臣送客回来，摔了一跤，当时口眼歪斜，中风失语。他自己知道，这一回势将不救。——他曾经中过一次风，这回是复发了。中风最怕复发。他脑子还清楚，也还能含含糊糊、断断续续交待几句后事：

　　"时值兵燹，人心惶惶，不要惊动亲友，殓以常服，薄葬，入土为安；

　　不要通知吕蕤。吕蕤已经结婚怀孕，在菱塘桥婆婆家生孩子，不能受刺激，等她生养休息后再慢慢告诉她；

　　遗著一卷，有机会刻印若干本送人。"

　　他的遗著是：

婚丧
　　　礼俗大全
嫁娶

　　吕蕤回来，看到父亲的新坟，扑上去嚎啕大哭，把坟土都湿了一围，怎么劝也劝不住。

　　陪着吕蕤一起哭的，是方景。

载一九九六年第五期《大家》

辑三

鹿井丹泉

他仿佛想把他的热心变成包子的滋味，摘蒂子，刮馅心，那么捏几下，一收嘴子，全按板中节，如一个熟练的舞蹈家或魔术师的手脚。

落魄

他为什么要到"内地"来？不大可解，也没有人问过他。自然，你现在要是问我为甚么大远的跑到昆明过那么几年，我也答不上来。从前很说过一番大道理，经过一个时间，知道半是虚妄，不过就是那么股子冲动，年纪轻，总希望向远处跑；而且也是事实，我要读书，学校都往里搬了；大势所趋，顺着潮流一带，就把我带过了千山万水。总是偶然，我不强说我的行为是我的思想决定的。实在我那时也说不上有什么思想。——我并没有说现在就有。这个人呢？似乎他的身边不会有甚么偶然，那个潮流不大可能波及到他。我很知道，我们那一带，就是像我这样的年纪也多还是安土重迁的。在家千日好，出外一时难。小时候我们听老人家说行旅的艰险决不少于"万恶的社会"的时候。他近四十边上的人了，又是"做店"的。做店人跑上五七个县份照例就是了不起的老江湖，关于各地茶馆、浴室、窑姐儿、镇水铜牛、大火烧了的庙，就够他们向人聊一辈子；这种人见过世面，已经有资格称为百事通，为人出意见、拿主意，凡事皆有他一份，社会地位极高，再也不必跑到左不过是那样的生疏地方去。他还当真走上好几千里干甚么？好马不吃窝边草，憋了甚么气，要到个亲旧耳目不及的地方来创一番事业，等将来衣锦荣归，好向家里妻子说一声"我总算对得起你们"么？看他不像是那种咬牙发狠的人，他走路、说话全表示他是个慢性子，是女人们称之为"三棍子打不出个闷屁来"的角色。再说，又何必用这么远，千里之内尽可以做个"跨海征东薛仁贵""楚国为官的秋胡"了。也许是他受了危言耸听的宣传，觉得日本人一来，可怕到不可想象程度，或者是他遭了甚么大不幸或难为情事情，本土存身不得，恰好有个亲戚到内地来做事，需要个能写字算账的身边人，机缘凑巧，无路可走之中他勃然打定了主意来"玩玩"了？也只是"也许"。——反正，他就是来了，而且做了完全另外一种人。

到我们认识他时，他开了个小吃食铺子，在我们学校附近。

初时，大家还带得三个月至半年的用度，而且不时还可接到汇款，生活标准比在家时低不太多。稍有借口，或谁过生，或失物复得，或接到一封字迹娟秀的信，或没有理由，大家"通过"一下，即可有人作东请客。在某个限度内还可挑一挑地方。有人说，开了个扬州馆子，那就怎么样也得巧立名目地去吃他一顿。

学校附近还像从前学校附近一样，开了许多小馆子。开馆子的多是外乡人。湖南的、江西的、山东的、河北的，一种同在天涯之感把老板伙计跟学生接连起来，而且他们本来直接间接地就与学校有相当关系，学生吃饭，老板伙计就坐在旁边谈天说地；而学生也喜欢到锅灶旁边站着，一边听新闻故事，一边欣赏炒菜艺术。——这位扬州人老板，一看即与别人不同，他穿了一身铁机纺绸裌裤在那儿炒菜！盘花纽子，纽裆里拖出一段银表链。雪白的细麻纱袜，一双浅口千层底直贡呢鞋。细细软软的头发向后梳得一丝不乱。左手无名指上还套了个韭叶指环。

这一切在他周身那股子斯文劲儿上配合得恰到好处。除了他那点流利合拍的翻锅子、动铲子的手法，他无处像个大师傅，像个吃这一行饭的。这比他的鸡丝雪里蕻、炒假螃蟹、过油肉更令我们发生兴趣。这个馆子不大，除了他自己，只用了个本地孩子招呼客座、摆筷子、倒茶。可是收拾得干干净净，木架子上还搁了两盆花。就是足球队员、跳高选手来，看了墙上、菜单上那一笔成亲王体的字，也不便太嚣张放肆了。

有时，过了热市，吃饭的只有几个人，菜都上了桌，他洗洗手，会捧了把细瓷茶壶出来，客气两句，"菜炒得不好，这里的酱油不行""黄芽菜教孩子切坏了，谁教他切的！——红烧才能横切，炒，要切直丝的"。有时也谈谈时事，说点故乡消息，问问这里的名胜特产，声音低缓而有感情。我们已经喜欢去坐茶馆了，有时在茶馆也可以碰到他，独自看一张报纸或支颐眺望街上行人。他还给我们付了几回茶钱，请我们抽烟。他抽烟也是那么慢慢的，一口一口地吸，仿佛有无穷滋味。有时事完了，不喝茶，他去蹓跶，两手反背在后面，一种说不出悠徐闲散。出门少远，则穿了灰色熟罗长衫，还带了把湘妃竹折扇。想见从前他一定喜欢养养鸟、听听书，常上富春坐坐的。他自己说原在辕门桥一个大绸缎庄做事，看样子极像。然而怎么到这儿来开一个小饭馆的呢？这当中必有一段故事，他不往下说，我们也不好究问。

馆子菜甚么菜都是一个滋味，家家一样，只有他那儿虽然品色不多，却莫不精致有特色。或偶尔兴发，还可以跟他商量商量，请他表演几个道地扬州菜，狮子头、芙蓉鲫鱼、叉子烧鸭，他必不惜工本，做得跟家里请客一样，有几个菜据说在扬州本地都很少有人做得好。这位绸缎店"同事"大概平日在家极讲究吃食，学会了烹调，想不到自己竟改行做了饭师傅。这不免是降低了一级，我们去吃饭，总似乎有点歉意。也许他看得比较高一层，所以态度上从未使我们不安。他自己好像已不顶在乎了。生意好，有钱挣，也还高高兴兴的。果然半年下来，店门关了几天，贴出了条子：修理炉灶，休业数天。

新万年红朱笺招纸贴出来，一早上就川流不息地坐满了人。老板听从有人的建议，请了个南京师傅来做包子、煮面，带卖早晚市了。我一去，学着扬州话，跟他道一声：

"恭喜恭喜。"

恭喜他扩充营业，同时我已经看到后面小天井里一个女人坐着拣菜，发髻上一朵双喜绒花。老板拱拱手：

"托福托福，闹着玩的。"

女人不知是谁给说的媒，好像是这条街上一个烟鬼的女儿，时常也看她蓬着头出来买香油、腌菜、蚊烟香，脸色黄巴巴的，样子平平常常。可是因为年纪还不顶大，拢光了头发，搽了雪花膏，还敷了点胭脂，就像是完全换了一个人，以前没的好处全露了出来。老板看样子很喜欢，不时回头，走过去低低说几句话，让她偏了头，为拈去一片草屑尘丝，他那个手势就比一首情诗还值得一看。老板自己自然也年轻了不少，或者不如说一般人都不免，而实际上一个才四十的人不应便有的老态全借了一个年轻的身体而冲失了。要到这样的年龄大概才真知道如何爱惜女人。

灶下，那个南京师傅集中精神在做包子。他仿佛想把他的热心变成包子的滋味，摘蒂子，刮馅心，那么捏几下，一收嘴子，全按板中节，如一个熟练的舞蹈家或魔术师的手脚。今天是第一天，他忙，没甚么工夫想甚么，就这个"第一天"一定在他脑子里闪了好多次。这三个字包含的感情很多，他自己一时也分辨不清，大体上都结成了一团希望，就像那个蒸笼冒出来的一阵一阵子的热汽。听他拍打着包子皮，声音钝钝的，手掌一定很厚！他脑袋剃得光光的，后脑勺子挤成了三四叠，一用力，直扭动。他一身老蓝布衣裤，腰里一条洋面口袋改成的围裙。从上到下，无一处不像一个当行面食店师傅，跟扬州人老板相互映照，很有趣味。

然而不知甚么道理，那一顿早点没有留给我甚么印象。等的时候太长，而吃的时候太短。我自己也不好，不爱吃猪肝，为甚么叫了碗猪肝面加菠菜西红柿！面是"机器面"，没有办法，生意太好，擀面来不及。——是谁给他题了那么几个艺术字？三个月之后这几个字一定浸透了油气的，活该！

不久滇越铁路断了，各处"转进"的战事使好多人的故乡随"我的家在东北松花江上"的伤感老歌一齐失去。Cynical的习气普遍地增高，而洗衣的钱付得少了，因为旧了破了，破旧了的衣服就去卖了。渺乎其远的希望造成许多浪子。有些人对书本有兴趣，抱残守拙，显得极其孤高。希望既远，他们可看到比希望还远的地方。因为形状褴褛，倒更刺激他们精神的高贵，以作为一种补偿。这是一种斗争，沉默而坚持，在日常的委屈悲愤的世俗感情的摆落中要引接山头地底水泉来灌溉一颗心的滋长，是困苦的。有些失了节，向现实投了降，做起生意起来了，由微渐著，虽无大手笔，但以玩票姿态转而下海，不失为一个"名家"局面。后一种人数目极少。正因为少，故在校中行动常一望而可指出。这才是一个开始，唯足以启发往后的不正常。本来战争的另一名词即"不正常"。这点不正常就直接影响绿杨饭店的营业。——现在，"绿杨饭店"已经为人耳熟，代替原来的"扬州人"。在它开张了，又扩充了时候，绿杨饭店是一个名词。一个名词仿佛可有可无的。而现在绿杨饭店成了一个实体，店的一切与它的招牌分不开了。

第一，扬州人已经不能代表一个店了；而且这个饭店已经非常地像一个饭店，有时简直还过了分！

那个南京人，第一天，我从他的后脑勺子上即看出这是属于那种会堆砌"成功"的人。他实事求是，稳扎稳打，抓紧机会，他知道钱是好的，活下来多不容易，举手投足都要代价。为了那个代价，所以他肯努力。他一早晨冲寒冒露赶到小南门去买肉，因为每斤便宜多少钱；为了搬运两袋面粉，他可以跟挑夫说许多好话或骂许多难听话；他一边下面，一边瞭着门前过去的几驮子柴；他拣去一片发黄的菜叶子，拾起来又放到砧板上；他到别家铺子门前逛两转，看他们的包子蒸出来是甚么样儿，回来马上决定明天他自己的包子还可以掺点豆芽菜，而且放点豆腐干也是个可试的办法……他的床是睡觉的，他的碗是吃饭的，他不幻想，不喜欢花，不上茶馆喝茶，而且老打狗，因为虽然他的肉在梁上，他还是担心狗吃了。没有多少时候绿杨饭店即充满了他的"作风"。——我得声明，虽然我感情上也许是另一回事，可是我没有公开表示反对这样的作风的意思。而且四方东西南北中（我们那儿都是这么说，自然也对，"中"不是一个方向），南京人只是偏于那一方，不是像俾斯麦或希特勒那样绝对的人。这里只说他的一般上的特殊，向反的较强的一面，不单是作风，也因为从作风的改变上，你知道这个店的主权也变了。过了一个时候，不问可知，已经是合股开的。南京人攒了钱，红利工钱，再加上一点积蓄，也许还拉了点债，入了股。我可以跟你打赌，他在才有人来提生意时即已想到这一步。

南京人明白他们这个店应当为甚么人而开，声气相求，果然同学之中那个少数很快即为吸取进来，作为经常主顾。他们人数不多，但塞满这个小饭店却有余。而且他们周围照例有许多近乎谢希大应伯爵之人者流，有时还会等不着座儿。这时他们也并未"发迹"，不过手底下比较活动，他们的"社会"中，"同学"仍占一个重要位置，这里便成为他们"联络感情"所在，常在来吃一碗猪肝面的教授面前摆了一桌子菜哄饮大嚼起来。有的，在这里包了月饭，虽然吃一顿不吃一顿。——另一种同学，因为尚有衣物可卖，卖得钱，大都一天花光，豪爽脾气未改（这也是一种抗卫），也常三五个七八个一摊上街去吃喝一顿。有时他们在这里，有时到别处去；有时他们到别处去，有时还在这里。有些本来常在这里的，不常在这里了。

绿杨饭店的生意好了一阵，好得足以使这一带所有的吃食铺子全都受了影响，而且也一齐对它非常关心。别以为他们都希望"绿杨"的生意坏，他们知道"绿杨"的生意要是坏，他们自己的也好不了。他们的命运既相妨，又相共。然而过了一个高潮，绿杨饭店眼看着豆芽菜豆腐干越掺得多，卖出去的包子就越少。"学校附近的包子"在壁报文章中成了一个新奇比喻，到后来而且这个比喻也毫不新奇了。绿杨饭店在将要为人忘记的那条路上走。——时间也下来两年了，好快！这时有钱活动的就活动得更远。有的还在这个城里，有的到了外县，甚至出了国，到仰光，到加尔各达；有的还选了几门课，有的干脆休了学，离开书本，离开学校，离开同学，也离开了绿杨饭店。大部分穷的，可卖衣物更少了，已经有人经验到饥饿时的心理活动。这也是一种活动，且正如那种活动到仰光、加尔各达的人一样，留下许多痕迹在脸上，造成他们的哲学。绿杨饭店犹如一面镜子，扬州人、南京人也如一面镜子。镜子里是风干的猪肝、暗淡的菠菜、不熟的或烂的西红柿，太阳如一匹布，阳光中游尘扬舞。江西人的山东人的湖南人的河北人的新闻故事与好兴致，全在猪肝、菠菜、西红柿前失了颜色。悄悄的，他们把这段日子撕下来，风流云散，不知所终。

那个女人的脸又黄下来，头发又乱了，而且像是没有光亮过，没有红过、白过。有一次街上开来了一队兵，马上就找到他们要徘徊逗留的地方，向绿杨饭店他们可没有多瞟几眼。多可惜，扬州人那个值得一看的动人手势！——这时候我才想起过他家里有太太没有？有孩子没有？

绿杨饭店还是开着。

这当中我因病休了学，病好了住在乡下一个朋友主持的学校里，帮他们教几个钟点课，就很少进城来。绿杨饭店的情形可以说不知道。一年之中只去了一次。一位小姐病了，我们去看她。有人从黑土洼带了一大把玉簪花来，看着把花插好了，她笑了笑，说是"如果再有一盘椒盐白煮鱼，我这个病就生得很像样子了"。从前的生病也是从前的谈天题目之一。她说过她从前生了病都吃白煮鱼，于是去跟扬州人老板商量，看能不能给我们像从前一样地配几个菜。他的回答很慢，但当那个交涉代表说"要是费事，不方便，那就算了"，却立刻决定了，问"甚么时候？"南京人呢，不表示态度。出来，我半天没有话。朋友问是怎么回事，没有甚么，我在想那个饭店。

那天真是怪，南京人一声不响，不动手，摸摸这，掇掇那。女人在灶下烧火。扬州人的头发白了几根。他似乎不复那么潇洒，似乎颇像做这样的事情的一个人了。不仅是他的纺绸衣裤，好鞋袜，戒指，表链没有了；从他放作料，施油盐，用铲子抄起将好的菜来尝尝味，菜好了敲敲锅子，用抹布（好脏）擦擦盘子，刷锅水往泔水缸里一倒，扶着锅台的架势，偶尔回头向我们看一看的眼睛，用火钳夹起一片木柴吸烟（扯歪了脸），小指搔搔发痒的眉毛，鼻子吸一吸吐出一口痰……一切，全都变了。菜做完了，往我们桌边拉出一张凳子（接过腿的）上一坐，第一句即是：

"甚么都贵了，生意真不好做。"

这句话教南京人回过头来，向着我们这边。南京人是一点也没有走样！他那个扁扁的大鼻子教我想起我们前天应当跟他商量才对。我觉得出他们一定吵了一架。不一定是为我们的一顿饭而吵，希望不是因为我们而吵的。而且从扬州人脸上的皱纹阴影上看，开始吵架已经是颇久的事。照例大概是南京人嘀咕，扬州人不响。可能先是那个女人跟南京人为一点小事拌嘴，于是牵扯起一大堆，一直扯到这一次的不痛快跟前次的连接起来，追溯到很远；还有余不尽，种下下次相争的因子。事情很明显，南京人现在股本比扬州人只有多，决不少，而扬州人两口子穿吃开销，他们之间没有甚么会计制度，就是那么一篇糊涂账。他们为甚么不拆伙呢？隔了年的浆子，粘不起来，那就算了。可是不，看样子他们且要糊下去。从扬州人的衰颓萎败上看起来，我疑心他是不是有时也抽口把鸦片烟。唔，要是当真，那可！——我曾问过坐在我对面的同学：

"你是不是有把握绝对不会抽鸦片，假如有人说抽，或者你死？"

回答是："倒不是死。有许多东西比死更厉害。你要是信教，那就是魔鬼；或是不绝的'偶然'。"我看看南京人的粗粗短短的手指（果然，好厚的手掌），忽然很同情他，似乎他的后脑勺子没有堆得更高全是扬州人的责任。

到我复学时，一切全有点变动。或者不是变动，是层叠、深入、牢著，是不变。什么都有一种随遇而安样子。图书馆指定参考书不够，可是要多少本才够呢？于是就够了。一间屋子住四十人太多，然而多少人住一屋或每人该有几间屋最合理？一个人每天需要多少时候的孤独？简直连问也没有人问。生物系的新生都得抄一个表，人正常消耗是多少卡罗里，而他们没有想到他自己也是一个实验对象；倒对一个教授研究出苗人常吃的刺梨和"云南橄榄"所含维他命工作极有兴趣。土产最烈的酒是五十三度，最坏的烟（烧完了灰都是黑的）叫鹦鹉牌。学校附近的荒货摊上你常看见一男一女在那里讲价，所卖是女的一件曾经极时髦的衣服，反正那件衣服漂亮到她现在绝对无法穿出来了。而路边种的那些树都已长得很高，在月光中布下黑影，如梦如水。整个一个学校，一年中难得有几个人哭，也绝不会有人自杀……而绿杨饭店已经搬了家，在学校门边搭一个永远像明天就会拆去的草棚子卖包子，卖猪肝面。

（我已经对我的文章失去兴趣，平淡得教我直想故作惊人之笔而惊人不起来！这饭店，这扬州人与我有甚么关系呢？）

一句话就说尽这个饭店了：毫无转机。没有人问它如何还能开下来，因为为多少人怎么活下来就无从想象。当然，这时候完全是南京人在那儿撑持。但客观条件超出他所有经验。武松拿了打折了的半截哨棒，只好丢了，他也无计可施。然而他若是丢了这个坑人的绿杨饭店，他只有死！他似乎有点自暴自弃起来，时常看他弄了一土碗市酒，闷闷地喝（他的络腮胡子乌猛猛的），忽然拳头一擂桌子，大骂起来，也不知道骂谁才是。若是扬州人跟他一样的壮，他也许会跳上去，冲他鼻子就是一拳。然而扬州人一股子窝囊样子，折垂了脖子，木然看着哄在一块骨头上的苍蝇。这样子更让南京人生气，一股子邪火从脚底心直升上来。扬州人身体简直越来越不行了，背佝偻得厉害。他的嘴角老挂着一点，嘴唇老开着一点。最多的动作是用左手捋着右臂衣袖，上下推移。又不是搔痒，不知道是干甚么！他的头发早就不梳好了，有时居然梳了梳，那就更糟，用水湿了梳的，毫无光泽，令人难过。有人来了，他机械地站起来，机械地走，用个黑透了的抹布，骗人似的抹抹桌子，抹完了往肩头上一搭：

"吃甚么？有包子，有面。有牛肉面，炸酱面，菠菜猪肝面……"声音空洞而冷漠。客人的食欲就教他那个神气、那个声音压低了一半。你就看看那个荒凉污黑的架子，看到西红柿上的黑斑，你知道黑斑那一块煮也煮不烂的；看到一个大而无当的盘子里三两个鸡蛋，鸡蛋会散黄；你还会想起扬州人跟你解释过的，"鸡蛋散黄是蚊子叮的"，你想起子子在水里翻跟斗。吃甚么呢，你简直没有主意。你就随便说一个，牛肉面吧。扬州人搂着他的袖子：

"噢——牛肉面一碗——"

"牛肉早就没有了，要说多少次！"

"噢——牛肉没有了——"

"那么随便吧。猪肝面吧。"

"噢——猪肝面一碗——"

而那个女人呢，分明已经属于南京人了。仿佛这也没有甚么奇怪。连他们晚上还同时睡在那个棚子底下也都并不奇怪。这当中应当又有一段故事的，但你也顶好别去打听，压根儿你就无法懂得他们是怎么回事，除非你能是他们本人。

我已经知道，他们原来是表兄弟，而且南京人是扬州人的小舅子，这……我不知道我应当学着去做一个小说家还是深幸自己不是……

　　过了好多好多时候，"炮仗响了"。云南老百姓管胜利、战争结束叫"炮仗响"。他们不说胜利，不说战争结束，而说是"炮仗响"。炮仗响那天我一点都没有想到扬州人。一直到我要离开昆明的前一天，出去买东西，偶然到一个铺子里吃东西，坐下，一抬头，哎，那不是扬州人吗。再往里看，果然南京人也在那儿，做包子，一身蓝布衣裤，面粉口袋围裙，工作得非常紧张，脑勺子直扭动，手掌敲着包子皮钝钝的响。他摘蒂子，刮馅心，那么捏几下，一放嘴子，全按板中节，仿佛想把他的热心也变成包子的滋味。他从上到下无一处不像个当行的面食店师傅。这个扬州人，你为甚么要到内地来？你是四十多岁的人了，你从前是做绸缎庄的，你要想回去向妻子儿女说一声"我总算对得起你们"？……然而仿佛他们全不成问题，成问题的倒是我！我教许多事情搅迷糊了。明天我要走了。车票在我口袋里，我不知道摸了多少次。我有个很不好的脾气，喜欢把口袋里随便甚么纸捏在手里搓，搓搓就扔掉了。我丢过修表的单子，洗衣服收据，照相凭条，防疫证书，人家写给我的通信地址。每丢了一张纸，我就丢了好多东西。我真怕我把车票也丢了。我有点神经衰弱。我有点难过，想吐，这会儿饿过了火，我实在甚么也不想吃。我蠢蠢地问 S 说：

　　"我们来了八年了？"而忽然问：

　　"哎，那罐火腿呢？"

　　S 敲敲火腿罐头。在桌子下捏住我的手：

“你怎么了，D？——吃甚么？”

我振作了一下：

“猪肝面加菠菜西红柿！”

扬州人放好筷子，坐在一张空着的桌子旁边的凳上。他牙齿掉了不少，两颊好像老在吸气。而脸上又有点浮肿，一种暗淡的痴黄色。肩上一条抹布湿漉漉的。一件黑滋滋的汗衫（还是麻纱的），一条半长不短的裤子，像十二三岁的孩子穿的。衣裤上全有许多跳蚤血黑点。看他那个滑稽相的裤子，你想到他的肚皮一定一叠一叠的打了好多道折子！最后我的眼睛就毫不客气地死盯住他的那双脚。一双自己削成的大木屐，简直是长方形的。好脏的脚，仿佛污泥已经透入多裂纹的皮肤。十个趾甲都是灰趾甲，左脚的大拇趾极其不通地压在中趾底下，难看无比。对这个扬州人，我没有第二种感情，厌恶！我恨他，虽然没有理由。

去你的吧，这个人，和我这篇倒霉文章！

三十六年六月

载一九四七年第七卷第五期《文讯》

安乐居

安乐居是一家小饭馆，挨着安乐林。

安乐林围墙上开了个月亮门，门头砖额上刻着三个经石峪体的大字，像那么回事。走进去，只有巴掌大的一块地方，有几十棵杨树。当中种了两棵丁香花，一棵白丁香，一棵紫丁香，这就是仅有的观赏植物了。这个林是没有什么逛头的，在林子里走一圈，五分钟就够了。附近一带养鸟的爱到这里来挂鸟。他们养的都是小鸟，红子居多，也有黄雀。大个的鸟，画眉、百灵是极少的。他们不像那些以养鸟为生活中第一大事的行家，照他们的说法是"瞎玩儿"。他们不养大鸟，觉得那太费事，"是它玩我，还是我玩它呀？"把鸟一挂，他们就蹲在地下说话儿——也有自己带个马扎儿来坐着的。

这么一片小树林子，名声却不小，附近几条胡同都是依此命名的。安乐林头条、安乐林二条……这个小饭馆叫做安乐居，挺合适。

安乐居不卖米饭炒菜。主食是包子、花卷。每天卖得不少，一半是附近的居民买回去的。这家饭馆其实叫个小酒铺更合适些。到这儿来的喝酒比吃饭的多。这家的酒只有一毛三分一两的。北京人喝酒，大致可以分为几个层次：喝一毛三的是一个层次，喝二锅头的是一个层次，喝红粮大曲、华灯大曲乃至衡水老白干的是一个层次，喝八大名酒是高层次，喝茅台的是最高层次。安乐居的"酒座"大都是属于一毛三层次，即最低层次的。他们有时也喝二锅头，但对二锅头颇有意见，觉得还不如一毛三的。一毛三，他们喝"服"了，觉得喝起来"顺"。他们有人甚至觉得大曲的味道不能容忍。安乐居天热的时候也卖散啤酒。

　　酒菜不少。煮花生豆、炸花生豆。暴腌鸡子。拌粉皮。猪头肉——单要耳朵也成，都是熟人了！猪蹄，偶有猪尾巴，一忽儿的工夫就卖完了。也有时卖烧鸡、酱鸭，切块。最受欢迎的是兔头。一个酱兔头，三四毛钱，至大也就是五毛多钱，喝二两酒，够了。——这还是一年多以前的事，现在如果还有兔头，也该涨价了。这些酒客吃兔头是有一定章法的，先掰哪儿，后掰哪儿，最后磕开脑绷骨，把兔脑掏出来吃掉。没有抓起来乱啃的。吃得非常干净，连一丝肉都不剩。安乐居每年卖出的兔头真不老少。这个小饭馆大可另挂一块招牌："兔头酒家。"

　　酒客进门，都有准时候。

　　头一个进来的总是老吕。安乐居十点才开门。一开门，老吕就进来。他总是坐在靠窗户一张桌子的东头的座位。一年三百六十五天，天天如此。这成了他的专座。他不是像一般人似的"垂足而坐"，而是一条腿盘着，一条腿曲着，像老太太坐炕似的踞坐在一张方凳上——脱了鞋。他不喝安乐居的一毛三，总是自己带了酒来，用一个扁长的瓶子，一瓶子装三两。酒杯也是自备的。他是喝慢酒的，三两酒从十点半一直喝到十二点差一刻："我喝不来急酒。有人结婚，他们闹酒，我就一口也不喝——回家自己再喝！"一边喝酒，吃兔头，一边不住地抽关东烟。他的烟袋如果丢了，有人捡到，一定会还给他的。谁都认得：这是老吕的。白铜锅儿，白铜嘴儿，紫铜杆儿。他抽烟也抽得慢条斯理的，从不大口猛吸。这人整个儿是个慢性子。说话也慢。他也爱说话，但是他说一个什么事都只是客观地叙述，不大参加自己的意见，不动感情。一块儿喝酒的买了兔头，常要发一点感慨："那会儿，兔头，五分钱一个，还带俩耳朵！"老吕说："那是多会儿？——说那个，没用！有兔头，就不错。"西头有一家姓屠的，一家子都很浑愣，爱打架。屠老头儿到永春饭馆去喝酒，和服务员吵起来了，伸手就揪人家脖领子。服务员一胳臂把他搡开了。他憋了一肚子气。回去跟儿子一说。他儿子二话没说，捡了块砖头，到了永春，一砖头就把服务员脑袋开了！结果：儿子抓进去了，屠老头还得负责人家的医药费。这件事老吕亲眼目睹。一块儿喝酒的问起，他详详细细叙述了全过程。坐在他对面的老聂听了，说：

"该！"

坐在里面犄角的老王说：

"这是什么买卖！"

老吕只是很平静地说："这回大概得老实两天。"

老吕在小红门一家木材厂下夜看门。每天骑车去，路上得走四十分钟。他想往近处挪挪，没有合适的地方，他说："算了！远就远点吧。"

他在木材厂喂了一条狗。他每天来喝酒，都带了一个塑料口袋，安乐居的顾客有吃剩的包子皮，碎骨头，他都捡起来，给狗带去。

头几天，有人要给他说一个后老伴——他原先的老伴死了有二年多了。这事他的酒友都知道，知道他已经考虑了几天了，问起他："成了吗？"老吕说："——不说了。"他说的时候神情很轻松，好像解决了一个什么难题。他的酒友也替他感到轻松。他们几乎异口同声地说：

"不说了？——不说了好！添乱！"

老吕于是慢慢地喝酒，慢慢地抽烟。

比老吕稍晚进店的是老聂。老聂总是坐在老吕的对面。老聂有个小毛病，说话爱眨巴眼。凡是说话爱眨眼的人，脾气都比较急。他喝酒也快，不像老吕一口一口地抿。老聂每次喝一两半酒，多一口也不喝。有人强往他酒碗里倒一点，他拿起酒碗就倒在地下。他来了，搁下一个小提包，转身骑车就去"奔"酒菜去了。他"奔"来的酒菜大都是羊肝、沙肝。这是为他的猫"奔"的——他当然也吃点。他喂着一只小猫。"这猫可仁义！我一回去，它就在你身上蹭——蹭！"他爱吃豆制品。熏干、鸡腿、麻辣丝……小葱下来的时候，他常常用铝饭盒装来一些小葱拌豆腐。有一回他装来整整两饭盒腌香椿。"来吧！"他招呼全店酒友。"你哪来这么多香椿？——这得不少钱！"——"没花钱！乡下的亲家带来的。我们家没人爱吃。"于是酒友们一人抓了一撮。剩下的，他都给了老吕。"吃完了，给我把饭盒带来！"一口把余酒喝净，退了杯，"回见！"出门上车，吱溜——没影儿了。

老聂原是做小买卖的。他在天津三不管卖过相当长时期炒肝。现在退休在家。电话局看中他家所在的"点"，想在他家安公用电话。他嫌钱少，麻烦。挨着他家的汽水厂工会愿意每月贴给他三十块钱，把厂里职工的电话包了。他还在犹豫。酒友们给他参谋："行了！电话局每月给钱，汽水厂三十，加上传电话、送电话，不少！坐在家里拿钱，哪儿找这么好的事去！"他一想：也是！

老聂的日子比过去"滋润"了，但是他每顿还是只喝一两半酒，多一口也不喝。

画家来了。画家风度翩翩，梳着长长的背发，永远一丝不乱。衣着入时而且合体。春秋天人造革猎服，冬天羽绒服——他从来不戴帽子。这样的一表人材，安乐居少见。他在文化馆工作，算个知识分子，但对人很客气，彬彬有礼。他这喝酒真是别具一格：二两酒，一扬脖子，一口气，下去了。这种喝法，叫做"大车酒"，过去赶大车的这么喝。西直门外还管这叫"骆驼酒"，赶骆驼的这么喝。文墨人，这样喝法的，少有。他和老王过去是街坊。喝了酒，总要走过去说几句话。"我给您添点儿？"老王摆摆手，画家直起身来，向在座的酒友又都点了点头，走了。

我问过老王和老聂："他的画怎么样？"

"没见过。"

上海老头来了。上海老头久住北京，但是口音未变。他的话很特别，在地道的上海话里往往掺杂一些北京语汇："没门儿！""敢情！"甚至用一些北京的歇后语："那么好！武大郎盘杠子——上下够不着！"他把这些北京语汇、歇后语一律上海话化了，北京字眼，上海语音，挺绝。上海老头家里挺不错，但是他爱在外面逛，在小酒馆喝酒。

"外面吃酒——香！"

他从提包里摸出一个小饭盒，里面有一双截短了的筷子、多半块熏鱼、几只油爆虾、两块豆腐干。要了一两酒，用手纸擦擦筷子，吸了一口酒。

"您大概又是在别处已经喝了吧？"

"啊！我们吃酒格人，好比天上飞格一只鸟（读如"屌"），格小酒馆，好比地上一棵树。鸟飞在天上，看到树，总要落一落格。"

如此妙喻，我未之前闻，真是长了见识！

这只鸟喝完酒，收好筷子，盖好小饭盒，拎起提包，要飞了：

"晏歇会！——明儿见！"

他走了，老王问我："他说什么？喝酒的都是屌？"

安乐居喝酒的都很有节制，很少有人喝过量的。也喝得很斯文，没有喝了酒胡咧咧的。只有一个人例外。这人是个瘸子，左腿短一截，走路时左脚跟着不了地，一晃一晃的。他自己说他原来是"勤行"——厨子，煎炒烹炸，南甜北咸，东辣西酸。说他能用两个鸡蛋打三碗汤，鸡蛋都得成片儿！但我没有再听到还有什么特别的手艺，好像他的绝技只是两个鸡蛋打三碗汤。以这样的手艺自豪，至多也只能是一个"二荤铺"的"二把刀"。——"二荤铺"不卖鸡鸭鱼，什么菜都只是"肉上找"——炒肉丝、熘肉片、扒肉条……他现在在汽水厂当杂工，每天蹬平板三轮出去送汽水。这辆平板归他用，他就半公半私地拉一点生意。口袋里一有钱，就喝。外边喝了，回家还喝；家里喝了，外面还喝。有一回喝醉了，摔在黄土坑胡同口，脑袋碰在一块石头上，流了好些血。过两天，又来喝了。我问他："听说你摔了？"他把后脑勺伸过来，挺大一个口子。"唔！唔！"他不觉得这有什么丢脸，好像还挺光彩。他老婆早上在马路上扫街，挺好看的。有两个金牙，白天穿得挺讲究，色儿都是时兴的，走起路来扭腰拧胯，咳，挺是样儿。安乐居的熟人都替她惋惜："怎么嫁了这么个主儿！——她对瘸子还挺好！"有一回瘸子刚要了一两酒，他媳妇赶到安乐居来了，夺过他的酒碗，顺手就泼在了地上："走！"拽住瘸子就往外走，回头向喝酒的熟人解释："他在家里喝了三两了，出来又喝！"瘸子也不生气，也不发作，也不觉有什么难堪，乖乖地一摇一晃地家去了。

瘸子喝酒爱说。老是那一套，没人听他的。他一个人说。前言不搭后语，当中夹杂了很多"唔唔唔"：

"……宝三，宝善林，唔唔唔，知道吗？宝三摔跤，唔唔唔。宝三的跤场在哪儿？知道吗？唔唔唔。大金牙、小金牙，唔唔唔。侯宝林。侯宝林是云里飞的徒弟，唔唔唔。《逍遥津》，

'欺寡人'——'七挂人'，唔唔唔。干嘛老是'七挂人'？'七挂人'唔唔唔。天津人讲话：'嘛事你啦？'唔唔唔。二娃子，你可不咋着！唔唔唔……"

喝酒的对他这一套已经听惯了，他爱说让他说去吧！只有老聂有时给他两句：

"老是那一套，你贫不贫？有新鲜的没有？你对天桥熟，天桥四大名山，你知道吗？"

瘌子爱管闲事。有一回，在李村胡同里，一个市容检查员要罚一个卖花盆的款，他插进去了："你干嘛罚他？他一个卖花盆的，又不脏，又没有气味，'污染'，他'污染'什么啦？罚了款，你们好多拿奖金？你想钱想疯了！卖花盆的，大老远地推一车花盆，不容易！"他对卖花盆的说："你走！有什么话叫他朝我说！"很奇怪，他跟人辩理的时候话说得很明快，也没有那么多"唔唔唔"。

第二天，有人问起，他又把这档事从头至尾学说了一遍，有声有色。

老聂说："瘌子，你这回算办了件人事！"

"我净办人事！"

喝了几口酒，又来了他那一套：

"宝三，宝善林，知道吗？唔唔唔……"

老吕、老聂都说："又来了！这人，不经夸！"

"四大名山？"我问老王：

"天桥哪儿有个四大名山？"

"咳！四块石头。天桥过去有那么一座小桥——后来拆了。桥头一边有两块石头，这就叫'四大名山'。你要问老人们，这永定门一带景致多哩！这会儿都没有人知道了。"

老王养鸟，红子。他每天沿天坛根遛早，一手提一只鸟笼，有时还架着一只。他把架棍插在后脖领里。吃完早点，把鸟挂在安乐林，聊会天，大约十点三刻，到安乐居。他总是坐在把角靠墙的座位。把鸟笼放好，架棍插在老地方，打酒。除了有兔头，他一般不吃荤菜，或带一条黄瓜，或一个西红柿、一个橘子、一个苹果。老王话不多，但是有时打开话匣子，也能聊一气。

我跟他聊了几回，知道：

他原先是扛包的。

"我们这一行，不在三百六十行之内。三百六十行，没这一行！"

"你们这一行没有祖师爷？"

"没有！"

"有没有传授？"

"没有！不像给人搬家的，躺箱、立柜、八仙桌、桌子上还常带着茶壶茶碗自鸣钟，扛起来就走，不带磕着碰着一点的，那叫技术！我们这一行，有力气就行！"

"都扛什么？"

"什么都扛，主要是粮食。顶不好扛的是盐包——包硬，支支楞楞的，硌。不随体。扛起来不得劲儿。扛包，扛个几天就会了。要说窍门，也有。一包粮食，一百多斤，搁在肩膀上，先得颤两下。一颤，哎，包跟人就合了槽了，合适了！扛熟了的，也能换换样儿。跟递包的一说：'您跟我立一个！'哎，立一个！"

"竖着扛？"

"竖着扛。您给我'搭'一个！"

"斜搭着？"

"斜搭着。"

"你们那会拿工资？计件？"

"不拿工资，也不是计件。有把头——"

"把头？把头不是都是坏人吗？封建把头嘛！"

"也不是！他自己也扛，扛得少点。把头接了一批活：'哥几个！就这一堆活，多会扛完了多会算。'每天晚半晌，先生结账，该多少多少钱。都一样。有临时有点事的，觉得身上不大合适的，半路地儿要走，您走！这一天没您的钱。"

"能混饱了？"

"能！那会吃得多！早晨起来，半斤猪头肉，一斤烙饼。

中午，一样。每天。晚半晌吃得少点。半斤饼，喝点稀的，喝一口酒。齐啦。——就怕下雨。赶上连阴天，惨啰：没活儿。怎么办呢，拿着面口袋，到一家熟粮店去：'掌柜的！''来啦！几斤？'告诉他几斤几斤，'接着！'没的说。赶天好了，拿了钱，赶紧给人家送回去。为人在世，讲信用。家里揭不开锅的时候，少！……

"……三年自然灾害，可把我饿惨了。浑身都膀了。两条腿，棉花条。别说一百多斤，十来多斤，我也扛不动。我们家还有一辆自行车，凤凰牌，九成新。我妈跟我爸说：'卖了吧，给孩子来一顿！'丰泽园！我叫了三个扒肉条，喝了半斤酒，开了十五个馒头——馒头二两一个，三斤！我妈直害怕：'别把杂种操的撑死了哇'……"

"您现在每天还能吃……？"

"一斤粮食。"

"退休了？"

"早退了！——后来我们归了集体。干我们这行的，四十五就退休，没有过四十五的。现在扛包的也没有了，都改了传送带。"

老王现在每天夜晚在一个幼儿园看门。

"没事儿！扫扫院子，归置归置，下水道不通了——通通！活动活动。老呆着干嘛呀，又没病！"

老王走道低着脑袋，上身微微往前倾，两腿叉得很开，步子慢而稳，还看得出有当年扛包的痕迹。

这天，安乐居来了三个小伙子：长头发、小胡子、大花衬衫、苹果牌牛仔裤、尖头高跟大盖鞋，变色眼镜。进门一看："嗨，有兔头！"——他们是冲着兔头来的。这三位要了十个兔头、三个猪蹄、一只鸭子、三盘包子，自己带来八瓶青岛啤酒，一边抽着"万宝路"，一边吃喝起来。安乐林喝酒的老酒座都瞟了他们一眼。三位吃喝了一阵，把筷子一摔，走了。都骑的是亚马哈。嘟嘟嘟……桌子上一堆碎骨头、咬了一口的包子皮，还有一盘没动过的包子。

老王看着那盘包子，撇了撇嘴：

"这是什么买卖！"

这是老王的口头语。凡是他不以为然的事，就说"这是什么买卖！"

老王有两个鸟友，也是酒友。都是老街坊，原先在一个院里住。这二位现在都够万元户。

一个是佟秀轩，是裱字画的。按时下的价目，裱一个单条：14～16元。他每天总可以裱个五六幅。这二年，家家都又愿意挂两条字画了。尤其是退休老干部。他们收藏"时贤"字画，自己也爱写、爱画。写了、画了，还自己掏钱裱了送人。因此，佟秀轩应接不暇。他收了两个徒弟。托纸、上板、揭画，都是徒弟的事。他就管管配绫子，装轴。他每天早上遛鸟。遛完了，如果活儿忙，就把鸟挂在安乐林，请熟人看着，回家刷两刷子。到了十一点多钟，到安乐林摘了鸟笼子，到安乐居。他来了，往往要带一点家制的酒菜：炖吊子、烩鸭血、拌肚丝儿……佟秀轩穿得很整洁，尤其是脚下的两只鞋。他总是穿礼服呢花旗底的单鞋，圆口的或是双脸皮梁靸鞋。这种鞋只有右安门一家高台阶的个体户能做。这个个体原来是内联陞的师傅。

另一个是白薯大爷。他姓白，卖烤白薯。卖白薯的总有些邋遢，煤呀火呀的。白薯大爷出奇的干净。他个头很高大，两只圆圆的大眼睛，顾盼有神。他腰板绷直，甚至微微有点后仰，精神！蓝上衣，白套袖，腰系一条黑人造革的围裙，往白薯炉子后面一站，嘿！有个样儿！就说他的精神劲儿，让人相信他烤出来的白薯必定是栗子味儿的。白薯大爷卖烤白薯只卖一上午。天一亮，把白薯车子推出来，把鸟——红子，往安乐林一挂，自有熟人看着，他去卖他的白薯。到了十二点，收摊。想要吃白薯，明儿见啦您哪！摘了鸟笼，往安乐居。他喝酒不多。吃菜！他没有一颗牙了，上下牙床子光光的，但是什么都能吃——除了铁蚕豆，吃什么都香。"烧鸡烂不烂？"——"烂！""来一只！"他买了一只鸡，撕巴撕巴，给老王来一块脯子，给酒友们让让："您来块？"别人都谢了，他一人把一只烧鸡一会儿的工夫全开了。"不赖，烂！"把鸡架子包起来，带回去熬白菜。"回见！"

这天，老王来了，坐着，桌上搁一瓶五星牌二锅头，看样子在等人。一会儿，佟秀轩来了，提着一瓶汾酒。

"走啊！"

"走！"

我问他们："不在这儿喝了？"

"白薯大爷请我们上他家去，来一顿！"

第二天，老王来了，我问：

"昨儿白薯大爷请你们吃什么好的了？"

"荞面条！——自己家里擀的。青椒！蒜！"

老吕、老聂一听：

"嘿！"

安乐居已经没有了。房子翻盖过了。现在那儿是一个什么贸易中心。

一九八六年七月五日晨写完

一九八六年第九期《北京文学》

忧郁症

龚星北家的大门总是开着的。从门前过，随时可以看得见龚星北低着头，在天井里收拾他的花。天井靠里有几层石条，石条上摆着约三四十盆花。山茶、月季、含笑、素馨、剑兰。龚星北是望五十的人了，头发还没有白的，梳得一丝不乱。方脸，鼻梁比较高，说话的声气有点瓮。他用花剪修枝，用小铁铲松土，用喷壶浇水。他穿了一身纺绸裤褂，趿着鞋，神态萧闲。

龚星北在本县算是中上等人家，有几片田产，日子原是过得很宽裕的。龚星北年轻时花天酒地，把家产几乎挥霍殆尽。

他敢陪细如意子同桌打牌。

细如意子姓王，"细如意子"是他的小名。全城的人都称他为"细如意子"，没有多少人知道他的大名。他兼祧两房，到底有多少亩田，连他自己也不清楚。这是个荒唐透顶的膏粱子弟。他的嫖赌都出了格了。他曾经到上海当一天皇帝。上海有一家超级的妓院，只要你舍得花钱，可以当一天皇帝：三宫六院。他打麻将都是"大二四"。没人愿意陪他打，他拉人入局，说"我跟你老小猴"，就是不管输赢，六成算他的，三成算是对方的。他有时竟能同时打两桌麻将。他自己打一桌，另一桌请一个人替他打，输赢都是他的。替他打的人只要在关键的时候，把要打的牌向他照了照，他点点头，就算数。他打过几副"名牌"。有一次他一副条子的清一色在手，听嵌三索。他自摸到一张三索，不胡，随手把一张幺鸡提出来毫不迟疑地打了出去。在他后面看牌的人一愣。转过一圈，上家打出一张幺鸡。"胡！"他算准了上家正在做一副筒子清一色，手里有一张幺鸡不敢打，看细如意子自己打出一张幺鸡，以为追他一张没问题，没想到他胡的就是自己打出去的牌。清一色平胡。清一色三番，平胡一番，四番牌。老麻将只是"平"（平胡）、"对"（对对胡）、"杠"（杠上开花）、"海"（海底捞月）、"抢"（抢杠胡）加番，嵌当、自摸都没有番。围看的人问细如意子："你准知道上家手里有一张幺鸡？"细如意子说："当然！打牌，就是胆大赢胆小！"

龚星北娶的是杨六房的大小姐。杨家是名门望族。这位大小姐真是位大小姐，什么事也不管，连房门也不大出，一天坐在屋里看《天雨花》《再生缘》，喝西湖龙井，磕苏州采芝斋的香草小瓜子。她吃的东西清淡而精致。拌荠菜、马兰头、申春阳的虾籽豆腐乳、东台的醉蛏鼻子、宁波的泥螺、冬笋炒鸡丝、碎螯烧乌青菜。她对丈夫外面所为，从来不问。

前年她得了噎嗝。"风痨气臌嗝，阎王请的客"，这是不治之症。请医吃药，不知花了多少钱，拖了小半年，终于还是溘然长逝了。

龚星北卖了四十亩好田，买了一副上好的棺木，办了丧事。

丧事自有李虎臣帮助料理。

李虎臣是一个好管闲事的热心肠的人。亲戚家有红白喜事，他都要去帮忙。提调一切，有条有理，不须主人家烦心。

他还有个癖好，爱做媒。亲戚家及婚年龄的少男少女，他都很关心，对他们的年貌性格、生辰八字，全都了如指掌。

丧事办得很风光。细如意子送了僧、道、尼三棚经。杨家、龚家的亲戚都戴了孝，随柩出殡，从龚家出来，白花花的一片。路边看的人悄悄议论："龚星北这回是尽其所有了。"

丧偶之后，龚星北收了心，很少出门，每天只是在天井里莳弄石条上的三四十盆花。山茶、月季、含笑、素馨。穿着纺绸裤褂，趿着鞋，意态萧闲。

他玩过乐器，琵琶、三弦都能弹，尤其擅长吹笛。他吹的都是古牌子，是一个老笛师传的谱。上了岁数，不常吹，怕伤气。但是偶尔吹一两曲。笛风还是很圆劲。

龚星北有二儿一女。大儿子龚宗寅，在农民银行做事。二儿子龚宗亮，在上海念高中。女儿龚淑媛，正在读初中。

龚宗寅已经订婚。未婚妻裴云锦，是裴石坡的女儿。李虎臣做的媒。龚宗寅和裴云锦也在公共场合、亲戚家办生日做寿时见过，彼此印象很好。裴云锦的漂亮，在全城是出了名的。

裴云锦女子师范毕业后，没有出去做事。她得支撑裴家这个家。裴石坡可以说是"一介寒儒"。他是教育界的。曾经当过教育局的科长、县督学，做过两任小学校长。县里人提起裴石坡，都很敬重。他为人和气、正直，而且有学问。但是因为不善逢迎，没有后台，几次都被排挤了下来。赋闲在家，已经一年。这一年就靠一点很可怜的积蓄维持着。除了每天两粥一饭，青菜萝卜，裴石坡还要顾及体面，有一些应酬。亲友家有红白喜事，总得封一块钱"贺仪""奠仪"，到人家尽到礼数。裴云锦有两个弟弟，裴云章、裴云文，都在读初中，云章读初三，云文读初二。他们都没有读大学的志愿。云章毕业后准备到南京考政法学校，云文准备到镇江考师范。这两个学校都是不要交费的。但是要给他们预备路费、置办行装，这得一笔钱。裴家的值一点钱的古董字画，都已经变卖得差不多了，上哪儿去弄这笔钱去？大姐云锦天天为这事发愁。裴石坡拿出一件七成新的滩羊皮袍，叫云锦去当了。云锦接过皮袍，眼泪滴了下来。裴石坡说："不要难过。等我找到事，有了钱，再赎回来。反正我现在也不穿它。"

龚家希望裴云锦早点嫁过来。龚星北请李虎臣到裴家去说说。裴石坡通情达理，说一家没有个女人，不是个事，请李虎臣择定个日子。

裴云锦把姑妈接来，好帮着洗洗衣裳，做做饭。

裴云锦换了一身衣裳：水红色的缎子旗袍，白缎子鞋，鞋头绣了几瓣秋海棠。这是几年前就预备下的。云锦几次要卖掉，裴石坡坚决不同意，说："裴石坡再穷，也不能让女儿卖她的嫁衣！"龚宗寅雇了两辆黄包车，龚宗寅、裴云锦各坐一辆，裴云锦嫁到龚家了。

龚家没有大办，只摆了两桌酒席，男宾女宾各一席。

裴云锦拜见了龚家的长辈，斟了酒。裴云锦是个林黛玉型的美人，瓜子脸、尖尖的下巴、眉清目秀、唇红齿白。穿了这一身嫁衣，更显得光采照人。一个老姑奶奶攥着云锦的手，上上下下端详了半天，连声说："不丑不丑！真标致！真是水葱也似的！宗寅啊，你小子有造化！可得好好待她，别委屈了人家姑娘！姑娘，他若是亏待了你，你来找我，我给你出气！"老姑奶奶在龚家很有权威性，谁都得听她的。她说一句，龚宗寅连忙答应："嗳！嗳！嗳！"逗得一桌子大笑，连裴云锦也忍不住抿嘴笑了。

新婚燕尔，小两口十分恩爱。

进门就当家。三朝回门过后，裴云锦就想摸摸龚家究竟还有多少家底，好考虑怎么当这个家。检点了一下放田契、房契的匣子。只有两张田契了，加在一起不到四十亩。有两张房契，一所是身底下住着的，一所是租给同康泰布店的铺面。看看婆婆的首饰箱子，有一对水碧的镯子、一只蓝宝石戒指、一只石榴米红宝石的戒指。这是万万动不得的。四口大皮箱里是婆婆生前穿过的衣裳，倒都是"慕本缎"的。但是"陈丝如烂草"，变不出什么钱来。裴云锦吃了一惊：原来龚家只剩下一个空架子，每月的生活只是靠宗寅的三十五块钱的薪水在维持着。

同康泰交的房钱够买米打油，但是龚家人大手大脚惯了，每餐饭总还要见点荤腥。公公每天还要喝四两酒，得时常给他炒一盘腰花，或一盘鳝鱼。

老大宗寅生活很简朴，老二宗亮可不一样。他在上海读启明中学。启明中学是一所私立中学，收费很贵，入学的都是少爷小姐（这所中学入学可以不经过考试，只要交费就行）。宗亮的穿戴不能过于寒碜，他得穿毛料的制服，单底尖头皮鞋。还要有些交际，请同学吃吃南翔馒头、乔家栅的点心。

小姑子龚淑媛初中没有毕业，就做了事，在电话局当接线生。这个电话局是私人办的。龚淑媛靠了李虎臣的面子才谋到这个工作。薪水很低，一个月才十六块钱。电话局很小，全县城也没有几部电话，工作倒是很清闲。但是龚淑媛心里很不痛快。她的同班同学都到外地读了高中，将来还会上大学的，她却当了个小小的接线生，她很自卑，整天耷拉着脸。她和大嫂的感情也不好。她觉得她落到这一步，好像裴云锦要负责。她怀疑裴云锦"贴娘家"。

"贴娘家"也是有之的。逢年过节，裴家实在过不去的时候，龚宗寅就会拿出十块、八块钱来，叫裴云锦偷偷地塞给姑妈，好让裴石坡家混过一段。裴云锦不肯，龚宗寅说："送去吧，这不是讲面子的时候！"

龚家到了实在困难的时候，就只有变卖之一途。裴云锦把一些用不着的旧锡器、旧铜器搜出来，把收旧货的叫进门，作价卖了。她把一副郑板桥的对子、一幅边寿民的芦雁交给李虎臣卖给了季匋民。这样对对付付地过日子，本地话叫做"折皱"。

又要照顾一个穷困的娘家，又要维持一个没落的婆家，两副担子压在肩膀上，裴云锦那么单薄的身子，怎么承受得住？

嫁过来已经三年，裴云锦没有怀孕，她深深觉得对不起龚家。

　　裴云锦疯了！有人说她疯了，有人说她得了精神病，其实只是严重的忧郁症。她一天不说话，只是搬了一张椅子坐在房门口，木然地看着檐前的日影或雨滴。

　　龚宗寅下班回来，看见裴云锦没有坐在门口，进屋一看，她在床头栏杆上吊死了。解了下来，已经气绝多时。龚宗寅大喊："我对不起你！对不起你呀！这些年你没有过过一天松心的日子呀！"裴石坡闻讯赶来，抚尸痛哭："是我拖累了你，是我这个无用的老子拖累了你！"

　　裴云锦舌尖微露，面目如生。上吊之前还淡淡抹了一点脂粉。她穿着那身水红色缎子旗袍，脚下是那双绣几瓣秋海棠的白缎子鞋。

　　龚星北作主，把那只蓝宝石戒指卖了，买了一口棺材。不要再换衣服，就用身上的那身装殓了。这身衣服，她一生只穿过两次。

　　龚星北把天井里的山茶、月季、含笑、素馨的花头都剪了下来，撒在裴云锦的身上。

　　年轻暴死，不好在家停灵，第二天就送到龚家祖坟埋葬了。

　　送葬的有龚星北、龚宗寅、龚淑媛——龚宗亮没有赶回来；裴石坡、裴云章、裴云文、李虎臣；还有裴云锦的几个在女子师范时的要好的同学。无鼓乐、无鞭炮，冷冷清清，但是哀思绵绵，路旁观者，无不泪下。

　　送葬回来，龚星北看看天井里剪掉花头的空枝，取下笛子，在笛胆里注了一点水，笛膜上蘸了一点唾沫，贴了一张"水膏药"，试了试笛声，高吹了一首曲子，曲名《庄周梦》。

一九九三年七月十七日

载一九九三年第六期《小说家》

鸡毛

西南联大有一个文嫂。

她不是西南联大的人。她不属于教职员工，更不是学生。西南联大的各种名册上都没有"文嫂"这个名字。她只是在西南联大里住着，是一个住在联大里的校外的人。然而她又的的确确是"西南联大"的一个组成部分。她住在西南联大的新校舍。

西南联大有许多部分：新校舍、昆中南院、昆中北院、昆华师范、工学院……其他部分都是借用的原有的房屋，新校舍是新建的，也是联大的主要部分。图书馆、大部分教室、各系的办公室、男生宿舍……都在新校舍。

新校舍在昆明大西门外，原是一片荒地。有很多坟，几户零零落落的人家。坟多无主。有的坟主大概已经绝了后，不难处理。有一个很大的坟头，一直还留着，四面环水，如一小岛，春夏之交，开满了野玫瑰，香气袭人，成了一处风景。其余的，都平了。坟前的墓碑，有的相当高大，都搭在几条水沟上，成了小桥。碑上显考显妣的姓名分明可见，全都平躺着了。每天有许多名师大儒、莘莘学子从上面走过。住户呢，由学校出几个钱，都搬迁了。文嫂也是这里的住户。她不搬。说什么也不搬。她说她在这里住惯了。联大的当局是很讲人道主义的，人家不愿搬，不能逼人家走。可是她这两间破烂烂的草屋，不当不间地戳在那里，实在也不成个样子。新校舍建筑虽然极其简陋，但是是经过土木工程系的名教授设计过的，房屋安排疏密有致，空间利用十分合理。那怎么办呢？主其事者跟文嫂商量，把她两间草房拆了，另外给她盖一间，质料比她原来的要好一些。她同意了，只要求再给她盖一个鸡窝。那好办。

她这间小屋，土墙草顶，有两个窗户（没有窗扇，只有一个窗洞，有几根直立着的带皮的树棍），一扇板门。紧靠西面围墙，离二十五号宿舍不远。

宿舍旁边住着这样一户人家，学生们倒也没有人觉得奇怪。学生叫她文嫂。她管这些学生叫"先生"。时间长了，也能分得出张先生、李先生、金先生、朱先生……但是，相处这些年了，竟没有一个先生知道文嫂的身世，只知道她是一个寡妇，有一个女儿。人很老实。虽然没有知识，但是洁身自好，不贪小便宜。除非你给她，她从不伸手要东西。学生丢了牙膏肥皂、小东小西，从来不会怀疑是她顺手牵羊拿了去。学生洗了衬衫，晾在外面，被风吹跑了，她必为捡了，等学生回来时交出："金先生，你的衣服。"除了下雨，她一天都是在屋外呆着。她的屋门也都是敞开着的。她的所作所为，都在天日之下，人人可以看到。

她靠给学生洗衣服、拆被窝维持生活。每天大盆大盆地洗。她在门前的两棵半大榆树之间拴了两根棕绳，拧成了麻花，洗得的衣服，夹紧在两绳之间。风把这些衣服吹得来回摆动，霍霍作响。大太阳的天气，常常看见她坐在草地上（昆明的草多丰茸齐整而极干净）做被窝，一针一针，专心致意。衣服被窝洗好做得了，为了避免嫌疑，她从不送到学生宿舍里去，只是叫女儿隔着窗户喊："张先生，来取衣服。"——"李先生，取被窝。"

她的女儿能帮上忙了，能到井边去提水，踮着脚往绳子上晾衣服，在床上把衣服抹煞平整了，叠起来。

文嫂养了二十来只鸡（也许她原是靠喂鸡过日子的）。联大到处是青草，草里有昆虫、蚱蜢种种活食，这些鸡都长得极肥大，很肯下蛋。隔多半个月，文嫂就挎了半篮鸡蛋，领着女儿，上市去卖。蛋大，也红润好看，卖得很快。回来时，带了盐巴、辣子，有时还用马兰草提着一块够一个猫吃的肉。

每天一早，文嫂打开鸡窝门，这些鸡就急急忙忙、迫不及待地奔出来，散到草丛中去，不停地啄食。有时又抬起头来，把一个小脑袋很有节奏地转来转去，顾盼自若——鸡转头不是一下子转过来，都是一顿一顿地那么转动。到觉得肚子里那个蛋快要坠下时，就赶紧跑回来，红着脸把一个蛋下在鸡窝里。随即得意非凡地高唱起来："郭格答！郭格答！"文嫂或她的女儿伸手到鸡窝里取出一颗热烘烘的蛋，顺手赏了母鸡一块土坷垃："去去去！先生要用功，莫吵！"这鸡婆子就只好咕咕地叫着，很不平地走到草丛里去了。到了傍晚，文嫂抓了一把碎米，一面撒着，一面"喁喁，喁喁"叫着，这些母鸡就都即即足足地回来了。它们把碎米啄尽，就鱼贯进入鸡窝。进窝时还故意把脑袋低一低，把尾巴向下耷拉一下，以示雍容文雅，很有鸡教。鸡窝门有一道小坎，这些鸡还都一定两脚并齐，站在门坎上，然后向前一跳。这种礼节，其实大可不必。进窝以后，咕咕曦曦一会，就寂然了。于是夜色就降临抗战时期最高学府之一，国立西南联合大学的新校舍了。阿门。

文嫂虽然生活在大学的环境里，但是大学是什么，还有什么用，为什么要办它，这些，她可一点都不知道。只知道有许多"先生"，还有许多小姐，或按昆明当时的说法，有很多"摩登"，来来去去；或在一个洋铁皮房顶的屋子（她知道那叫"教室"）里，坐在木椅子上，呆呆地听一个"老倌"讲话。这些"老倌"讲话的神气有点像耶稣堂卖福音书的教士（她见过这种教士）。但是她隐隐约约地知道，先生们将来都是要做大事，赚大钱的。

先生们现在可没有赚大钱，做大事，而且越来越穷，找文嫂洗衣服、做被子的越来越少了。大部分先生非到万不得已，不拆被子。一年也不定拆洗一回。有的先生虽然看起来衣冠齐楚，西服皮鞋，但是皮鞋底下有洞。有一位先生还为此制了一则谜语："天不知地知，你不知我知。"他们的袜子没有后跟，穿的时候就把袜尖往前拽拽，窝在脚心里，这样后跟的破洞就露不出来了。他们的衬衫穿脏了，脱下来换一件。过两天新换的又脏了，看看还是原先脱下的一件干净些，于是又换回来。有时要去参加Party，没有一件洁白的衬衫，灵机一动：有了！把衬衫反过来穿！打一条领带，把钮扣遮住，这样就看不出正反了。就这样，还很优美地跳着《蓝色的多瑙河》。有一些，就完全不修边幅、衣衫褴褛、囚首垢面，跟一个叫花子差不多了。他们的裤子破了，就用一根麻绳把破处系紧。文嫂看到这些先生，常常跟女儿说："可怜！"

来找文嫂洗衣的少了，她还有鸡，而且她的女儿已经大了。

女儿经人介绍，嫁了一个司机。这司机是下江人，除了他学着说云南话，"为哪样""咋个整"，其余的话，她听不懂。但她觉得这女婿人很好。他来看过老丈母，穿了麂皮夹克、大皮鞋，头上抹了发蜡。女儿按月给妈送钱。女婿跑仰光、腊戍，也跑贵州、重庆。每趟回来，还给文嫂带点曲靖韭菜花、贵州盐酸菜，甚至宣威火腿。有一次还带了一盒遵义板桥的化风丹，她不知道这有什么用。他还带了一些奇形怪状的果子。有一种果子，香得她的头都疼。下江人女婿答应养她一辈子。

文嫂胖了。

男生宿舍全都一样，是一个窄长的大屋子，土墼墙，房顶铺着木板，木板都没有刨过，留着锯齿的痕迹，上盖稻草；两面的墙上开着一列像文嫂的窗洞一样的窗洞。每间宿舍里摆着二十张双层木床。这些床很笨重结实，一个大学生可以在上面放放心心地睡四年，一直睡到毕业，无须修理。床本来都是规规矩矩地靠墙排列的，一边十张。可是这些大学生需要自己的单独的环境，于是把它们重新调动了一下，有的两张床摆成一个曲尺形，有的三张床摆成一个凹字形，就成了一个一个小天地。按规定，每一间住四十人，实际都住不满。有人占了一个铺位，或由别人替他占了一个铺位而根本不来住；也有不是铺主却长期睡在这张铺上的；有根本不是联大学生，却在新校舍住了好几年的。这些曲尺形或凹字形的单元里，大都只有两三个人。个别的，只有一个。一间宿舍住的学生，各系的都有。有一些互相熟悉，白天一同进出，晚上联床夜话；也有些老死不相往来，连贵姓都不打听。二十五号南头一张双层床上住着一个历史系学生，一个中文系学生，一个上铺，一个下铺，两个人合住了一年，彼此连面都没有见过：因为这二位的作息时间完全不同。中文系学生是个夜猫子，每晚在系图书馆夜读，天亮才回来；而历史系学生却是个早起早睡的正常的人。因此，上铺的铺主睡觉时，下铺是空的；下铺在酣睡时，上铺没有人。

联大的人都有点怪。"正常"在联大不是一个褒词。一个人很正常，就会被其余的怪人认为"很怪"。即以二十五号宿舍而论，如果把这些先生的事情写下来，将会是一部很长的小说。如今且说一个人。

此人姓金，名昌焕，是经济系的。他独占北边的一个凹字形的单元。他不欢迎别人来住，别人也不想和他搭伙。他不知从哪里弄来一些木板，把双层床的一边都钉了木板，就成了一间屋中之屋，成了他的一统天下。凹字形的当中，摞着几个装肥皂的木箱——昆明这种木箱很多，到处有得卖，这就是他的书桌。他是相当正常的。一二年级时，按时听讲，从不缺课。联大的学生大都很狂，讥弹时事，品藻人物，语带酸咸，辞锋很锐。金先生全不这样。他不发狂论。事实上他很少跟人说话。其特异处有以下几点：一是他所有的东西都挂着，二是从不买纸，三是每天吃一块肉。他在他的床上拉了几根铁丝，什么都挂在这些铁丝上，领带、袜子、针线包、墨水瓶……他每天就睡在这些丁丁当当的东西的下面。学生离不开纸。怎么穷的学生，也得买一点纸。联大的学生时兴用一种布制的夹子，里面夹着一叠白片艳纸，用来记笔记，做习题。金先生从不花这个钱。为什么要花钱买呢？纸有的是！联大大门两侧墙上贴了许多壁报，学术演讲的通告，寻找失物、出让衣鞋的启事，形形色色，琳琅满目。这些启事、告白总不是顶天立地满满写着字，总有一些空白的地方。金先生每天晚上就带了一把剪刀，把这些空白的地方剪下来。他还把这些纸片，按大小纸质、颜色，分门别类，裁剪整齐，留作不同用处。他大概是相当笨的，因此每晚都开夜车。开夜车伤神，需要补一补。他按期买了猪肉，切成大小相等的方块，借了文嫂的鼎罐（他借用了鼎罐，都是洗都不洗就还给人家了），在学校茶水炉上炖熟了，密封在一个有盖的瓷坛里。每夜用完了功，就打开坛盖，用一支一头削尖了的筷子，瞅准了，扎出一块，闭目而食之。然后，躺在丁丁当当的什物之下，酣然睡去。

　　这样过了三年。到了四年级，他在聚兴诚银行里兼了职，当会计。其时他已经学了簿记、普通会计、成本会计、银行会计、统计……这些学问当一个银行职员，已是足够用的了。至于经济思想史、经济地理……这些空空洞洞的课程，他觉得没有什么用处，只要能混上学分就行，不必苦苦攻读，可以缺课。他上午还在学校听课，下午上班。晚上仍是开夜车，搜罗纸片，吃肉。自从当了会计，他添了两样毛病。一是每天提了一把黑布阳伞进出，无论冬夏，天天如此。二是穿两件衬衫，打两条领带。穿好了衬衫，打好领带；又加一件衬衫，再打一条领带。这是干什么呢？若说是显示他有不止一件衬衫、一条领带吧，里面的衬衫和领带别人又看不见；再说这鼓鼓囊囊的，舒服吗？真是令人百思不得其解。因此，同屋的那位中文系夜游神送给他一个外号，这外号很长："二十年目睹之怪现状。"

金先生很快就要毕业了。毕业以前，他想到要做两件事。一件是加入国民党，这已经着手办了；一件是追求一个女同学，这可难。他在学校里进进出出，一向像马二先生逛西湖：他不看女人，女人也不看他。

谁知天缘凑巧，金昌焕先生竟有了一段风流韵事。一天，他正提着阳伞到聚兴诚去上班，前面走着两个女同学，她们交头接耳地谈着话。一个告诉另一个：这人穿两件衬衫，打两条领带，而且介绍他有一个很长的外号："二十年目睹之怪现状。"听话的那个不禁回头看了金昌焕一眼，嫣然一笑。金昌焕误会了：谁知一段姻缘却落在这里。当晚，他给这女同学写了一封情书。开头写道："××女士芳鉴，径启者……"接着说了很多仰慕的话，最后直截了当地提出："倘蒙慧眼垂青，允订白首之约，不胜荣幸之至。随函附赠金戒指一枚，务祈笑纳为荷。"在"金戒指"三字的旁边还加了一个括弧，括弧里注明："重一钱五。"这封情书把金先生累得够呛，到他套起钢笔，吃下一块肉时，文嫂的鸡都已经"即即足足"地发出声音了。

这封情书是当面递交的。

这位女同学很对得起金昌焕。她把这封信公布在校长办公室外面的布告栏里，把这枚金戒指也用一枚大头针钉在布告栏的墨绿色的绒布上。于是金昌焕一下子出了大名了。

金昌焕倒不在乎。他当着很多人，把信和戒指都取下来，收回了。

你们爱谈论，谈论去吧！爱当笑话说，说去吧！于金昌焕何有哉！金昌焕已经在重庆找好了事，过两天就要离开西南联大，上任去了。

文嫂丢了三只鸡，一只笋壳鸡，一只黑母鸡，一只芦花鸡。这三只鸡不是一次丢的，而是隔一个多星期丢一只。不知怎么丢的。早上开鸡窝放鸡时还在，晚上回窝时就少了。文嫂到处找，也找不着。她又不能像王婆骂鸡那样坐在门口骂——她知道这种泼辣做法在一个大学里很不合适，只是一个人叨叨："我的鸡呢？我的鸡呢？……"

文嫂的女儿回来了。文嫂吓了一跳：女儿戴得一头重孝。她明白出了大事了。她的女婿从重庆回来，车过贵州的十八盘，翻到山沟里了。女婿的同事带来信来。母女俩顾不上抱头痛哭，女儿还得赶紧搭便车到十八盘去收尸。

女儿走了，文嫂失魂落魄，有点傻了。但是她还得活下去，还得过日子，还得吃饭，还得每天把鸡放出去，关鸡窝。还得洗衣服，做被子。有很多先生都毕业了，要离开昆明，临走总得干干净净，来找文嫂洗衣服、拆被子的多了。

这几天文嫂常上先生们的宿舍里去。有的先生要走了，行李收拾好了，总还有一些带不了的破旧衣物，一件鱼网似的毛衣，一个压扁了的脸盆，几只配不成对的皮鞋——那有洞的鞋底至少掌鞋还有用……这些先生就把文嫂叫了来，随她自己去挑拣。挑完了，文嫂必让先生看一看，然后就替他们把曲尺形或凹字形的单元打扫一下。

因为洗衣服、拣破烂，文嫂还能岔乎岔乎，心里不至太乱。不过她明显地瘦了。

金昌焕不声不响地走了。二十五号的朱先生叫文嫂也来看看，这位"怪现状"是不是也留下一些还值得一拣的东西。

什么都没有。金先生把一根布丝都带走了。他的凹形王国里空空如也，只留下一个跟文嫂借用的鼎罐。文嫂毫无所得，然而她也照样替金先生打扫了一下。她的笤帚扫到床下，失声惊叫了起来：床底下有三堆鸡毛，一堆笋壳色的，一堆黑的，一堆芦花的！

文嫂把三堆鸡毛抱出来，一屁股坐在地下，大哭起来。

"啊呀天呐，这是我的鸡呀！我的笋壳鸡呀！我的黑母鸡，我的芦花鸡呀！……"

"我寡妇失业几十年哪，你咋个要偷我的鸡呀！……"

"我风里来雨里去呀，我的命多苦，多艰难呀，你咋个要偷我的鸡呀！……"

"你先生是要做大事，赚大钱的呀，你咋个要偷我的鸡呀！……"

"我的女婿死在贵州十八盘，连尸都还没有收呀，你咋个要偷我的鸡呀！……"

　　她哭得很伤心，很悲痛。好像要把一辈子所受的委屈、不幸、孤单和无告全都哭了出来。

　　这金昌焕真是缺德，偷了文嫂的鸡，还借了文嫂的鼎罐来炖了。至于他怎么偷的鸡，怎样宰了，怎样煺的鸡毛，谁都无从想象。

　　林子大了，什么鸟都有。

一九八一年六月六日

载一九八一年第九期《文汇月刊》

莱生小爷

　　莱生小爷家有一只鹦鹉。

　　莱生小爷是我们本家叔叔。我们那里对和父亲同一辈的弟兄很少称呼"伯伯""叔叔"的，大都按他们的年龄次序称呼"大爷""二爷""三爷"……年龄小的则称之为"小爷"。汪莱生比我父亲小好几岁，我们就叫他"小爷"。有时连他的名字一起叫，叫"莱生小爷"，当面也这样叫。他和我父亲不是嫡堂兄弟，但也不远，两房是常走动的。

　　莱生小爷家比较偏僻，大门开在方井巷东口。对面是一片菜园。挨着莱生小爷家，往西，只有几户人家。再西，出巷口即是"阴城"。"阴城"即一片乱葬岗子，层层叠叠埋着许多无主孤坟，草长得很高。

　　我的祖母——我们一族人都称她"太太"，有时要出门走走，常到方井巷外看看野景，吩咐种菜园的人家送点菜到家里。菜园现拔的菜叫"起水鲜"，比市上买的好吃。下霜之后的乌青菜（有些地方叫塌苦菜或塌棵菜）尤其鲜美，带甜味。太太到阴城看了野景，总要到莱生小爷家坐坐，歇歇脚，喝一杯小婶送上来的热茶，说些闲话，问问今年的收成，问问楚中——莱生小爷的大舅子，小婶的大哥的病好些了没有。

　　太太到方井巷，都叫我陪着她去。

太太和小婶说着话，我就逗鹦鹉玩。

鹦鹉很大，绿毛、红嘴，用一条银链子拴在一个铁架子上。它不停地蹿来蹿去，翻上翻下，呷呷地叫。丢给它几颗松子、榛子，它就"嘎吧嘎吧"咬开了吃里面的仁。这东西的嘴真硬，跟钳子似的。我们县里只有这么一只鹦鹉，绿毛、红嘴，真好玩。莱生小爷不知是从哪里买来的。

莱生小爷整天没有什么事。他在本家中家境是比较好的，从他家里摆设用具、每天的饭菜就看得出来。——我们的本家有一些是比较穷困的，有的竟是家无隔宿之粮。他田地上的事，看青、收租，自有"田禾先生"管着。他不出大门，不跟人来往，与人不通庆吊。亲戚家有娶亲、做寿的，他一概不到，由小婶用大红信套封一份"敬仪"送去。他只是喂鹦鹉一点食，就钻进后面的书房里。他喜欢下围棋，没有人来和他对弈，他就一个人摆棋谱，一摆一上午。他养了十来盆蒲草。一盆种在一个小小的钧窑浅盆里，其余的都排在天井里的石条上。他不养别的花。每天上午用一个小喷壶给蒲草浇一遍水，然后就在藤椅上一靠，睡着了，一直到孩子喊他去吃饭。

他食量很大，而且爱吃肥腻的东西。冰糖肘子、红烧九转肥肠、"青鱼托肺"——烧青鱼内脏。家里红烧大黄鱼，鱼鳔照例归他——这东西黏黏糊糊的，黏得鳔嘴，别人也不吃。

他一天就是这样，吃了睡，睡了吃，无忧无虑，快活神仙。直到他的小姨子肖玲玲来了，才在他的生活里激起了一阵轩然大波。

肖玲玲是小婶的妹妹。她在上海两江女子体育师范读书。放暑假，回家乡来住住。肖玲玲这二年出落得好看了。脸盘、身材都发生了变化。在上海读了两年书，说话、举止都带了点上海味儿。比如她称呼从前的女同学都叫"密斯×"，穿的衣服都很抱身。这个小城里的人都说她很"摩登"。她常到大姐家来，姊妹俩感情很好，有说不完的话。玲玲擅长跳舞，北欧土风舞、恰尔斯顿舞（这些舞在体育师范都是要学的）。她读过的中学请她去教，她也很乐意："one two three four，一、二、三、四，二、二、三、四……"

玲玲来了，莱生小爷就目不转睛地看着她，听她说话，一脸傻气。

他忽然向小婶提出一个要求，要娶玲玲做二房。小婶以为她听岔了音，就说，"你说什么？"——"我要娶玲玲，让她做小，当我的姨太太！"——"你这说的是什么话！快别再说了，叫人家听见了笑话。我们是亲姊妹，有姊妹俩同嫁一个男人的吗？有这种事吗？"——"有！古时候就有，娥、娥、娥……"小爷说话有点结巴，"娥"了半天也没有"娥"出来，小婶觉得又好气，又好笑。

打这儿起，就热闹了。莱生小爷成天和小婶纠缠，成天的闹。

"我要玲玲，我要玲玲！"

"我要玲玲嫁我！"

"我要玲玲做小！"

"娶不到玲玲，我就不活了，我上吊！"

小婶叫他闹得不得安身，就说："要不你去找我大哥肖楚中说说去，问问玲玲本人。"

"我不去，你替我去！"

小婶叫他闹得没有办法，就回娘家找大哥肖楚中。

肖家没有多少产业，靠肖楚中在中学教英文，按月有点收入。他有胃病，有时上课胃疼，就用铅笔顶住胃部，但是亲友婚嫁，礼数不缺。

小婶跟大哥说：

"莱生要娶玲玲做小。"

肖楚中听明白了，气得浑身发抖。

"放屁！有姊妹二人嫁一个男人的吗？"

"他说有，娥皇女英就是这样。"

"放屁！娥皇女英是什么时代的事，现在是什么时代？难道能回到唐尧虞舜的时代吗？这是对玲玲的侮辱，也是对我肖家的侮辱！亏你还说得出口，替这个混蛋来做这种说客！"

"我是叫他闹得没有办法！他说他娶不到玲玲就要上吊。"

"他爱死不死！你叫他吓怕了，你太懦弱！——这事你千万别跟玲玲提起！"

“那怎么办呢？”

“不理他！——我有办法，他再闹，我告到二太爷那里去（二太爷是我的祖父，算是族长），把他捆起来送到祠堂里打一顿，他就老实了！这是废物一个，好吃懒做的寄生虫，真是异想天开，莫名其妙！”

小婶把大哥的话一五一十传给了汪莱生。真要是送到祠堂里打一顿，他也有点害怕。这以后他就不再胡搅蛮缠了，但有时还会小声嘟囔：“我要玲玲，我要娶玲玲……”

他吃得还是那么多，还是爱吃肥腻。

有一天，吃完饭，莱生回他的书房，走在石头台阶上，一脚踩空，摔了一跤。小婶听见咕咚一声，赶过来一看，他起不来了。小婶自己，两个孩子，还叫了挑水的老王，一起把他搭到床上去。他块头很大，真重！在床上躺下后，已经中风失语。

小婶请来刘老先生（这是有名的中医）。刘先生看看莱生的舌苔、眼睛，号了号脉，开了一个方子。前面医案上写道：

“贪安逸，食厚味，乃致病之源。拟投以重剂，活血化淤。”

小婶看看药方，有犀角、麝香，知道这都是大凉通窍的药，而且知道这付药一定很贵。

刘老先生喝着小婶给他倒的茶，说：“他的病不十分要紧，吃了这药，一个月以后可以下地。能走动了，叫他出去走走。人不能太闲，太闲了，好人也会闲出病来的。”

　　一个月后，莱生小爷能坐起来，能下地走走了，人瘦了一大圈。他能说话了，但是话很少。他又添了一宗毛病，成天把玻璃柜橱的门打开，又关上；打开，又关上，嘴里不停地发出拉胡琴定弦的声音：

　　"gàgi, gigà, gàgi, gigà……"

　　然后把柜橱的铜环摇动得山响：

　　"哗啦哗啦哗啦……"

　　很难说他得了神经病，但可说是成了半个傻子。

　　"gàgi, gigà, gàgi, gigà……"

　　"哗啦哗啦哗啦。"

　　我离乡日久，不知道莱生小爷后来怎么样了。按年龄推算，他大概早已故去。我有时还会想起他来，想起他的鹦鹉，他的十来盆蒲草。

载一九九六年第一期《山花》

鹿井丹泉

　　"鹿井丹泉"是"秦邮八景"中的一景，遗址在今南石桥南。

　　有一少年比丘，名叫归来，住在塔院深处，平常极少见人。归来仪容俊美，面如朗月，眼似莲花，如同阿难——阿难在佛弟子中俊美第一。归来偶或出寺乞食，游春士女有见之者，无不赞叹，说："好一个漂亮和尚！"归来饮食简单，每日两粥一饭，佐以黄齑苦荬而已。

　　出塔院门，有一花坛，遍植栀子。花坛之外为一小小菜园。菜园外即为荆棘草丛，苍茫无际，并无人烟。花坛菜圃之间有一石栏方井，井栏洁白如玉，水深而极清。归来每天汲水浇花灌园。

　　当归来浇灌之时，有一母鹿，恒来饮水。久之稔熟，略无猜忌。

　　一日，归来将母鹿揽取，置之怀中，抱归塔院。鹿毛柔细温暖，归来不觉男根勃起，伸入母鹿腹中。归来未曾经此况味，觉得非常美妙。母鹿亦声唤嘤嘤，若不胜情。事毕之后，彼此相看，不知道他们做了一件什么事。

　　不久，母鹿胸胀流奶，产下一个女婴。鹿女面目姣美，略似其父，而行步姗姗，犹有鹿态，则似母亲。一家三口，极其亲爱。

　　事情渐为人知，嘈嘈杂杂，纷纷议论。

当浴佛日，僧众会集，有一屠户，当众大声叱骂：

"好你个和尚！你玩了母鹿，把母鹿肚子玩大了，还生下一个鹿女！鹿女已经十六岁了，你是不是也要玩她？你把鹿女借给弟兄们玩两天行不行？你把鹿女藏到哪里去啦？"

说着以手痛掴其面，直至流血。归来但垂首趺坐，不言不语。

正在众人纷闹，营营訇訇，鹿女从塔院走出，身著轻绡之衣，体被璎珞，至众人前，从容言说：

"我即鹿女。"

鹿女拭去归来脸上血迹，合十长跪。然后跚跚款款，步出塔院之门，走入栀子丛中，纵身跃入井内。

众人骇然，百计打捞，不见鹿女尸体，但闻空中仙乐飘飘，花香不散。

当夜归来汲水澡身讫，在栀子丛中累足而卧。比及众人发现，已经圆寂。

（按：此故事在高邮流传甚广，故事本极美丽，但理解者不多。传述故事者用语多鄙俗，屠夫下流秽语尤为高邮人之奇耻。因此改写。）

一九九五年春节

载一九九五年第七期《上海文学》

绿猫

山沓水匝，树杂云合，目既往远，心亦吐纳。

春日迟迟，秋风飒飒，情往似赠，兴来如答。

——《文心雕龙·物色篇》

刚才我想的甚么？——又一辆汽车飞驶而过，震得我好不难受。像甚么呢，像甚么呢，说不出像甚么。汽车回家，汽车们回家了。（汽车"们"？）这时候还有甚么叫卖声音？叫的是甚么？还有三轮车，白天怎么听不到三轮车轮轴吱吱咂咂的响？——我为甚么那么钝，为甚么一无所知，为甚么跟一切都隔了一层，为甚么不能掰开撕开所有的东西看？为甚么我毫无灵感，蠢溷麻木？为甚么我不是天才！——嘻，叫卖的，你叫的甚么？你说说你的故事看。你是个高的矮的？你不快乐？你没有希望？你今天晚上会作甚么梦？——你汽车，你"呜——"，你好无礼！两点一刻了。——我刚才想的甚么？香烟又涨了，（我抽了一枝烟，）——我想甚么来了？……喔，喔喔，我想过高尔基！

我想起高尔基的样子，画上的高尔基，雕像上的高尔基的样子。（我现在是甚么样子？）也许不是高尔基，汤姆士·哈代，福楼拜，奥·亨利……随便是谁。但我想的还是他，高尔基。我今天偶然翻了一本杂志，翻开来第一页就是他，他的像，（这个杂志不知刊登了多少次他的像，这位编辑也不在意？多少杂志报纸上印出过他的像了。不用写出，就知道是谁，一看就知道是谁，不看也就知道！）刻在白云石上，选了合宜光线角度而拍出来的。高尔基斜斜的坐在那儿，一脸的"高尔基"。画家雕刻家们对他那么熟悉，比对他自己工作室所在的那条街，他买纸烟的铺子，他的房东的女儿，他自己的领带还熟悉。他们用笔用斧凿在布上石头里找出一个东西，高尔基。高尔基总是穿着马靴的？他脸上都是那个样子，他从早到晚，今年到明年，无刻不是"高尔基"？如果不是那些像，我相信，如果与他差肩而过，没有人知道他是谁。没有多少人看过了还记得他。根本在路上就不会有人看他的，即使已经知道高尔基其人，知道他是个甚么样子。高尔基是甚么样子？两撇胡子——甚么样的胡子？有一回我们演戏，彩排的时候，化装室里，一个演员拿了皱纹笔，抹了底子油，问导演，"我来个甚么样的胡子？"导演一凝眸，看了看演员脸，竖出一个指头，十分有把握："高尔基式！"——半搭拉着眼皮，作深思状。高尔基一年到头都在深思，都作深思状？——想想高尔基执笔抽烟的样子。——高尔基要是刚从理发店里出来，甚么样子？——是甚么意思呢？我怎么想起来这个？……

我是想起了绿猫。（高尔基，绿猫！）现在又是叫卖的甚么？甚么地方有关窗声音，隔壁老头儿又咳嗽了。

我的朋友栢要写一篇小说，写绿猫，我就想起了高尔基。今天我刚好看见了高尔基。若是看到别人，我就会想到别人。

我去看我的朋友栢。

黄梅天，总是那么闷。下雨。除了直接看到雨丝，你无法从别的东西上感觉到雨。声音是也有的，但那实在不能算是"雨声"。空气中极潮湿，香烟都变得软软的，抽到嘴里也没有味，但这与"雨意"这两个字的意味差得可多么远。天空淡淡漠漠，毫无感情可言。雨下到地上，就变成了水。哪里是下甚么雨，"下水"而已。（赫哈，下水！）虽然这时念一声"八表同昏"，念一声"最难风雨故人来"，觉得滑稽，可是听巷子里那个苍白的孩子一边跑，一边用稚嫩的声音哀唤：

有破个烂个电灯泡撂出来，

有破个烂个电灯泡撂出来，

我可没有电灯泡撂给他，披上雨衣，决定还是去看看栢。虽然毫不热烈，摇曳着，支持着那点意思。

怎么样从我的住处就到了栢的住处了呢？说不上来，我就是已经到了栢的门前，伸手而敲了。"既然不是乘兴，你就不要来！"我心里自己嘀咕。王子猷呀王子猷，活在现在，你也毫不希奇！想到你的得意杰作，我是又悲哀又生气。——才不悲甚么哀呢，生的甚么气。谁也不能真正画出一幅雪夜访戴图，他不过是自得其乐。这个年头，谈不到这些，卞之琳先生说是"最不风流的时候"，有这么一句话他就活得下去，仿佛不风流害不死他。人言阿龙超，阿龙固自超，那么咱们就超吧。也罢，我明知道这门里没有甚么新鲜事情，优美，崇高，陶醉迷人的事情，我还是敲门。剥啄一声，我心欢喜。心里一阵子暖，我这才知道我为甚么要来，我该来。门里至少有我一个朋友，在茫茫人海之中可以跟我谈话。"我好比：南来的雁……"我简直要唱起来了。当然没有唱，一声"请进来"，门为我而开了。我真想说一声：

"啊栢，我真喜欢你！"

现代人都受不了舞台上的大悲剧，受不了颤抖带泪的声音，受不了"太厉害"的动作，然而虽然止于礼义也，却未尝没有发乎情的时候，他只是不让她"出来"，活生生给掐死了，而且毫不觉其残酷。当然我也不说。我为甚么要怪，要不识时务，不顺应潮流。我的朋友栢是个热情人，虽然也给压得差不多坏了，但劲儿似乎还有一点。许多人加给他的评语是"天真"。当然他不是孩子似的。他天生来是个浪漫的底子，关起门来会升天入地，在现实中淘吸出点甚么玩意儿来。——任是这么一个人，我也不能跟他说那一句会令他莫明其妙的话吧。如果我说，他一定愕然，看我一眼，略一点头，心里明白了，上来扶住我，扶到他椅子里坐下，甚至扶到他床上，给我倒水，有钱则为我买水果。他以为我醉了！如果我醉了，我就会接下去说：

"啊栢，你不知道我多难受，多寂寞！这是甚么生活？甚么时候光明才能照到'古罗马的城楼'？……"

喝醉了还是忘不了开玩笑：栢的隔壁有一位青年，一天到晚唱他的夜半歌声，而且总把"城头"唱成"城楼"。——得，我这么哩哩拉拉的，倒像我真的喝醉了！我什么都没有说，脸上微亮了一下，说了一句：

"怎么样,栢?"

见面总是这么一句。毫无意义。——不,不能是毫无意义,这至少等于说"哈,又见面了"。

"怎么样?——哎,你来得正好!"

这一句话我爱听。

"怎么啦?"

"我在写文章。"

"你写,我不搅你。我坐一会,看你那本书。"

"不,你来得正好,我写不出来。"

"噢,要我来打岔,好嘛!——写的甚么?"

"一个小说。"

"我看看。"

"别看!"

我已经看见了!题目:《绿猫》;第一行是

"小时候……"

栢把稿子压在一本大字典底下,给我泡茶。接过茶杯,我不由得不扑哧一笑,把茶都泼了出来,泼在裤子上。我掏手绢擦裤子。——并不是爱惜裤子,就是擦擦。——是爱惜裤子,下意识里还是爱惜的。这条裤子虽然普通到不能再普通,毫无特色之可言,但小时候总有穿鲜美新衣而喜悦,而爱惜的时候。

"笑什么？"

当然。他看到我眼睛所看方向就已经明白我笑甚么。

一只瘦骨伶仃的小猫蜷在桌子腿旁边。这两天正是换毛的时候，毛都一饼一饼的。毫无光泽，不能说不难看。又是下雨，更脏了。本来应当说是白地子淡黄花斑，在暗影里说不出是甚么颜色。栢也好好的看了它一眼，冲我皱鼻子，扁嘴，努目而用力点了点头，鼻子里哼出一股气：

"我一定要把它染成一个绿的！"

我又笑，栢可急了，他以为我是笑他，笑他也就是说说，决不会当真把他的猫染成个绿的。他声音大，吐字切，两腿分开，作童子军操"稍息"状，说：

"你瞧着！我一定染，染成个绿猫！我已经在一家理发店里问过了，有染绿的水。"

果然不错，他也看了前天的那张报纸。——我看了看他的头，新剪的，"打三下"！理发匠是顶会把所有的人弄成一样，把所有的人的风格全毁了的，顶没有"趣味"的人。你看看，把我的诗人，我们的小说家，我们的希腊艺术的小专家，我们的长眉，大眼，直鼻，嘴唇的弧度合乎理想，脑门子宽窄中度，智慧，热情，蕴藉，潇洒的栢先生弄成了甚么样子！要是有画家画，有雕刻家刻，有人来喜欢、来爱，你叫这些人何以为情，怎么办？这个头发式样！简直糟糕透顶，这是甚么世界！栢是有他的合适的发式的。有一回，在昆明，也是下雨，栢去看我；没有打伞，也没有戴帽子，他的头发长得很长了，雨淋过，有点湿；他一进门，掏出手绢，擦额头的水滴，一扬头，把披下来的长发甩到后面去，用手那么一撩，嗐！那一霎那他真是一个栢，真美，那才是栢的头发！简直可以说，我喜欢栢就因为他有那一霎，永恒的一霎。否则，现在，这一头光可鉴人的头发马路上到处都是，多没意思！栢看起来相当滑稽可笑，现在。因为这一头头发与他周身上下，与这间屋子的一切，全不相调和——栢一定是在理发店看的那张报纸。前天报纸副刊上有一块"文人怪癖"。似乎是文人就非有怪癖不可，是副刊就得刊载无数次那样的"珍闻"。把脚浸在温水里，闻烂苹果气味，穿红衣裳，染绿头发……抄集的人照例又必加上许多按语。按语虽各有巧妙不同，然而有一点是大都要提到的，是"这是刺激灵感之方法"。——栢有几根白头发，少年白，他自己已经不大在意了，理发匠可不肯放过，常常在剪好了，吹风上油时就会问一句：

"要不要染一染？三个月不会退的，尽管说。"

栢自然有点不耐烦。如果他有甚么不高兴事情，比如，有那么一只不好看的猫这一类事情，他就会生一点气。一生气，刚好看到报上那段"文人怪癖"，他就装得极有兴趣，极关心的问：

"是不是甚么颜色都能染？"

"甚么颜色都能染！"

回答的不止一个人，不是那个劝他理发的理发匠，旁边好几个一起充满热情的回答。有一位女客为之神色飞舞，问其邻座另一女客：

"陈莉的头发是棕黄色的？"

陈莉是谁？看她们说话神气，大概是一个女"歌手"或是舞星吧？那位为栢理发的理发匠见自己的话为别人抢去代答，颇不高兴。栢想劝劝他，何必呢，凡事都宁可让着人些。然而似乎劝也无用，就问他一点别的，反正他就是要说说话。

"能不能染绿的？"

这就一时都答不上来了。过了一会，最远的一位理发匠说了：

"可以的！我见过染绿的药水。有一回，洋行里发货发错了，有一箱，打开来，是绿颜色的。——没有人要染绿的吧？你先生当然不要染绿头发？"

栢在镜子里点点头，那位刚才还似乎生了一点气的理发匠，正用一面镜子在后面照，问他满意不满意，自然总是满意，总点点头。一面，他回话：

"有人染的。不是我。我甚么颜色都不染。"

大概那时他即想到染他的猫成绿色的了！

大家都说栢喜欢猫。栢也当真是喜欢的。不过教他们，尤其是她们，那么一说，简直说得喜欢猫是件可笑的事，喜欢猫的也是一种可笑的人了。我极代为不平。一听到有人无话可谈的时候谈到他，我就说："他喜欢很多东西，只要是好看的，有生命的；或是无生命而可以见出生命，见出生命之活动，之痕迹的，他无不喜欢。他从来也没有以为猫是世界上最美，最值得有的东西。"然而众口同声，我也没有工夫生那么些闲气。有时真气了，我就向栢说：

"栢，你就别喜欢猫吧！往后你甚么也别喜欢了。"

可是大家非咬死了说他有猫癖不可。说这个话的，有的自己喜欢猫，援引之以壮声势。有的不喜欢猫，看不起喜欢猫的人，他们要找出这一点作为看不起栢的理由。有些，最多了，无所谓，无话可谈的时候谈谈。——都是栢那篇文章引出来的！

栢从小就与猫接近。他有个伯父，生性严刻，不苟言笑，对待任何人都是冷冷的，可是他爱猫，猫是他性命。他养了一大堆猫，最多时到过四十七头，平常也十头以上。一家之中他伯父就是对栢还有时和蔼慈祥，因为栢可以陪他一起养猫，喂猫饭，用发梳为猫梳毛，为猫捉跳蚤，找老猫在那里生小猫，更重要的是搬个小蒲团坐下陪他伯父一同欣赏那些名贵的猫。栢从之学会医猫病，配猫药，知道猫吃了甚么要长癣，甚么东西则可使猫毛丰长亮洁。他知道许多猫的名色。我只记得狸花，玳瑁，乌云盖雪，铁棒打三桃，瑙玛浆，大杏黄，小杏黄，几种最普通习见的，其余都记起来难，忘起来快。栢还说过许多如何偷接一个种，春夏间如何监视猫的交游，没有尾巴的猫与有尾巴的猫配合，生下来有几个可能有尾，几个无尾，狮子猫下小猫有几分把握能是狮子猫，等等，我说他很可以写一本《猫学》去，这样，他一开头写"小时候……"乃是自然不过的事。——不过，除了我他很少向人谈这些。——幸好没有谈！那篇关于猫的文章，别人看了不知道怎么样，我是颇喜欢的，因为亲切。

他所说的那些我有不少知道的，在场，所以印象很深。文章我这里有一份，有几处，我以为还可以一看：

> 大雨忽然来了。一个青色的闪电照在枫树上，我赶紧跑到柴草房里去。那是距我所在处最近的房屋。我爬上堆近屋顶的芦柴上，听水从高处流下来，顺着瓦沟流下来，响极了。訇——空心老桑树倒了，往下一压，蒲桃架塌了；我的四周越来越黑了，雨点在我头上乱跳。忽然，一转身，墙角两个碧绿绿的东西在发光！——哦，那是老黑猫。老黑猫又生了一堆小猫了。原来它每次生养都在这里！我看它们吃奶，听着雨，雨慢慢小了。"

栢谈起过他们家那个小花园，而从这头猫上我可以得到二十年前他的一个影子，在那个小花园中活动。

后来，说到在昆明时候，这时候我已经认识他了。

> ……有一回我到一个人家去。主人不在，老妈子说："就回来的，说怕您要来，请在屋里坐坐，等等。"开了房门让我进去。主人新婚，房里的一切是才置的，全部是两个人跑酸了四条腿，一件一件精心挑选来的。颜色配搭得真是好，有一种瑷磼朦胧感觉，如梦如春。我在软椅中坐了一会。在我看完一本画报，想换第二本时，我的眼睛为一个东西吸住了：墨绿缎墩上栖着一只小猫。小极了小极了，头尾团在一起不到一本袖珍书那么大。白地子，背上米红色逐渐向四边晕晕的淡去，一个小黑鼻子，全身就那么一点黑。我想这么个小玩意儿不知给了女主人多少欢

喜。怎么一来让她在橱窗里瞥见了，做得真好。真的，我一点不觉得那是个真猫！猫要是那么小，是没有大起来；还在吃奶的小猫毛是有一块没一块的，不会那么厚薄均匀，茸茸软软的。嘿——我这一动换，嗖，它跳了下来，无声的落在地毯上，睁着两颗豆绿眼睛。它一点都不是假的！猫伸了个懒腰，走了。我看见那个墩子，想这团墨绿衬得实在好极了。我断信这个颜色是为了猫而选的。——这个猫是甚么种？一直就是这么大……？想着，朋友进来了，我冒冒失失的说"××，你真幸福！"朋友不知道我所称赞的是那一点，瞠目而视，直客气"那里，那里！"女主人微微一笑，给我拿来一个烟灰缸子过来。……

这里所说 ×× 我也认识。那个女主人呢，不少人暗暗的为她而写了诗。我们的栢兄大概也写过不止一首吧。想想他说"××，你真幸福"那股子傻楞劲儿？——这事说来也近十年了。没有十年，八年。而另外一段，我更熟习，那时我跟栢同住在一个地方，在大学里念书的时候：

　　……得要有一个忧郁得甜迷迷的小院子，深深细细，缠缠绵绵，湮浸于一种古意。……

　　昆明是个颇合乎理想的地方。一方面许多高大洋楼连二接三的生长出来，真是如同雨后春笋。一方面有戴乌绒帽勒，饰以银红丝球缨络，青布衣上挑出葱绿花纹的苗女，从山里下来，青竹篮里衬着带露羊齿叶片，用工房中唱情歌嗓子在旧宅第下马石前长喝一声"卖杨梅——"

新与旧的渗和对照，充满浪漫感。去年沙嘴是江心，呼吸于梅礼美的"残象的雅致"之中，把无可托付的心倾注在狗呀猫呀的身上的，想想看，有多少人？……

我所寄住的那一家，没有一个男人，一个五十多岁的老姑娘带两个很难说是甚么身份的女孩子。她们都吃素，老姑娘念经奉佛。她们经年著一尘不染的青布衣，青布鞋，有时候忽然一齐换一天或银灰色，或藕合色的高领窄袖子，沿边盘花扣子的老式慕本缎子衫裙；到天黑，回房才褪尽簪珥，仍是老样子，髻子辫子上留一朵淡色的或艳色的花。不知道那一天有甚么事情。——不知是甚么道理，鱼磬声中，一点都不是先入为主，神经过敏之见，有一种执著的悲剧气味，一种安定的寂寞，又渗杂一种不可名状的挣扎。而这一切，为一头大猫点动出来。院中一棵大白兰花树，一进门即觉得满身是绿。浓香之中，金残碧旧，一头银狐色暹罗大猫伏在阶前蒲团上打盹，或凝视庭中微微漾动的树影，耳朵竖得尖尖的，无端紧张半天，忽然又懒涣下来；住久了，慢慢的，话就越来越少了，好像没有甚么可说的。……

这样的文章，即使栢是我的朋友，唯其是我的朋友，我不能说是怎么好，我不是说"可以看看么？"难道看也不能看么？我相信韩昌黎"气水也"的说法，把文章摘出这么两三段来看是很要不得的办法，因为只见浮物，不见水，也浮不起来。——我们所谓风格，大概指的就是那么股"劲儿"。是落花依草也好，回风映雪也好，你总得从头至尾的看下来才有个感觉。正如同要行了才算是船，砌死在那儿，那怕是颐和园的石舫，也是呆板的。不过我把栢的文章抄在这里，他要是反对，不是反对因为失去层叠逶迤，翩翩盼顾而觉得有意跟他为难；是态度，是从切面中见出态度，从态度中有人，有好事人会提出他是怎么样一个人。从这三两段之中若是有人"唔"那么一声，"谈猫的！"他就没法奈他何。那位先生的意思当然是：猫不是猫，是很多东西，是大白兰花树，是银灰藕合，寂寞安定，是青竹篮带露羊齿叶，是如梦如春，暧靉朦胧，是枫树，青色闪，是浪漫感觉……是不大壮健，是过了时的东西！有人说它晦涩，有人说它浅，都对。栢没法奈他何。是的，我可知道栢的苦。他自己比谁都明白，一天到晚的嚷着，为甚么没有时间给我读书，给我思索，给我观察，为甚么我不能深入于生活，平正于字句，为甚么我贫弱，昏聩？看他用全力搏兔，从早到晚，天黑到天亮，（这样的时候不多，不是他不干，是时候没有，）结果颓然败阵下来，神色惨然，向我摊手，说："没有办法，你看见的，我尽了力，可是格格不入，一无是处。"我就劝他，"你就别写吧。"这他可忽然爆发起来了，仿佛我就是他弄不好的题目，冲到我面前：

"我不写，我不写干甚么？"

他是要反对我抄，反对的是这个。但是反对过一会儿他就不反对了。他就说："无所谓的。日光之下无新事，都要过时。"

就因为过时，我问栢：

"哎栢，你为甚么写这么个题目？"

我这一问好叫栢不高兴。他大抽了一口烟，推出下唇而喷出来，那么斜着眼睛看了我一下。我知道这兜起了他的恨。当然他不能一直用那样的眼睛看我，把眼睛移过了，那么看着一幅梵词的画，右手的大拇指无意识的拨弄他的衬衫扣子。渐渐的，他的表情之中透出一种悲怨，一种委屈。糟糕，我这么一句不经意的话闯了祸，我怕他要哭。你可以想象那一会儿的僵，那一会儿我的不安，我的无以自处。我吸吸鼻子，咳嗽两声，舌头舔舔嘴唇。要是这种情形一直持续下去，我只有怏怏的说，乞怜，抗拒，绝望，哀楚，恨毒："我走了。"从此我就绝不再来。倒是栢，他或者是因为梵词的燃烧的笔触而得到安慰，得到鼓舞，得到启迪，忘了，不计较我的话。他倒体谅起我的踯躅，他脸上的表情变得非常温柔，把手加在我的手背上，我就是怎么会嘲笑，甚么 Cynical，也不能不为他感动。他缓缓的叹了一口气：

"我总在这儿写就是了，你知道的。——我这也并不是象征派，我有良心。"

栢为我拿烟，为我点火。这也有下场。否则，他的手一直加在我的手上，成何体统？在我们的恳挚未为俗情笑煞之前即把手取去，是聪明的。自然事亦大可哀。但还是这样好，含蓄些，古典些。空气既已缓和，且因为这么一来，我们就更亲近，更莫逆于心，我就问问栢：

"为甚么写不出来呢？"

栢苦笑，手那么一伸，把他的房间介绍给我看。不用说别的了，房间里有四张床！——比我的房间里还多一张。一张窄窄的小桌子，桌上又是肥皂，又是牙刷，又是换下来的衬衫，又是童子军哨子，又是算盘，又是绍兴戏说明书，又是甚么文艺杂志，杂，乱，多，不统一，不调和。这间屋子真暗，真湿，真霉，真——唉，臭！栢从云南带来的一个缅漆盒子被人搁在墙犄角，这个东西他曾经那么宝爱过。他画了好几年的一个画稿上一个热水壶印子，一堆香烟灰，而且缺了一角。雨越下越大了。幸亏有雨，他才能多单独一会。而隔壁雄壮的"古罗马的城楼"歌声认真其事的唱起来了。栢的眼睛落在一本书上：佛金尼·吴尔芙的《一间自己的屋子》，他表情极其幽默。

我想问问他是不是还是那么几个钱薪水，得了，别问了。

栢翻他的抽屉。找甚么东西？

"张先生有信来。身体比较好些了。得等再照一次X光再说。究竟怎么样了呢，也不知道。他写了二十年，不管怎么样吧，写了二十年，似乎总该得到一点报酬。——还骂他！这时候还骂他作甚么呢？在外国，这时早到了给他写传记的时候了。要批评他，就正正经经的批评也好——那么轻佻，那么缺薄，当真他的文字有毒么？紧张热烈的在工作，在贫穷苦闷之中不放下笔来，这还不够伟大？——昨天见到李先生，他总是那么精神旺健，说：'别骂！张某人比你们大家都穷，也比你们大家都用功，这是事实，这就够了！'何必呢？现在我们还有比麻木，比愚蠢，比庸碌更大的敌人么？为甚么不阔大些，不看远些？……

"他还是劝我换个方法写。你看么？"

我看信。一面还想了想"斗士"这两个字到底该是甚么意思？

"是怎么回事？"

"我寄去一篇小论文，后来发现其中有一处很不妥贴，写信请他暂缓发稿，已经来不及了。后来想想，也无所谓，反正不是甚么不刊之论。我年纪还青，活着，谁也不知道里里外外要翻多少次身，要起多少次变化。你看我到了这儿一年，就在这儿变。——他这两句让我有一点感慨。你看：

> ……其实一般读者无此细心。大凡作者用心深致处读者即恰恰容易忽略。事极自然，因作者所谓深致，即与作者不大用心时文笔不同。一人尚如此，何况诸读者？……"

"你感慨甚么呢？"

栢从字典下把那一叠《绿猫》原稿抽出来，拿起笔来写了一个"废"字，把桌上的笔套起来。

"不知道甚么时候才写得好，又'错'了。

"就是缺少那点用心深致处！——在生活里'出'不来。文章里'进'不去。格格不入，不对劲儿，不对。

"瑞恰滋的说法已经很多人认为不能满意。我可是还没有见到更好的说法。——自然一切说法只是一种说法，它并不能就限制住写的人的笔。没有甚么说法，大家也还是要摸索着前进，写出许多东西再等有人来结说一句。

　　"古往今来的文章当真有甚么用？说法国革命是一支《马赛进行曲》引出来的未免太天真，太乐观，有点倒因为果。而且《马赛曲》唱了出来多半也还是有点偶然。——为甚么写？为甚么读？最大理由还是要写，要读。可以得到一种'快乐'，你知道我所谓快乐即指一切比较精美，纯粹，高度的情绪。瑞恰滋叫它'最丰富的生活'。你不是写过：写的时候要沉醉？我以为就是那样的意思。我自己的经验，只有在读在写的时候，我才觉得自己活得比较有价值，像回事。

　　"可是——难！纪德说：'若是没有，放它进去！'说得多英勇！我看要生活里有诗，只有放它进去。——忽然想到这么一句，不大相干。

　　"我并不是要把读跟写从生活里独立出来。这当然也不可能，办不到。并不是把生活一刀两段，截然分开，这边是书，是艺术；那边是吃饭，睡觉，打哈哈，不是这样的意思。……我要的是甚么东西呢，不妨说就是'灵感'吧。

　　"就像等公共汽车，看着远远的来了，一脚跳上去，想它，想那点灵感，把我带到一个比较清爽莹澈，比较动人，有意义，有结构，有节拍的，境界里去。灵感，我的意思是若有所见，若有所解，若有所悟。吃着饭，走着路，甚至说着话，尤其是睡前，醒后，忽然心里那么触动了一下，最普通的比喻，像拨响了琴弦，这就仿佛活了起来，一把抓住，有时就得了救。我就写。——阅读，痛快的阅读，就是这个境界的复现，俯仰浮沉，随波逐浪，庄生化蝶，列子御风，味飘飘而轻举，情晔晔而更新。……"

柏看了我一眼，看我确是在听，集中精神在听，听得很沉迷。其实不如说我在看，看他说，看那些其实没有甚么出奇，我也知道的词句如何从他的心里涌出来，具何颜色，作何波澜。我在听，在看，在鼓励击赏。柏高兴，这一会儿他嗓子也好听，情感流得自然中节。

"给你背一段书：

"古人云：形在江海之上，心存魏阙之下，神思之谓也。文之思也，其神远矣！故寂然凝虑，思接千载；悄然动容，视通万里。吟咏之间，吐纳珠玉之声；眉睫之前，卷舒风云之色，其思理之致乎。——珠玉，风云，这是六朝人滥调，不过'寂然''悄然'形容得好！……

"'故思理为妙，神与物游。神居胸臆之间，而志气统其关键；物沿耳目，而辞令管其枢机；枢机方通，则物无隐貌，关键将塞，则神有遁心。……'"

我点头：

"张载说：'心中苟有所开，即便劄记，不思则还塞之矣。'非常同情他这个'还塞之矣'，非常沉痛。"

"'是以陶钧文思，贵在虚静：疏瀹五藏，澡雪精神；积学以储宝，酌理以富才，研阅以穷照，驯致以怿辞。'——真好！

"夫神思方运，万涂竞萌，规矩虚位，刻镂无形：登山则情满于山，观海则意溢于海，我才之多少，将与风云而并驱矣！……"

"你背得真熟。"

"因为就像是我说的！——我还是赞成背书。就是太忙。我多久没有这么'像煞有介事'过了？从前不相信甚么会闷出病来，现在想，大概真有那么回事。我母亲，他们就说是闷出病来，死的。"

栢这会儿神采焕发，眸子炯然。他在椅子里把四肢伸得直直的，挺了挺腰，十分舒畅的样子，看起来他比平常也长大了些。我可以体会到他身体里丰满的快感。过了好一会，雨小些了，他走了两步，重重的叹了一声：

"四序纷迥，入兴贵闲；勤靡馀暇，心肖长闲，可是我怎么闲得起来？"

他长吸一口，把烟蒂灭了。打开抽屉，放好他的断稿《绿猫》。这家伙太敏感自觉，虽然对我还有时这么淋漓尽致的抒说，但也不让自己太忘形。过于恣肆固恐使我难堪，漫无节制亦为他文章义法所不取。完了，即使我紧接着，用热望的眼睛注视他，说"说下去"，他也不说了。古罗马的城楼又唱起来，而且远远的已经听到他的同事们嚷着唱着来了。栢向我笑：

"满城风雨近重阳。——水之积也不厚，则其负大舟也无力，我其为芥之舟乎？——甚么时候，我才能有一个比较可以长时间思索，不被干扰的时候？——你也走吧，你也不善应酬，我实在怕看你装得很会应酬的样子；而且再有半点钟你们就要开饭，我也不留你。"

抱起他的小猫，栢送我到门口。我看着马路对面法国梧桐的绿叶，笑。

"又笑甚么？"

"我想你有句甚么话要说："感谢你让我痛痛快快说了半天话，胡说八道，毫无道理，不要笑我。'——把你的猫送还给人家去吧，多难看！"

"阁下聪明，倒是，算你猜着，不愧是小说家！——才不送，我要把它染绿了呢！别把我的话记下来，说我说的，我怕挨骂，除非等我把那篇了不起的大作，文学与人生，写出来之后。——哎，你上回说的道士请神情形很有意思。真是那样？是你诌出来的？"

"诌甚么！回去吧。过两天来。希望你的《绿猫》也写好了，猫也染绿了。"

风雨如晦，鸡鸣不已。——哎呀，我已经在这里坐了几个钟头了？天已经透蓝。咦，这里居然也听得到麻雀叫？——糟糕，我伤风了。刚才我放下笔歇了一会儿，抽了两枝烟，我想了些甚么？……我想起栢文章中提到的小院子，那时我们住在一起。想起那棵大白兰花树，现在正是开花的时候了。只有在云南那样的气候，白兰花才能长得那么大，罩满了整个一天井。花时，在巷子里即闻到香气，如招如唤。我们常搬了一张竹椅，在花树下看书，听老姑娘念经敲磬。偶然一抬头，绿叶缝隙间一朵白云正施施流过，闲静无比。一个老蜂窝又大了不少。一个蜘蛛结网，忙碌辛勤，忽然跌落下来，吊在半空；不知是偶然失足，还是有意如此，好等风来吹去，转换一个方向。我们有一个长耳绿陶水瓶，用陶瓶汲取井水来喝。——这时候！我们多半已经到了呈贡，骑马下乡了。道路都在栗树园中穿过，马奔驰于阔大的绿叶之下，草头全是露，风真轻快。我们大声呼喝，震动群山。村边或有个早起老人，或穿鲜红颜色女孩子，闻声回首，目送我们过去。此乐至不可忘。———说，也十年了，好快！——而这里，就是汽车！汽车又一辆一辆的开出来了。……

……怎么会想到高尔基身上去的？……喔，是想到道士请神，于是想到高尔基。

凡道士做法事道场，拜斗礼坛，既爇香，例须降神。降神，就是变成一个神。其实和尚也如此，当中坐的那个戴毗卢帽的大和尚是地藏王化身。不过道士降神过程，比较长，比较顶真。偷鞋骗食的道士，自然不过略具形式而已。有道行道士则必虔诚恭敬，收视返听，匍伏坛前，良久良久，庶可脱去自己，化为太乙。旁边的小道士，这时候由"掌鱼"的领头，摇铃击磬，高声赞美，退魔障，全真灵，参助其升超。据说内行人常常可以看出变到了如何程度，是快是慢，是易是难。据说，如果降请既毕，得到灵感——他们也叫灵感，即凡俗人，若谛细观察，亦可以觉出与平常神色不烦，端正凝祥，具好容貌，有大威仪。这似乎与理学家的功夫有相似处。嗳，鬼神之事，难言之矣，小时我不怎么相信，现在也还是一样。不过那个理却似乎有的。我有兴趣的是它可以借给我作一个比喻。

高尔基就像那个道士。我是说画布上的，白云石，青铜上

的，诚然是高尔基，但那是高尔基的精华。平常时候，比如从理
发店里出来的时候，（高尔基也要理理发，俄国的理发匠不见得
高明到那里去！）高尔基未必常如是。高尔基一定也有很不像样
的时候，如果人家一定要送他一个难看的小猫他怎么样呢，大概
也没有办法；而高尔基大概也不喜欢听古罗马的城楼，不喜欢四
个人住一屋，不喜欢汽车声音，不见得喜欢一点都没有雨的意思
的下雨天也。——那种最高尔基式的时候，当然是他写得或者读
得得意的时候。像果戈里所说，写不出来，在纸上乱画，写：

> 我今天写不出来，
> 我今天写不出来，
> 我今天写不出来！

的时候，自也有一种可以令人感动之处。不过画家雕刻家似乎
看不到；看不到所以他们画不出，刻不出。这怕倒还是写小说
的可以来表演一下子了。

　　因为栢写不出文章，我想到这些。我是说高尔基可能比栢
稍为可以平和安定一些，有时间可以思索，不会那么要写而不
能写。——我这想的有点怪么？

　　栢的《绿猫》，要写的，是一个孩子，小时极爱画画，可
是大家都反对他。反对他画画，也反对他画的画。有一回，他画
了一个得意杰作，是一头猫。他满腔热望，高高兴兴的拿给父亲
看，父亲看也不看，拿给母亲看，母亲说："作算术去！"拿给
图画老师看，图画老师不知道生了甚么气，打了他十个手心，大
骂他一顿："哪有这样的猫？哪有这样的猫！"他画的是个绿猫。

画了轮廓，他要为猫著色，打开颜色盒子，一得意，他调了一种绿色，把他的猫涂成了绿的。长大了，他作公务员，不得意。也没有甚么朋友，大家说他乖僻。他还想画画，可是画不成，乱七八糟的涂得他自己伤心。他想想毛姆的《月亮和六辨士》更伤心。到后来他就老了。人家送他一个猫。猫，人家不要养了，硬说他喜欢猫，非送给他不可，没有办法，他就收养了。他整天就是抱着他的猫。有一天，他忽然把他的猫染成了绿的。看到别人看到绿猫的惊奇样子，他笑了。没有两天，他就死了。

虽然我曾经警告过他，说这样的小说我没有看见过。这算甚么呢，算心理小说？心理小说在中国还是个颇"危险"的东西。中国人大概都比较简单，也许我们的小说作家以为中国人很简单，反正，没有这个东西。我想劝他还是写写高尔基式的小说。不过，还是让他写下去吧。也许他有一天会写黑猫，白猫，狸花猫，玳瑁猫的。——你也知道的，他写的是他自己。

我担心的倒是，猫要是个绿的，他把猫眼睛弄成个甚么颜色呢？唔，我以为这很严重。

天倒是晴了。早晴，今天一定热得很。——隔壁那个老头子咳了整整一夜。——不得了，汽车都出来了，这个世界上充满了汽车！还有，那是无线电的流行歌曲，已经唱起来也！我想起那位乖戾的哲人叔本华的那一篇荒谬绝伦的文章：《论嘈杂》。

三十六年七月二日，上海

载一九四七年第五卷第二期《文艺春秋》

小学校的钟声

瓶花收拾起台布上细碎的影子。磁瓶没有反光，温润而寂静，如一个人的品德。

鲍团长

鲍团长是保卫团的团长。

保卫团是由商会出钱养着的一支小队伍。保卫什么人？保卫大商家和有钱有势的绅士大户人家，防备土匪进城抢劫。这支队伍样子很奇怪。说兵不是兵。他们也穿军装，打绑腿，可是军装绑腿既不是草绿色的，也不是灰色的，而是"海昌蓝"的。——也不像警察，警察的制服是黑的。叫做"团"，实际上只有一排人。多半是从各种杂牌军开小差下来的。他们的任务是每天晚上到大街小巷巡逻一遍。有时大户人家办红白喜事，鲍团长会派两个弟兄到门口去站岗。他们也出操，拔正步。拔正步对他们是没有什么意义的，因为他们从来不参加检阅。日常无事，就在团部擦枪。下雨天更是擦枪的日子。

保卫团的团部在承志桥。承志桥在承志河上。承志河由通湖桥流下来，向东汇入护城河，终年是有水的。承志桥是一座大桥。这座桥有点特别，上有瓦盖的顶，两边有"美人靠"——两条长板，板上设有有弧度的栏杆，可以倚靠，故名"美人靠"。这座桥下雨天可以躲雨，夏天可以乘凉。靠在"美人靠"上看桥下河水，是一种享受。桥上时常有卖熟荸荠的担子，卖花生糖、芝麻糖的挑子。桥之北有一家木厂，沿河堆了很多杉木。放学的孩子喜欢在杉木梢头跳跃，于杉木的弹动起落中得到快乐。

木厂之西，是杨家巷。承志桥以南一带也统称为承志桥。保卫团的团部在承志桥的东面。原来是一个祠堂。房屋很宽敞。西面三大间是办公室。后墙贴着总理遗像，像边是"革命尚未成功，同志仍须努力"。总理遗像下是一张大办公桌。南北两边靠墙立着枪架子，二十来支汉阳造七九步枪整齐地站着。一边墙上有三支"二膛盒子"。

鲍团长名崇岳，山东掖县人，行伍出身。十几岁就投了张宗昌的部队。张宗昌被打垮了，他在孙传芳的"联军"里干了几年。孙传芳下野，他参加了国民革命军——这一带人称之为"党军"，屡升为营长。行军时可以骑马，有一个勤务兵。

他很少谈军旅生活，有时和熟朋友，比如杨宜之，茶余酒后，也聊一点有趣的事。比如：在战壕里也是可以抽大烟的。用一个小茶壶，把壶盖用洋蜡烛油焊住，壶盖上有一个小孔，就可以安烟泡，茶壶嘴便是烟枪，点一个小蜡烛头——是烟灯。也可以喝酒。不少班排长背包里有一个"酒馒头"。把馒头在高粱酒里泡透，晒干；再泡，再晒干。没酒的时候，掰两片，在凉水里化开，这便是酒。杨宜之问他，听说张宗昌队伍里也有军歌：

> 三国战将勇，
> 首推赵子龙。
> 长坂坡前逞啊英雄。
> 还有张翼德，
> 黑头大脑壳……

鲍团长哈哈大笑，说："有！有！有！"

　　鲍崇岳怎么会到这个小县城来当一个保卫团长呢？他所在的那个团驻扎到这个县，在地方党政绅商的接风宴会上，意外地见到小时候一同读私塾的一个老同学，在县政府当秘书，他乡遇故，酒后畅谈。鲍崇岳表示，他对军队生活已经厌倦，希望找个地方清清静静地住下来，写写字。老同学说："这好办，你来当保卫团长。"老同学找商会会长王蕴之一说，王蕴之欣然同意，说："薪金按团长待遇。只是对鲍营长来说，太屈尊了。"老同学说："他这人，我知道，无所谓。"

　　王蕴之为什么欢迎鲍崇岳来当保卫团长呢？一来，保卫团的兵一向吊儿郎当，需要有人来管束；更重要的是：有他来，可以省掉商会乃至县政府的许多麻烦。这个县在运河岸边，过往的军队很多。鲍崇岳在军队上的朋友很多，有的是旧同事，有的是换帖的把兄弟，有的是在帮，都是安清门里的。鲍崇岳可以充当军队和地方的桥梁。过境或驻扎的军队要粮、要草、要供应，有鲍崇岳去拜望一下，叙叙旧，就可以少要一点。有点纠纷摩擦，鲍崇岳一张片子，就能大事化小。有鲍崇岳在，部队的营团长也不便纵任士兵胡作非为。鲍团长对保障地方的太平安静，实在起很大作用。因此，地方上的人对他很有好感，很尊敬。在这个小县城里，一个保卫团长也算是头面人物。

　　鲍团长的日子过得很潇洒，隔了三五天，他到团部来一次，泡一杯茶，翻翻这几天的新闻报、老申报，批几张报销条子——所报的无非是擦枪油、棉丝，伙夫买的芦柴、煤块、洋铁壶，到承志桥一带人家升起煮中饭的炊烟，就站起身来。值日班长喊了一声"立正"，他已经跨出保卫团部大门的麻石门槛。

　　鲍团长是个大块头，方肩膀，长方脸，方下巴。留一个一寸长短的平头——当时这叫"陆军头"，很有军人风度，但是言谈举止温文尔雅。他是行伍出身，但在从军前读过几年私塾。塾师是个老秀才，能写北碑大字。鲍团长笔下通顺，函牍往来，不会闹笑话。受塾师影响，也爱写字。当地有人恭维他是"儒将"，鲍团长很谦虚地说："儒将，不敢当，俺是个老粗。"但是对这样的恭维，在心里颇有几分得意。

　　鲍团长平常不穿军服。他有一身马裤呢的军装，只有在重要场合，总理诞辰纪念会，县党政绅商欢迎省里下来视察工作的厅长或委员的盛会上，才穿一次。他平常穿便衣，"小打扮"，上身是短袄（钉了很大的扣子），下身扎腿长裤。县里人私下议论，说这跟他在红帮有关系。杨宜之问过他："你是不是在红帮？"鲍崇岳不否认。杨宜之问："听说红帮提画眉笼，两个在帮的'盘道'，一个问'画眉吃什么？'——'吃肉'，立刻抽出一把攮子，卷起裤腿，三刀切出一块三角肉，扔给画眉，画眉接着，吧咋吧咋，就吃了，有没有这回事？"鲍崇岳说："瞎说！"鲍团长到绅士大户人家应酬出客，穿长衫，还加一件马褂。

　　鲍团长在这个县待了十多年，和县里的绅士都有人情来往，马家——马士杰家、王家——王蕴之家、杨家……每逢这几家有喜丧寿庆，他是必到的。事前也必送一个幛子或一副对子，幛子、对联上是他自己写的"石门铭"体的大字。一个武人，能写这样的字，使人惊奇。杨宜之说："据我看，全县写'石门铭'的，除了王荫之，要数你。什么时候王大太爷回来，你把你的字送给他看看。"

　　杨家是世家大族。杨宜之的父亲十九岁就中了进士，做过两任知府。杨家所住的巷子就叫杨家巷。杨家巷北头高，南头低，坡度很大，拉黄包车从北头来，得直冲下来。杨家北面地势高，叫做"高台子"。由平地上高台子要过三十级石阶。高台上有一座大厅，很敞亮，是杨宜之宴客的地方。每回宴客，杨宜之都给鲍团长送去知单。鲍团长早早就到了。鲍团长是杨宜之的棋友。开席前后，大厅里有两桌麻将。别人打麻将，杨宜之和鲍崇岳在大厅西边一间小书房里下围棋。有时牌局三缺一，杨宜之只好去凑一角，鲍崇岳就一个人摆《桃花谱》，或是翻看杨宜之所藏的碑帖。

　　鲍团长家住在咸宁庵。从承志桥到咸宁庵，杨家巷是必经之路，有时离团部早，就顺脚跨进杨家的高门槛——杨家的门槛特别高，过去杨家有大事，就把门槛拆掉，好进轿子——找杨宜之闲谈一会。鲍崇岳的老伴熏了狗肉，鲍崇岳就给杨宜之带去一块，两个人小酌一回。——这地方一般人是不吃狗肉的。

　　近三个月来，鲍崇岳遇到三件不痛快的事。

　　第一件：

　　鲍崇岳早就把家眷搬来了。他有一儿一女，儿子叫鲍亚璜，女儿叫鲍亚琮。鲍亚璜、鲍亚琮和杨宜之的女儿杨淑媛从小同学，同一所小学，同一所初中。杨淑媛和鲍亚琮是同班好朋友。鲍亚璜比她们高一班。鲍亚琮常到杨淑媛家去，一同做功课、玩。杨淑媛也常到鲍亚琮家去。她们有什么算术题不会做，就问鲍亚璜。鲍亚璜初中毕业，考取了外地的高中，就要离开这个县了。一天，他给杨淑媛写了一封情书。这件事鲍崇岳不知道。他到杨宜之家去，杨宜之拿出这封信，说："写这样的信，他们都太早了一点。"鲍崇岳看了信，很生气，说："这小子，我回去要好好教训他一顿！"杨宜之说："小孩子的事，不必认真。"杨宜之话说得很含蓄，很委婉，但是鲍崇岳从杨宜之的微笑中读出了言外之意：鲍家和杨家门第悬殊太大了！鲍团长觉得受了侮辱。从此，杨淑媛不再到鲍家来，鲍崇岳也很少到杨家去了。杨家有事，不得已，去应酬一下，不坐席。

第二件：

本县湖西有一个纨绔浮浪子弟，乘抗日军兴之机，拉起一支队伍，和顾祝同拉上关系，号称独立混成旅，在里下河一带活动。他们队伍开到县境，祸害本土，鱼肉乡民，敲诈勒索，无所不为。他行八，本地人都称之为"八舅太爷"。本地把蛮不讲理的叫做舅太爷。商会会长王蕴之把鲍团长请去，希望他利用军伍前辈的身份，找八舅太爷规劝规劝。鲍团长这天特意穿了军装，到八舅太爷的旅部求见。门岗接了鲍团长的名片，说"请稍候"。不大一会，门岗把原片拿出来，说："旅长说：不见！"鲍崇岳一辈子没有碰过这样一鼻子灰，气得他一天没有吃饭。他这个老资格现在吃不开了。这么一点事都办不了，要他这个保卫团长干什么，他觉得愧对乡亲父老。

第三件：

本县有个大书法家王荫之，是商会会长王蕴之的长兄，人称之为大太爷。他写汉碑，专攻《石门铭》，他把《石门铭》和草书化在一起，创出一种"王荫之体"，书名满江南江北。鲍崇岳见过不少他的字，既遒劲，也妩媚，潇洒流畅，顾盼生姿，很佩服。他和无锡荣家是世交，常常住在无锡，荣家供养着他，梅园的不少联匾石刻都是他的手笔。他每年难得回本乡住一两个月。上个月，回乡来了。鲍崇岳拿出自己写的一卷字，托王蕴之转给大太爷看看，请大太爷指点指点。如果有缘识荆，亲聆教诲，尤为平生幸事。过了一个月，王荫之回无锡去了，把鲍崇岳的一卷字留给了王蕴之。鲍崇岳拆开一看，并无一字题识。鲍崇岳心里明白：王荫之看不起他的字。

鲍崇岳绕室徘徊，忽然意决，提笔给王蕴之写了一封信，请求辞去保卫团长。信送出后，他叫老伴摊几张煎饼，卷了大葱面酱，就着一碟酱狗肉、一包炒花生，喝了一斤高粱。既醉既饱，铺开一张六尺宣纸，写了一个大横幅，融《石门铭》入行草，一笔到底，不少跼蹰，书体略似王荫之：

田彼南山

荒秽不治

种一顷豆

落而为萁

人生行乐耳

须富贵何时

写罢掷笔，用按钉按在壁上，反复看了几遍，很得意。

一九九二年十一月二十二日

载一九九三年第二期《小说家》

黄开榜的一家

黄开榜不是本地人，他是山东人。原来是当兵的，开小差下来之后，在当地落住了脚。

他没有固定的职业，年轻时吹喇叭。这是一种细长颈子的紫铜喇叭，长五六尺，只能吹一个音：嘟——早年间迎亲、出殡都有两种东西，一是长颈喇叭，二是铁铳。花轿或棺柩前面是吹鼓手，吹鼓手的前面是喇叭，喇叭起了开路的作用。黄开榜年轻中气足，一口气可以吹得很长。这喇叭的声音很不好听，尖锐刺耳。后来就没有什么人家用了。铁铳也废了，太响了，震得人耳朵疼。

没有人找黄开榜吹喇叭了，他又干了一种新的营生，当"催租的"。有些中小地主，在乡下置了几亩地，租给人种。这些家业不大的地主，无权无势，有的佃户就欺负他们，租子拖欠不交。地主找黄开榜去催。黄开榜去了，大喊大叫，要吃要喝，赖着不走，有时甚至找个枕头睡在人家里。这家叫他啰唆得受不了啦，就答应哪天交齐。黄开榜找村里的教书先生或庙里的和尚帮这家立个保单："立保单人某某某所欠某府名下租子若干，准于某月日如数交清，恐口无凭证，立此保单是实。"黄开榜拉过佃户的右手，盖了一个手印，喝了一大碗米汤，走人。地主拿到保单，总得给黄开榜一点酒钱。

黄开榜还有一件拿不到钱，但是他很乐意去干的事，是参加"评理"。两家闹了纠纷，就约了街坊四邻、熟人朋友，到茶馆去评理，请大家说说公道话，分判是非曲直。评理的结果大都是调停劝解，大事化小，彼此不再记仇。两家评理，和黄开榜本不相干，谁也没有请他，他自己搬张凳子，一屁股就坐了下来，咋长六七，瞎掺和。他嗓门很大，说起话来唾沫星子乱喷，谁都离他远远的。他一面大声说话，一面大口吃包子。这地方吃茶都要吃包子，评理的尤不能缺。他一人能把一笼包子——十六个，全吃了。灌下半壶酽茶，走人。这十六个包子可以管他一天，晚饭只要喝一碗"采子粥"——碎米加剁碎了的青菜煮的粥，本地叫做"采子粥"。

他的老婆倒是本地人。据说年轻时很风流，她为什么跟了黄开榜呢？本地有个说法："要称心，嫁大兵。"这里所谓"称心"指的是什么，本地人都心领神会。她后来上了岁数，看不出风流不风流，但身材还是匀称的，既不肥胖臃肿，也不骨瘦如柴、精精干干、利利索索。

她生过五个孩子。

头胎是个男孩。不知道为什么，孩子生下来，就送给一个姓薛的裁缝。头胎儿子就送了人，谁也不知道什么原因。这孩子姓了薛，从小跟薛裁缝学裁缝，现在已经很大了，能挣钱了。薛黄两家离得很近，薛家在螺蛳坝，黄家在越塘，几步就到了，但是两家不来往。这个姓了薛的裁缝从来没有来看过他的生身父母。

黄开榜的二儿子不知到哪里去了。也许在外面当兵，也许在大船上撑篙拉纤。也许已经死了。他扔下一个媳妇。这媳妇是个圆盘脸，头发浓黑，梳了一个很大的"牛屎粑粑"头。她长得很肉感。越塘一带人的语言里没有"肉感"这个词儿，便是街面上的生意人也不会说这个词儿，只有看过美国电影的洋学生才用这个词儿。但这词儿用在她身上非常合适。越塘一带人有更放肆的说法。小曲里唱道"白掇掇的奶子，粉撮撮的腰"她无不具备。男人走了，她靠"挑箩把担"维持衣食。自从和毛三"靠"上了，就很少挑箩了。

毛三是个开青草行的。用一只船停在越塘岸边收购青草。姑娘小子割了青草卖给他，当时付钱。船上青草满了，就整船交给乡下人。乡下人把青草和河泥拌匀，在东门外护城河边的空地上堆成一个一个长方形的墩子，用铁锨把表面拍实，让青草发酵。到第二年栽秧，这便是极好的肥料。夏天，天才蒙蒙亮，就听见毛三用极高极脆的声音拉长音吆喝："噢草来——""噢"是土音，意思是约分量。收草季节过了，他就做别的生意，收荸荠，收菱。因此他很有几个钱。

毛三的眼睛有毛病，迎风掉泪，眼边常是红红的，而且不住地眨巴。但是他很风流自在，留着一个中分头。他有个外号叫"斜公鸡"。公鸡"踩水"——就是欺负母鸡，在上母鸡身之前，都是耷下一只翅膀，斜着身子跑过来，然后纵身一跳，把母鸡压在下面。毛三见到女人，神气很像斜着身子的公鸡。

毛三靠了黄开榜的二媳妇，越塘无人不晓。大白天，毛三"噢"过草，就走进二媳妇的门。二媳妇是单过的，住西屋——黄开榜一家住朝南的正屋。大概过了一个半小时，毛三开门出来，样子像是踩过水的公鸡，浑身轻松。二媳妇跟着出来，也像非常满足。毛三上茶馆吃茶，二媳妇拿着淘箩去买米。

　　黄开榜的三儿子是这家的顶门柱。他小名叫三子，越塘人都叫他三子。他是靠肩膀吃饭的。每天挑箩，他总能比别人多挑两担。他为人正气，越塘人都尊重他。他不吃烟，不喝酒，不赌钱，不打架。他长得一表人才，邻居都说他不像黄家人。但是他和越塘的姑娘媳妇从不勾勾搭搭，简直是目不斜视。越塘的姑娘愿意嫁给三子的很多，三子不为所动。三子为了多挣几个钱，常到离城稍远的五里坝、马棚湾这些地方去挑谷子，有时一去两三天。

　　黄开榜的四儿子是个哑巴。

　　最后生的是个女儿，是个麻子，都叫她"麻丫头"。

　　哑巴和麻丫头也都能挑箩了，挑半担，不用箩筐，用两个柳条编的笆斗。

　　这样，黄开榜家的日子还算能过得下去。饭自然吃得简单，红糙米饭，青菜汤。哑巴有时摸点泥鳅，捞点螺蛳。越塘有时有卖呛蟹的来，麻丫头就去买一碗。很小的螃蟹，有的地方叫蟛蜞，用盐腌过，很咸。这东西只是蟹壳没有什么肉，偶有一点蟹黄，只是喝喝味道而已，但是很下饭。

　　越塘的对面是一片菜园，更东去是荒地。黄开榜的老婆每年在荒地上种一片蚕豆。蚕豆嫩的时候摘了炒炒吃，到秋后，蚕豆老了，豆荚发黑了，就连豆秸拔下，从桥上拖过河来——越塘有一道简易的桥，只是两根洋松木方子搭在两岸，把豆秸晒在了裁缝门前的路上，让来往行人去踩，把豆荚踩破，豆粒脱出。干蚕豆本来准备过冬没菜时煮了吃的，不到过冬，就都叫麻丫头炒炒吃掉了。

　　越塘很多人家无隔宿之粮，黄开榜家常是吃了上顿计算下顿。平常日子总有点法子，到了连阴下雨，特别是冬天下大雪，挑箩把担家的真是揭不开锅了。逢到这种时候，黄开榜两口子就吵架，黄开榜用棍子打老婆——打的是枕头。吵架是吵给街坊四邻听的，告诉大家：我们家没有一颗米。于是紧隔壁邻居丁裁缝就自己倒了一升米，又跟邻居"告"一点，给黄家送去，这才天下太平。丁裁缝是甲长，这种事情他得管。

　　黄开榜忽然异想天开，搞了一个新花样：下神。黄开榜家对面，有一家杨家香店的作坊。作坊接连两年着火，黄开榜说这是"狐火"，是胡大仙用尾巴在香面上蹭着的。他找了一堆断砖，在香店作坊墙外砌了一个小龛子，里面放一个瓦香炉。胡大仙附了他的体了，就乱蹦乱跳、乱喊乱叫起来，关云长、赵子龙、孙悟空、猪八戒、宋公明、张宗昌……胡说八道一气。居然有人相信他这胡大仙，给胡大仙上供：三个鸡蛋、一块豆腐。这供品够他喝二两酒。

　　三子从五里坝领回了一个新媳妇。他到五里坝挑稻子，这女孩子喜欢他，就跟来了。这是一个农民家的女儿，虽然和一个见了几次面的男人私奔（她是告诉过爹妈的），却是一个很朴素的女孩子。她宽肩长腿，大手大脚，非常健康。眼睛很大，看人的时候显得很纯净坦诚，不像城市贫民的女儿有点狡猾，有点淫荡。她力气很大，挑起担子和三子走得一样快。她认为自己选择了三子选对了；三子也觉得他真拣到了一个好老婆。新媳妇对越塘一带的风气看不惯。她看不惯老公爹装神弄鬼，也看不惯二嫂子偷人养汉。枕头上对三子说："这算怎么回事？

这不像一户正经人家！"她和三子合计，找一块地方，盖三间草房，和他们分开，另过。三子同意。

黄开榜生病了。

越塘一带人，尤其是黄开榜一家，是很少生病的。生病，也不请医吃药。有点头疼脑热，跑肚拉稀，就到汪家去要几块霉糕。汪家老太太过年时蒸糕，总要留下一簸箩，让它长出霉斑，施给穷人，黄开榜的老婆在家里有人生病时就去要几块霉糕，煮汤喝下去，病就好了。霉糕治病，是何道理？后来发明了盘尼西林，医学界说霉糕其实就是盘尼西林。那么汪家老太太可称是盘尼西林的首先发明者。

黄开榜吃了霉糕汤，不见好。

一天大清早，黄家传出惊人的哭声：黄开榜死了。

丁裁缝拿了绿簿到街里店铺中给黄开榜化了一口薄皮棺材。又自己出钱，买了白布，让黄家人都戴了孝。

黄开榜的大儿子，已经姓薛的裁缝赶来给黄开榜磕了三个头，留下十块钱给他的亲生母亲，走了，没说一句话。

三子和三媳妇用两根桑木扁担把黄开榜的薄皮棺材从洋松木方的简易桥上抬过越塘，要埋到种蚕豆的荒地旁边。哑巴把那支紫铜长颈喇叭找出来，在棺材前使劲地吹："嘟——"

一九九三年五月二十八日

载一九九三年第十一期（创刊号）《精品》

小芳

　　小芳在我们家当过一个时期保姆，看我的孙女卉卉。从卉卉三个月一直看她到两岁零八个月进幼儿园日托。

　　她是安徽无为人。无为木田镇程家湾。无为是个穷县，地少人多。地势低，种水稻油菜。平常年月，打的粮食勉强够吃。地方常闹水灾。往往油菜正在开花，满地金黄，一场大水，全都完了。因此无为人出外谋生的很多。年轻女孩子多出来当保姆。北京人所说的"安徽小保姆"，多一半是无为人。她们大都沾点亲。即或是不沾亲带故，一说起是无为哪里哪里的，很快就熟了。亲不亲，故乡人。她们互通声气，互相照应，常有来往。有时十个八个，约齐了同一天休息（保姆一般两星期休息一次），结伴去逛北海，逛颐和园；逛大栅栏，逛百货大楼。她们很快就学会了说北京话，但在一起时都还是说无为话，叽叽呱呱，非常热闹。小芳到北京，是来找她的妹妹的。妹妹小华头年先到的北京。

　　小芳离家仓促，也没有和妹妹打个电报。妹妹接到她托别人写来的信，知道她要来，但不知道是哪一天，不知道车次、时间，没法去接她。小芳拿着妹妹的地址，一点办法没有。问人，人不知道。北京那么大，上哪儿找去？小芳在北京站住了一夜。后来是一个解放军战士把她带到妹妹所在那家的胡同。小华正出来倒垃圾，一看姐姐的样子，抱着姐姐就哭了。小华的"主家"人很好，说："叫你姐姐先洗洗，吃点东西。"

小芳先在一家待了三个月，伺候一个瘫痪的老太太。老太太倒是很喜欢她。有一次小芳把碱面当成白糖放进牛奶里，老太太也并未生气。小芳不愿意伺候病人，经过辗转介绍，就由她妹妹带到了我们家，一待就待了下来。这么长的时间，关系一直很好。

小芳长得相当好看，高个儿，长腿，眉眼都不粗俗。她曾经在木田的照相馆照过一张相，照相馆放大了，陈列在橱窗里。她父亲看见了，大为生气："我的女儿怎么可以放在这里让大家看！"经过严重的交涉，照相馆终于同意把照片取了下来。

小芳很聪明，她的耳音特别的好，记性也好，不论什么歌、戏，她听一两遍就能唱下来，而且唱得很准，不走调。这真是难得的天赋。她会唱庐剧。庐剧是无为一带流行的地方戏。我问过小华："你姐姐是怎么学会庐剧的？"——"村里的广播喇叭每天在报告新闻之后，总要放几段庐剧唱片，她听听，就会了。"木田镇有个庐剧团，小芳去考试。团长看她身材、长相、嗓音都好，可惜没有文化——小芳一共只念过四年书，也不识谱，但想进了团可以补习，就录取了她。小芳还在庐剧团唱过几出戏。她父亲知道了，坚决不同意，硬逼着小芳回了家。木田的庐剧团后来改成了县剧团，小芳的父亲有点后悔，因为到了县剧团就可以由农村户口转为城市户口，吃商品粮。小芳如果进了县剧团，她一生的命运就会有很大的不同，她是很可能唱红了的。庐剧的曲调曲折婉转，如泣如诉。她在老太太家时，有时一个人小声地唱，老太太家里人问她："小芳，你哭啦？"——"我没哭，我在唱。"

小芳在我们家干的活不算重。做饭，洗大件的衣裳，这些都不要她管。她的任务就是看卉卉。小芳看卉卉很精心。卉卉的妈读研究生，住校，一个星期才回来一次，卉卉就全交给小芳了。城市育儿的一套，小芳都掌握了。按时给卉卉喝牛奶，吃水果，洗澡，换衣裳。每天上午，抱卉卉到楼下去玩。卉卉小时候长得很好玩，很结实，胖乎乎的，头发很浓，皮肤白嫩，两只大眼睛，谁见了都喜欢，都想抱抱。小芳于是很骄傲，小芳老是褒贬别人家的孩子："难看死了！"好像天底下就是她的卉卉最好。卉卉稍大一点，就带她到附近一个工地去玩沙土，摘喇叭花、狗尾巴草。每天还一定带卉卉到隔壁一个小学的操场上去拉一泡屎。拉完了，抱起卉卉就跑，怕被学校老师看见。上了楼，一进门："喝水！洗手！"卉卉洗手，洗她的小手绢，小芳就给卉卉做饭，蒸鸡蛋羹、青菜剁碎了加肝泥或肉末煮麦片、西红柿面条。小芳还爱给卉卉包饺子，一点点大的小饺子。

下午，卉卉睡一个很长的午觉，小芳就在一边整理卉卉的衣裳，缀缀线头松动的扣子，在绽开的衣缝上缝两针，一面轻轻地哼着庐剧。到后来为自己的歌声所催眠，她也困了，就靠在枕头上睡着了。

晚上，抱着卉卉看电视。小芳爱看电视连续剧、电影、地方戏。卉卉看动画片，看广告。卉卉看到电视里有什么新鲜东西，童装、玩具、巧克力，就说："我还没有这个呢！"她认为凡是她还没有的东西，她都应该有。有一次电视里有一盘大苹果，她要吃。小芳跟她解释："这拿不出来。"卉卉于是大哭。

卉卉有很多衣裳——她小姑、我的二女儿，就爱给她买衣裳，很多玩具。小芳有时给她收拾衣服、玩具，会发出感慨："卉卉的命好——我的命不好。"

小芳教卉卉唱了很多歌："大海呀大海，是我生长的地方……""没有花香，没有树高，我是一棵无人知道的小草……"

小芳唱这些歌，都带有一点忧郁的味道。

她还教卉卉念了不少歌谣。这些歌谣大概是她小时候念过的，不过她把无为字音都改成了北京字音。

> 老奶奶，真古怪，
> 躺在牙床不起来。
> 儿子给她买点儿肉，
> 媳妇给她打点儿酒，
> 摸不着鞋，摸不着裤，
> 套——狗——头！

> 老头子，
> 上山抓猴子，
> 猴子一蹦，
> 老头没用！

我有时跟卉卉起哄，就说："猴子没蹦，老头有用！"卉卉大叫："老头没用！"我只好承认："好好好，老头没用！"

　　我的大女儿有一次带了她的女儿芃芃来，她一般都是两个星期来一次。天热，孩子要洗澡，卉卉和芃芃一起洗。澡盆里放了水，让她们自己在水里先玩一会。芃芃把卉卉咬了三口，卉卉大哭。咬得很重，三个通红的牙印。芃芃小，小芳不好说她什么，我的大女儿在一边，小芳也不好说她什么，就对卉卉的妈大发脾气："就是你！你干嘛不好好看着她！"卉卉的妈只好苦笑。她在心里很感激小芳，卉卉被咬成这样，小芳心疼。

　　有一次，小芳在厨房里洗衣裳，卉卉一个人在屋里玩。她不知怎么把门划上了，自己不会开，出不来，就在屋里大哭。小芳进不去，在门外也大哭，一面说："卉卉！卉卉！别怕！别怕！"后来是一个搞建筑的邻居，拿了斧子凿子，在门上凿了一个洞。小芳把手从洞里伸进去，卉卉一把搂住不放。门开了，卉卉扑在小芳怀里。小芳身上的肉还在跳。门上的这个圆洞，现在还在。

　　卉卉跟阿姨很亲，有时很懂事。小芳有经痛病，每个月总要有两天躺着，卉卉就一个人在小床里玩洋娃娃，玩积木，不要阿姨抱，也不吵着要下楼。小华每个月要给小芳送益母草膏、当归丸。卉卉都记住了。小华一来，卉卉就问她："你是给小芳阿姨送益母草膏来了吗？"她的洋娃娃病了，她就说："吃一点益母草膏吧！吃一点当归丸吧！"但卉卉有时乱发脾气，无理取闹。她叫小芳："站到窗户台上去！"

　　小芳看看窗户台："窗户台这么窄，我站不上去呀！"

　　"站到床栏杆上去！"

"这怎么站呀！"

"坐到暖气上去！"

"烫！"

"到厨房待着去！"

小芳于是委委屈屈地到厨房里去站着。

过了一会儿，卉卉又非常亲热地喊："阿姨！小芳阿姨！"小芳于是高高兴兴地回到她们俩所住的屋里。

一个两岁的孩子为什么会有这种古怪的恶作剧的念头呢？这在幼儿心理学上怎么解释？

小芳送卉卉上幼儿园。她拿脚顶着教室的门，不让老师关，她要看卉卉。卉卉全不理会，头也不回，噜噜噜噜，走近她自己的小板凳，坐下了。小芳一个人回来。她的心里空了一块。

小芳的命是不好。她才六个月，就由奶奶做主，许给了她的姨表哥李德树。她从小就不喜欢李德树，越大越不喜欢。李德树相貌委琐。他生过瘌痢，头顶上有一块很大的秃疤，亮光光的，小芳看见他就讨厌。李德树的家境原来比小芳家要好些，但是他好赌，程家湾、木田的赌场只要开了，总会有他。赌得只剩下三间土房。他不务正业，田里的草长得老高。这人是个二流子，常常做出丢脸的事。

小芳十五岁的时候就常一个人到山上去哭。天黑了，她妈妈在山下叫她，她不答应。她告诉我们，她那时什么也不怕，狼也不怕。她自杀过一次，喝农药，被发现了，送到木田医院里救活了。中国农村妇女自杀，过去多是投河、上吊，自从有了农药，喝农药的多，这比较省事。乡镇医院对急救农药中毒大都很有经验了。她后来在枕头下面藏了两小瓶敌敌畏，小华知道。小华和姐姐睡一床，随时监视着她。有一次，小芳到村外大河去投水，她妹妹拼命地追上了她，抱着她的腿。小芳揪住妹妹头发，往石头上碰，叫她撒手。小华的头被磕破了，满脸是血，就是不撒手："姐！我不能让你去死！你嫁过去，好赖也是活着，死了就什么也没有了！"

小芳到底还是和李德树结婚了。领结婚证那天，小芳自己都没去，是她父亲代办的。表兄妹是不能结婚的，近亲结婚是法律不允许的。这个道理，小芳的奶奶当然不知道，她认为这是亲上做亲。小芳的父亲也不知道。小芳自己是到了我们家之后，我的老伴告诉她，她才知道的。办理结婚登记手续的村干部应该知道，何况本人并未到场，怎么可以就把结婚证发给他们呢？

李德树跟邻居借了几件家具，把三间土房布置一下，就算办了事。小芳和李德树并未同房。李德树知道她身上揣着敌敌畏，也不敢对她怎么样。

小芳一天也过不下去，就天天回家哭。哭得父亲心也软了。小华后来对我们说："究竟是亲骨肉呀。"父亲说："那你走吧。不要从家里走。李德树要来要人。"小芳乘李德树出去赌钱，收拾了一点东西，从木田坐汽车到合肥，又从合肥坐火车到了北京。她实际上是逃出来的。

　　小芳在我们家待了一些时，家乡有人来，告诉小芳，李德树被抓起来了。他和另外四个痞子合伙偷了人家一头牛，杀了吃了，人家告到公安局，公安局把他抓进去了。小芳很高兴，她希望他永远不要放出来。这怎么可能呢？偷牛，判不了无期。

　　李德树到北京来了！他要小芳跟他回去。他先找到小华，小华打了个电话给小芳。李德树有我们家的地址，他找到了，不敢上来，就在楼下转。小芳下了楼，对他说："你来干什么？我不能跟你回去！"楼下有几个小保姆，知道小芳的事，就围住李德树，把他骂了一顿："你还想娶小芳！瞧你那德行！""你快走吧！一会公安局就来人抓你！"李德树竟然叫她们轰走了。

　　过些日子，小芳的父亲来信，叫小芳快回来，李德树扬言，要烧他们家的房子，杀她的弟弟，她妈带着她弟弟躲进了山里。小芳于是下决心回去一趟。小芳这回有了主见，她在北京就给木田法院写了一封信，请求离婚，并寄去离婚诉讼所需费用。

　　小芳在合肥要下火车，车进站时，她发现李德树在站上等着她。小芳穿了一件玫瑰红人造革的短大衣，半高跟皮鞋，戴起墨镜，大摇大摆从李德树面前走过，李德树竟没认出来！

　　小芳坐上往木田的汽车一直回到家里。

　　李德树伙同几个朋友，就是和他一同偷牛的几个痞子，半夜里把小芳抢了出来。小芳两手抱着一棵树，大声喊叫："卉卉！卉卉！"——喊卉卉干什么？卉卉能救你么？

　　李德树让他的嫂子看着小芳。嫂子很同情小芳。小芳对嫂子说："我想到木田去洗个澡。"嫂子说："去吧。"小芳到了木田，跑到法院去吵了一顿："你们收了我的钱，为什么不给我办离婚？"法院不理她。小芳就从木田到合肥坐火车到北京来了。

我们有个亲戚在安徽，和省妇联的一个负责干部很熟。我们把小芳的情况给那亲戚写了一封信，那位亲戚和妇联的同志反映了一下，恰好这位同志要到无为视察工作，向木田法院问及小芳的问题。法院只好受理小芳的案子，判离，但要小芳付给李德树九百块钱。

小芳的父亲拿出一点钱，小芳拿出她的全部积蓄，小华又帮她借了一点钱，陆续偿给了李德树，小芳自由了。

李德树拿了九百块钱，很快就输光了。

小芳离开我们家后，到一家个体户的糖果糕点厂去做糖果，在丰台。糕点厂有个小胡，是小芳的同乡，每天蹬平板三轮到市里给各家送货。小芳有一天去看妹妹，带了小胡一起去。小华心里想：你怎么把一个男的带到我这里来了！是不是他们好了？看姐姐的眼睛，就是的。悄悄地问："你们是不是好了？"姐姐笑了。小华拿眼看了看小胡，说："太矮了！"小芳说："矮一点有什么关系，要那么高干什么！"据小华说："我姐喜欢他有文化。小胡读过初中。她自己没有文化，特别喜欢有文化的人。"

还得小胡回去托人到小芳家说媒。私订终身是不兴的。小胡先走两天，小芳接着也回了家。

到了家，她妈对她说："你明天去看看三舅妈，你好久没看见她了，她想你。"小芳想，也是，就提了一包糕点厂的点心去了。

去了，才知道，哪是三舅妈想她呀，是叫她去让人相亲。程家湾出了个万元户。这人是靠倒卖衣裳发财的。从福建石狮贩了衣服，拆掉原来的商标，换上假名牌。一百元买进，三百元卖出。这位倒爷对小芳很中意，说小芳嫁给他，小芳家的生活他包了，还可供她弟弟上学。小芳说："他就是亿万富翁，我也不嫁给他！"她妈说："小胡家穷，只有三间土房。"小芳说："穷就穷点，只要人好！"

小芳和小胡结了婚，一年后生了个女儿，取名也叫卉卉。

我们的卉卉有很多穿过的衣裳，留着也没有用，卉卉的妈就给小芳寄去，寄了不止一次。小芳让她的卉卉穿了寄去的衣裳照了一张相寄了来。小芳的卉卉像小芳。

家里过不下去，小芳两口子还得上北京来，那家糖果糕点厂还愿意要他们。

小芳带了小胡上我们家来。小胡是矮了一点。其实也不算太矮，只是因为小芳高，显得他矮了。小胡的样子很清秀，人很文静，像个知识分子。小芳可是又黑又瘦，瘦得颧骨都凸出来了，神情很憔悴。卉卉已经上幼儿园大班，不怎么记得小芳了，问小芳："你就是带过我的那个阿姨吗？"小芳一把把她抱了起来，卉卉就黏在小芳身上不下来。

不到一年，小芳又回去了，她想她的女儿。

过不久，小胡也回去了，家里的责任田得有人种。

小芳小产了两次。医生警告她："你不能再生了，再生就有危险！"小芳从小身体就不好。小芳说："我一定要给他们家留一条根！"小芳终于生了一个儿子。小华说："这孩子是他们家的一条龙！"

小芳一直很想卉卉。她来信要卉卉的照片，卉卉的妈不断给她寄去。她要卉卉的录音，卉卉的妈给她录了一盘卉卉唱歌、讲故事的磁带。卉卉的妈叫卉卉跟小芳说几句话。卉卉扭扭捏捏地说："说什么呀？"——"随便！随便说几句！"卉卉想了想，说：

"小芳阿姨，你好吗？我很想你，我记得你很多事。"

听小华说，小芳现在生活很苦，有时连盐都没有。没盐了，小胡就拿了网，打一二斤鱼，到木田卖了，买点盐。

我问小华："小芳现在就是一心只想把两个孩子拉扯大了？"

小华说："就是。"

小芳现在还唱庐剧吗？

可能还会唱，在她哄孩子睡觉的时候。

一九九一年五月二十八日

载一九九一年第五期《中国作家》

喜神

喜神即画像，这大概是宋朝人的说法。钱大昕《竹汀先生日记抄》："读宋伯仁《梅花喜神谱》……凡百图，图后五言绝一首，题曰'喜神'，盖宋时俗语，以写像为喜神也。"钱说未必准确。喜神我们那里现在还有这说法。宋伯仁画梅，只是取其神韵，"喜神"是诗意化了的说法，是从人像移用的。除了宋伯仁，也没有听说过称花卉画为喜神的。

作为人像的喜神图有两种。一种是生活像，即行乐图。袁枚《随园诗话》谓："古无小照，起于汉武梁祠画古贤烈女之像。而今则庸夫俗子皆有一行乐图矣。"行乐图与武梁祠画像，恐怕没有直接关系，袁枚盖亦揣测之词。自画或请人画小像，当起于唐宋，苏东坡即有小像。明清以后始盛行。"庸夫俗子皆有一行乐图矣"，是对的。我的外祖父即有一行乐图，是一横披。既是"行乐"，大都画得很闲适，外祖父的行乐图就是这样。他坐在一丛竹子前面的石头上，手执一卷书，样子很潇洒。其实我的外祖父是个很古板严厉的人，我从来没有看见过他坐在丛竹前的石头上，并且他从来不看一本书。

比行乐图更多见的喜神是遗像，北京人叫做"影"。画遗像的是专门的画匠，他们有一套特殊的技法，病人垂危，家里人就会把画匠请来。画匠端详着病人，用一张纸勾出他的脸形粗略的轮廓线条。回家在一张挖出一个椭圆的宣纸的椭圆处，用淡墨画出像主的头像的初稿。照例要拿了初稿到"本家"去征求死者亲属的意见。意见总是有的，额头窄了、颧骨高了、人中长了……最挑剔的大都是姑奶奶。画匠把初稿拿回去，换一张新纸，勾了墨色较深的单线，敷出淡淡的肤色，"喜神"的头部就算完成。中国的传真画像的匠师有一套秘传的"百脸图"，把人的面部经过分析，定出一百种类型，画像时选定一种，对着真人，斟酌加减，画出来总是相当像的。我们县城里画像画得最好的是管又萍，他的画价也最贵。

"开脸"之后，画穿戴。男的都是补褂朝珠，颜色是一样的，只有顶子不能乱画。大红顶子、金顶子，不能乱来。常见的喜神上的顶子多半是蓝顶子、水晶顶子，因为这是不大的功名。女的则一律是凤冠霞帔。这有点奇怪，男女时代不同。喜神上的老爷是清装——袍套，太太则是明代的服装——凤冠霞帔是明代服装。据说这跟洪承畴的母亲有关。洪母忠于明室，死后顺治特许以明代命妇服装盛殓。以后就将此制度延续了下来。顺治开国，为了笼络人心，所颁圣谕或者可信。

画穿戴是很费工的，要画得很细致。曾见过一篇谈齐白石的文章，说他画的像能透过纱套，看得见里面袍子上的团龙。其实这是所有的画匠都做得到的，只要不怕麻烦。

管又萍画像只管"开脸"，画穿戴都交给了徒弟。他有两个徒弟，都是哑巴。他们也能"开脸"，只是不那么传神。

管又萍病重，自知不起，他叫两个徒弟给他画一张像。徒弟画好了，他看了看，叫徒弟拿一面镜子、一枝笔来，他对着镜子看了看，在徒弟画的像上加了两笔。传神阿堵，颊上三毫，这张像立刻栩栩如生，神气活现。

管又萍放下画笔，咽了气。

一九九五年三月二十五日

载一九九五年第四期《收获》

塞下人物记

陈银娃

农民大都能赶车，但不是所有的农民都能当一个出色的车倌。

星期天，有三辆马车要到片石山去拉石头。我那天没有什么事，就提出跟他们的车到片石山看看。我在这个地方住了一年多了，每天上午十一点半，下午五点半，都听见片石山放炮。风雨无阻，准时不误。一直想去看看。片石山就是采石场。不知道为什么本地人都叫它片石山。

马车一进山，不由得人要挺挺胸脯，深吸一口气。这是个雄壮的地方。采石的山头已经劈去了半个，露出扇面一样的青灰色的石骨，间或有几条铁锈色蜿蜒的纹道。这石骨是第一次接触空气呀。人，是了不起的。一个老把式正在清除残石。放了炮，并不是所有的石头都崩落下来，有一些仍粘连在石壁上。老把式在腰里系了一根粗绳，绳头固定在山顶，他悬在半空，拿了一根钢钎，这里捅一下；那里戳一下——轰隆！门板大的石块就从四五层楼那样的高处落到地面。

这是个石头的世界。到处是石头。

　　好些人在干活，搬运石头。他们把石头按大小块分别堆放。这些石头各有不同用处。大的可制碾盘、磨扇，重量都在千斤以上。有两个已经斫好的石磨就在旁边搁着。中等的有四五百斤，可做阶石、刻墓碑。小块的二三十斤、四五十斤不等，砌墙，垒堤坝。搬运石头，没有工具。四五百斤，就是搁在后腰上背着——有的垫一条麻袋。他们都是不出声地，慢慢地，一步一步地走着。不唱歌，也不喊号子。那么多的人在活动，可是山里静悄悄的。

　　三辆大车装满了石头——都是小块的。下山的路，车走得很快。三辆三套大车，前后相跟，九匹马，三十六只马蹄，郭咨郭咨响成一片，很威风，很气派。忽然，头一辆车"误"住了。快到平地时，有一个坑。前天下过雨，积水未干。不知道是谁，拿浮土把它垫了。上山是空车，不觉得。下山是重载，一下子崴在里面了。

　　车倌是个很精干，也很要强的小伙子。叭——叭！接连抽了几鞭子——没上来。他跳下车，拿铁锨把胶皮轱辘前面的土铲去一些，上车又是几鞭子。"哦嗬！——咦哦嗬！"不顶！车倌的脸通红，"咳！我日你妈！"手里的鞭子抽得山响，辕马和拉套的马一齐努力，马蹄子乱响，噼哩叭啦！噼哩叭啦！还是不顶！越陷越深，车身歪得厉害，眼见得这辆车要"扣"。第二辆车上的是个老车倌，跳下来，到前面看了看，说："卸吧！"

　　这一车石头，卸下来，再装上，得多少时候？正在这时，第三辆上的车倌高声喊道："陈银娃来啦！"

我听人们说起过陈银娃，没见过。

陈银娃是个二十五六的小伙子，眉清目秀，穿了一副大红牡丹花的"腰子"，布衫搭在肩头。——这一带夏天一天温差很大，"早穿皮袄午穿纱"，男人们兴穿一种薄棉的紧身背心，叫做"腰子"。"腰子"的布料都很鲜艳。六七十岁的老汉也穿红的，年轻人就不用提了。像陈银娃穿的这件大红牡丹花的"腰子"，并非罕见。

老车倌跟银娃说了几句话。银娃看了看车上的石头，说："你们真敢装！这一车够四千八百斤！"又看了看三匹马，称赞道："好牲口！"然后掏出烟袋，点了一锅烟，说："牲口打毛了，它不知道往哪里使劲，让它缓一缓。"

三锅烟抽罢，他接过鞭子，腾地跳上车辕，甩了一个响鞭，"叭——！"三匹牲口的耳朵都竖得直直的。"喔嗬！"辕马的肌肉直颤。紧接着，他照着辕马的两肩之间狠抽了一鞭，辕马全身力量都集中在两只前腿上，往前猛力一蹬，挽套的马就势往前一冲——车上来了。

他跳下车，把鞭子还给车倌。

三个车倌同声向他道谢，"嗳！谢啥咧！"他已经走进了高粱地。只见他的黑黑的头发和大红牡丹花的"腰子"在油绿油绿的高粱丛中一闪一闪，走远了。

老车倌告诉我，陈银娃赶车是家传，他父亲就是一个有名的车倌。有人曾经跟他打赌：那人戴了一顶毡帽，银娃的父亲一鞭子抽过去，毡帽劈成了两半，那人的头皮却纹丝未动。

也有人说，没有那么回事。

王大力

小车站有个搬运队，有二十几个人。他们搬运的东西主要是片石山下来的石头。车站两边的月台上经常堆满了石料。他们每天要把四五百斤一块的石头，一块一块地背上火车去。他们也是那样不声不响地工作着，迈着稳稳的步子，一步一步走上月台和车厢之间的跳板。

他们的宿舍就在离车站不远的路边。夏天中午路过时，可以看到他们半躺在铺上休息，有的在抽烟。他们似乎在休息时也是不声不响的。

有时有一个女人上他们宿舍来。她带着一个包袱，打开来，把拆洗缝补好的衣服分送给几个人；又收走一些换下来的衣服。这个女人也不说话，也是那么不声不响的。搬运工人对她好像很尊重。她来了，躺着的就都坐起来。这女人有五十上下年纪。

有人告诉我，这是王大力的媳妇。

王大力也是个搬运工，前五年死了。

大家都叫他王大力，没有多少人知道他的真名字。

离车站二里有一个扬旗。扬旗对面有一座孤山头，人们就叫它孤山。——这一带的山都是当地人依山的形貌取的名字，如孤山、红山、马脊梁山。孤山不算很高，不过爬到山顶，周围几十里都看得清清楚楚。我曾经上去过。空着手也不能一口气走到山顶，当中总得歇一会。有人跟王大力打赌，问他能不能扛三麻袋绿豆一口气上山。粮食里最重的是绿豆。一麻袋绿豆二百七十斤。三麻袋，八百多斤。王大力一口气扛上去了，跟没事似的。

他吃两个人的饭，干三个人的活。

有一次，火车过了扬旗，已经拉了汽笛，王大力发现，轨道上有一堆杉篙——不知道这是谁干的事。他二话没说，跳下月台，一手抓起一根，乒乒乓乓往月台上扔。最后一根杉篙扔上去，火车到了。他爬上月台，脱了力，瘫下来，死了。

火车一阵风似的开过去了，谁也不知道车站上发生过什么事。

他留下一个媳妇，一个儿子。现在，他原先的同伴共同养活着他的家属。他们按月凑齐了钱，给他的老伴送去。她就给这些搬运工缝缝补补，洗洗涮涮。

孤山下有两间矮矮的房子，碱土抹墙，青瓦盖顶，房顶上爬着瓜藤。有人指给我看："那就是王大力的家。"

人们每年都要念叨："王大力死了三年了""王大力死了四年了""王大力死了五年了"……

说话押韵的人

我要到宁远铁厂的仓库去办一点事，找一个捡粪的老人问路。他告诉我：起这里一直往东，穿过一片大叶桑树。多会看见地皮通红，不远就是铁厂仓库。我道了谢，往前走。忽然发现：嗯？这人说话是押韵的？

这人有六十开外年纪，还一点不显衰老。他是一个退休的工人，现在的任务是看守着一堆焦炭。这堆焦炭是大炼钢铁的时候存下来的。不老少，像一座小山。不知道为什么，一直不处理，也不运走，一直就在一片空地上放着。从夏天到冬天，一直放着。

他就在路边一间泥墙瓦顶的房子里住着，一个人。这间房子原是大炼钢铁时的指挥所，现在还可以看到贴在墙上的褪了色的标语。

他是个不安于闲坐的人，不常在家。但是你可以走进去，一切自便。门锁着，熟人都知道钥匙藏在什么地方。口渴了，喝水。他随时都温着一大锅开水。天气冷，可以烧一把豆秸火烤烤。甚至还可以掏出几个山药放在火里烤熟了吃。山药就在麻袋里放着，放在一个显眼的地方，敞着口。

他每天出去巡视几遍，看看那一堆焦炭。其余时间，多半是去捡粪。

不远的田地上矗立着一排一排土高炉，整整齐齐，四四方方。再过三五年，没有见过大炼钢铁的盛景的年轻人将会不知道这些黄土筑成的方形建筑物是干什么用的。也许会以为这是古代一场什么战争留下的遗物——这地方是李克用的故乡，说不定有一个考古学家会考证出这跟沙陀国有关。当年，这个地方曾经是炉火通红，照亮了半个天——吓得几十里之内的狼都把家搬进深山里去了。现在呢，这些土高炉已经无声无息。里面毫无例外，全都结了一层厚厚的焦子。焦子结实得很。刨不动，凿不开。除非用炸药才能把它炸碎。可是谁也没想起用炸药来炸它。因此，在这片本来是好地的田野上就一直保留着一群古迹。这些古迹有一个很大的优点，既避风，走进去外面又看不见，于是就变成过往行人的一个合乎理想的厕所。这个退休工人每天就到高炉里去捡粪，在那座焦炭山旁边堆成了另一座山。这座粪山高到一定程度，他就通知公社套车来把它拉走。

我和别人到他的小屋里去过几次，喝过水，烤过火，都没有见到他。人们告诉我，他只有三顿饭时在家。

冬天，我又和别人路过他的家，他在。那是前半晌，他已经在做饭了。我说："这么早就做饭？"别人说："他到冬天都是吃两顿。"他把小米饭焖上，说：

三顿饭一顿吃两碗；
两顿饭一顿吃三碗。
算来算去一边儿多，
就是少涮一遍儿锅。

人们告诉过我，这人说话从来就是这样，张口就押韵。我活到这么大，还没有遇见过一个说话全部押韵的人。莫里哀喜剧里的汝尔丹说了四十年散文，此人说了六十年韵文！

他的韵押得还很精巧。不是一韵到底，是转韵的。而且很复杂。除了两个"碗"字互押，"多"与"锅"押；"一边儿""一遍儿"也是相押的。节奏也很灵活，不是像快板或是戏曲，倒像是口语化的新诗。他说话还有个特点，很形象。结构方法也和一般人不一样。

这个人并不爱滑稽逗乐，平常连话也不多，就是说起话来就押韵，真怪！

乡下的阿基米德

> 阿基米德，古希腊学者，生于叙拉古。曾发现杠杆定律和阿基米德定律，确定许多物体的表面积和体积的计算方法，并设计了多种机械和建筑物。罗马进犯叙拉古时，他应用机械技术来帮助防御，城破时被害。
>
> ——《辞海》

此人可以说是其貌不扬。长脸，很长。鼻子下面的人中也特别的长。他有两个特点。一个是脾气好。多会也没见他和人红过脸嚷嚷过。不论是开会，是私底下，他总是慢条斯理地说话，脸上带着笑，眯缝着眼，有一点结巴，不厉害。他不是随风倒的人，凡事自有主见。但是表达的方式很含蓄，很简短。对某人的行为不以为然，只是说："看看！——这人！"对某种意见不同意，只是说："嗯！——说的！"因此得了个外号：老蔫。另一个特点是：内秀。

他是这个农业科学研究所的老工人了。主要工作是管理马铃薯实验田。但这只是相对固定。哪里需要人，他就被调去。大田、果园、菜园，都干过。粉房的师傅请假回家探亲，他去漏几天粉。酒厂的师傅病了，他去烧两锅。过年杀猪，那是他的活。骡马得了小病，不用送兽医院，他会扎针。他是个好木匠，能开料，能算工。什么地方开农具革新展览会，所里总是派他去。回来后，不用图纸，两三天内，他就能照样鼓捣出几件。

他有一对好耳朵，一个好记性。不论什么乐器，凡是他见过的，他都能摆弄，甭管是横的、竖的、吹的、拉的、弹的。他不识谱，一般的曲子，他听两遍，就能背下来。所里有个李技师，业余爱拉小提琴。这玩意工人们没有见过，给它起了个名儿，叫"歪脖拉"。他很爱这洋乐器，常常到李技师屋里去看他拉，听他拉。有一次李技师被所长请去研究问题。回来时听见有人在他屋下拉他常拉的练习曲。心想：这是谁呀？推门一看，是他！李技师当时目瞪口呆了半天。

为了旱涝保收，所里决定冬天打井。没有人会。派他到公社打井队住了一个星期，回来，支起架子就开工了。两个冬天，打出了八口井。再打两口，就完成了计划。打井不能打打停停，因此得三班倒。为了提高效率，搞了竞赛，逐日公布各班进度。在手的这口井已经打穿了沙层，打到石层了，一两天就能出水了。井筒、油毡都已经准备好，净等着敲锣打鼓报喜了。打到石层，可就费劲了。一班出不了多少活。夜班的带班的是个干部。他搞了点物质刺激，说是拿下多少进度，他买五包牡丹烟请客。这一下，哥儿几个玩了命，而且违反了操作规程，该起锥时不起锥，该灌泥浆时不灌，一个劲地把井锥往下砸。——一下把个井锥夹住了，起不出来了。全班十二个棒小伙子鼓捣了多半夜，人人汗透了棉袄，这井锥像是生了根，动都不动，他娘的！

天亮了，全所的干部、工人轮流来看过，出了很多主意，全都不解决问题，锥还是一动不动。大家都很丧气。得！费了半个月，四百四十个工，还扔了一个崭新的火箭锥，这口井报废了。

老蔫来看了看，围着井转了几圈，坐下来愣了半天神。后晌，他找了几个工人，扛来三十来根杉篙，一大捆粗铁丝。先在井架四角立了四根柱子，然后把杉篙横一根竖一根用铁丝绑紧，一头绑在锥杆上，一头坠了一块千数来斤重的大石头。都弄完了，天已经擦黑了。他拍拍手，对几个伙计说："走！吃饭！饿了！"工人们走来，看看这个奇形怪状的杉木架子，都纳闷："这是闹啥咧？"我也来看了看，心里有点明白。凭我那点物理学常识，我知道这是一套相当复杂的杠杆。

天刚刚亮，一个工人起来解手，大声嚷嚷起来："嗨！起来啦！井锥起来啦！"

老蔫来看看，没有说什么话。还跟平常一样，扛着铁锹下地，脸上笑眯眯的。

按说，他够当一个劳模。几年来的评选会上，工人们都提了他。但是领导不同意。原因很简单：他不是党员。

俩老头

郭老头、耿老头，俩老头。这两个老头，从前面看，像五十岁；从后面看像三十岁，他们今年都已经做过七十整寿了。身体真好！郭老头能吃饭。斤半烙饼卷成一卷，攥在手里，蘸一点汁，几口就下去了。他这辈子没有牙疼过。耿老头能喝酒。他拿了茶碗上供销社去打酒，一手接酒，一手交钱。售货员找了钱给他，他亮着个空碗："酒呢？"售货员有点恍惚：记得是打给他了呀？——售货员低头数钱的工夫，二两酒已经进了他的肚了。俩老头非常"要好"——这地方的方言，"要好"是爱干净、爱整齐的意思。不论什么时候，上唇的胡子平斩乌黑，下巴的胡子刮得溜光。浑身的衣服，袖子是袖子，领子是领子，一个纽扣也不短。俩老头还都爱穿靰鞡鞋，斜十字实纳帮、皮梁、薄底，是托人在北京步云斋买的。这种鞋过去是专门卖给抬轿的轿夫穿的，后来拉包月车的车夫也爱穿，抱脚，精神！俩老头焦不离孟，孟不离焦。年下办年货，一起去；四月十八奶奶庙庙会，一起去；开会，一起到场；送人情出份子，一起进门。生产队有事找他们，队长总是说："去！找找俩老头！""俩老头"不是"两个老头"的意思，是说他们特别亲密的关系。类似"哥俩""姐俩"。按说应该叫他们"老头俩"，不过没有这么说话的，所以人们只能叫他们"俩老头"。

两个老头现在都是生产队的技术顾问。郭老头精通瓜菜，也懂大田；耿老头精通大田，也懂瓜菜。

两个人的身世可不一样。

我第一次遇见郭老头是在一个卖老豆腐的小饭铺里。他坐在我对面，我对他看了又看，总觉得他脸上有点什么地方和别人不大一样。他看着我，知道我心里琢磨什么，搭了碴："耳朵。"可不是！他的耳朵没有耳轮。"你拿牙咬咬！"那可不行，哪能咬人的耳朵呢！"那你用手撕撕！"我也没有撕，倒真用手指头捏了捏：他的耳朵是棒硬的！——"这是摔跤的裌膊磨出来的。"

他告诉我，他不是此地人，是北京人——他说的是一口地道北京话。安定门外住家，就在桥根底下。种一片小菜园子，自种自卖。从小爱摔跤。那会儿摔跤，新手初下场子，对方上来就用裌膊蹭你的耳朵。那会的裌裢都是粗帆布纳的，两下，血就下来了。他的耳朵就这么磨出来了。

怎么会到这里来了呢？那年大旱，河净井干。种菜没水哪行呀？逃荒吧。逃到张家口，人地两生。怎么吃饭呢？就撂了地摔跤。不是表演，是陪人摔。那会有那么一帮阔公子，学了一招两式，喜欢下场显示显示。他陪着摔，摔完了人家给钱。这在阔公子们叫做"耗财买脸"。他说："不能摔着他，还不能让他摔着了。让他摔着了，倒了牌子；摔着他，那哪成呀！——这跤摔的！"混了两年，觉得陪着人家"耗财买脸"，太没意思了！遇到一个熟人，在这里落了户，他也就搬了过来。一晃，四十年了。

我有一天傍晚从城里回来，那天是八月中秋，远远听见大队的大谷仓里有个小姑娘唱《五哥放羊》。真是好嗓子，又甜，又脆，又亮。哪来这么个小姑娘呀？去看看！走进门，是耿老头！

耿老头唱过二人台。艺名骆驼旦。"骆驼"和"旦"怎么能联在一起呢？再说，他哪儿也不像骆驼呀？既不驼背，也不是庞然大物——他是个瘦瘦小小的身材，本地人所谓"三料个子"，据说年轻时扮相俊着呢。也许他小名叫个骆驼。这一点我到现在还没弄清楚。他这个"旦"是半业余的。逢年过节，成个小班子，七八个人，赶集趁庙，火红几天。平常还是在家种地。

俩老头都是在江湖上闯过的人，可是他们在作务庄稼上，都是一把好手。

他们现在不常下地干活了，每天只是到处转转，看看，问问，说说。

俩老头转到一块瓜地。西瓜才窜出苗来，长了几片蓝绿蓝绿的叶子，水灵灵的，好看得很。俩老头围着瓜地转了一圈，咬了一会耳朵，发了话："把这片瓜都刨了吧，种别的庄稼，种小叶芥菜吧，还能落点猪食。"——"咋啦？"——"你们把瓜籽安得太浅了，这一片瓜秧全都吊死了！"瓜籽安浅了，扎下根，够不着下面的底肥，长不大，这叫"吊死"。"看你俩说的！青苗绿叶的，就能吊死啦！你们的眼睛能看穿了沙层土板啦！真是神了！不信！"——"不信？不信，看吧！"过了两天，蓝绿蓝绿的瓜叶果然全都黄了，蔫了。刨开来看看，果然，吊死了！

也许因为俩老头闯过江湖，他们不怕官。

"大跃进"那年月，市里下来一个书记，到大队蹲点。在预报产量的会上，他要求一再加码。有人害怕，有人拍马，产量高得不像个话。耿老头说："这是种庄稼？是起哄哪？你们当官的，起了哄，一走！俺们秋后咋办呢？拿什么往上交，拿什么吃呀？"书记有点恼火，说："你这是秋后算账派。"郭老头说："秋后算账派有什么不好呀？就是要秋后算账嘛！秋后算账比春前瞎闹强！"胳膊拧不过大腿，产量还是按照书记要求的天文数字报上去了。措施呢？主要是密植。小麦试验田一亩下了二百斤麦种！高粱、玉米、谷子，一律缩小株行距，下种超过往年三倍。郭老头，耿老头坚决不同意，书记下不来台，又不能拍桌子，气得他说："啊呀！你就做一次社会主义的冒失鬼行不行？"

到了锄地时，俩老头拿着小锄，下地干起活来。他们把谷子地过密的小苗全给锄掉了。锄一棵，骂一句："去你娘的！"——锄一棵，骂一句："去你娘的！"队长知道了，赶紧来拦住："啊呀！你们这是干啥呢！这是反领导呀！"俩老头一起说："怕啥！他打不了我反革命！"

秋后，大田全部减产，有的地根本没有秀穗，只能割了喂老牛。只有俩老头锄过的地获得了大丰收。

在市里召开的丰产经验交流会上，俩老头当了代表，发了言，题目是：《要做老实庄稼人，不当社会主义的冒失鬼》。主持会议的就是来蹲过点的那位书记。书记致过开幕词，郭老头头一个发言，头一句话就是："×书记叫俺们做社会主义冒失鬼……"

俩老头后来一见这位书记，当面就叫他"社会主义的冒失鬼"。书记一点办法没有。看来他这顶"冒失鬼"的帽子得戴几年。

一九八〇年一月五日写成

五月廿九日修改

载一九八〇年第九期《北京文艺》

小学校的钟声

　　瓶花收拾起台布上细碎的影子。磁瓶没有反光，温润而寂静，如一个人的品德。磁瓶此刻比它抱着的水要略微凉些。窗帘因为暮色浑染，沉沉静垂。我可以开灯。开开灯，灯光下的花另是一个颜色。开灯后，灯光下的香气会不会变样子？可作的事好像都已作过了，我望望两只手，我该如何处置这个？我把它藏在头发里么？我的头发里保存有各种气味，自然它必也吸取了一点花香。我的头发，黑的和白的。每一游尘都带一点香。我洗我的头发，我洗头发时也看见这瓶花。

　　天黑了，我的头发是黑的。黑的头发倾泻在枕头上。我的手在我的胸上，我的呼吸振动我的手。我念了念我的名字，好像呼唤一个亲昵朋友。

　　小学校里的欢声和校园里的花都溶解在静沉沉的夜气里。那种声音实在可见可触，可以供诸瓶儿，一簇，又一簇。我听见钟声，像一个比喻。我没有数，但我知道它的疾徐，轻重，我听出今天是西南风。这一下打在那块铸刻着校名年月的地方。校工老詹的汗把钟绳弄得容易发潮了，他换了一下手。挂钟的铁索把两棵大冬青树干拉近了点，因此我们更不明白地上的一片叶子是哪一棵树上落下来的；它们的根须已经彼此要呵痒玩了吧。又一下，老詹的酒瓶没有塞好，他想他的猫已经看见他的五香牛肉了。可是又用力一下。秋千索子有点动，他知道那不是风。他笑了，两个矮矮的影子分开了。这一下敲过一定完了，钟绳如一条蛇在空中摆动，老詹偷偷的到校园里去，看看校长寝室的灯，掐了一枝花，又小心敏捷：今天有人因为爱这枝花而被罚清除花上的蚜虫。"韵律和生命合成一体，如钟声。"我活在钟声里。钟声同时在我生命里。天黑了。今年我二十五岁。一种荒唐继荒唐的年龄。

十九岁的生日热热闹闹的过了，可爱得像一种不成熟的文体，到处是希望。酒阑人散，厅堂里只剩余一枝红烛，在银烛台上。我应当夹一夹烛花，或是吹熄它，但我甚么也不做。一地明月。满宫明月梨花白，还早得很。甚么早得很，十二点多了！我简直像个女孩子。我的白围巾就像个女孩子的。该睡了，明天一早还得动身。我的行李已经打好了，今天我大概睡那条大红绫子被。

一早我就上了船。

弟弟们该起来上学去了。我其实可以晚点来，跟他们一齐吃早点，即是送他们到学校也不误事。我可以听见打预备钟再走。

靠着舱窗，看得见码头。堤岸上白白的，特别干净，风吹起鞭爆纸。卖饼的铺子门板上错了，从春联上看得出来。谁，大清早骑驴过去的？脸好熟。有人来了，这个人会多给挑夫一点钱，我想。这个提琴上流过多少音乐了，今天晚上它的主人会不会试一两支短曲子。嘿，这个箱子出过国！旅馆老板应当在报纸上印一点诗，旅行人是应当读点诗的。这个，来时跟我一齐来的，他口袋里有一包胡桃糖，还认得我么？我记得我也有一大包胡桃糖，在箱子里，昨天大姑妈送的。我送一块糖到嘴里时，听见有人说话：

"好了，你回去吧，天冷，你还有第一堂课。"

"不要紧，赶得及；孩子们会等我。"

"老詹第一堂课还是常晚打五分钟么？"

"甚么？——是的。"

岸上的一个似乎还想说甚么，嘴动了动，风大，想还是留到写信时说。停了停，招招手说：

"好，我走了。"

"再见。啊呀！——"

"怎么？"

"没甚么。我的手套落到你那儿了。不要紧。大概在小茶几上，插梅花时忘了戴。我有这个！"

"找到了给你寄来。"

"当然寄来，不许昧了！"

"好小气！"

岸上的笑笑，又扬扬手，当真走了。风披下她的一绺头发来了，她已经不好意思歪歪的戴一顶绒线帽子了。谁教她就当

了老师！她在这个地方待不久的，多半到暑假就该含一汪眼泪
向学生告别了，结果必是老校长安慰一堆小孩子，连这个小孩
子。我可以写信问弟弟："你们学校里有个女老师，脸白白的，
有个酒涡，喜欢穿蓝衣服，手套是黑的，边口有灰色横纹，她是
谁，叫甚么名字？声音那么好听，是不是教你们唱歌？——"
我能问么？不能，父亲必会知道，他会亲自到学校看看去。年
纪大的人真没有办法！

　　我要是送弟弟去，就会跟她们一路来。不好，老詹还认
得我。跟她们一路来呢，就可以发现船上这位的手套忘了，哪
有女孩子这时候不戴手套的。我会提醒她一句。就为那个颜色，
那个花式，自己挑的，自己设计的，她也该戴。——"不要紧，
我有这个！"甚么是"这个"，手笼？大概是她到伸出手来摇
摇时才发现手里有一个甚么样的手笼，白的？我没看见，我甚
么也没看见。只缘身在此山中。我在船上。梅花，梅花开了？
是硃砂还是绿萼，校园里旧有两棵的。波——汽笛叫了。一个
小轮船安了这么个大汽笛，岂有此理！我躺下吃我的糖。……

　　"老师早。"

　　"小朋友早。"

　　我们像一个个音符走进谱子里去。我多喜欢我那个棕色的
书包。蜡笔上沾了些花生米皮子。小石子，半透明的，从河边拣
来的。忽然摸到一块糖，早以为已经在我的嘴里甜过了呢。水
泥台阶，干净得要我们想洗手去。"猫来了，猫来了。""我
的马儿好，不喝水，不吃草。"下课钟一敲，大家噪得那么野，

像一簇花突然一齐开放了，第一次栖来这个园里的树上的鸟吓得不加思索的便鼓翅飞了，看看别人都不动，才又飞回来，歪着脑袋向下面端详。我六岁上幼稚园。玩具橱里有个 Joker 至今还在那儿傻傻的笑。我在一张照片里骑木马，照片在粉墙上发黄。

百货店里我一眼就看出那是我们幼稚园的老师。她把头发梳成圣玛丽的样子。她一定看见我了，看见我的校服，看见我的受过军训的特有姿势。她装作专心在一堆纱手巾上。她的脸有点红，不单是因为低头。我想过去招呼，我怎么招呼呢？到她家里拜访一次？学校寒假后要开展览会吧，我可以帮她们剪纸花，扎蝴蝶。不好，我不会去的。暑假我就要考大学了。

我走出舱门。

我想到船头看看。我要去的向我奔来了。我抱着胳膊，不然我就要张开了。我的眼睛跟船长看得一般远。但我改了主意。我走到船尾去。船头迎风，适于夏天，现在冬天还没有从我语言的惰性中失去。我看我是从哪里来的。

水面简直没有什么船。一只鹭鸶用青色的脚试量水里的太阳。岸上柳树枯干子里似乎已经预备了充分的绿。左手珠湖笼着轻雾。一条狗追着小轮船跑。船到九道湾了，那座庙的朱门深闭在逶迤的黄墙间，黄墙上面是蓝天下的苍翠的柏树。冷冷的是宝塔檐角的铃声在风里摇。

从呼吸里，从我的想象，从这些风景，我感觉我不是一个人。我觉得我不大自在，受了一点拘束。我不能吆喝那只鹭鸶，对那条狗招手，不能自作主张把那一堤烟柳移近庙旁，而把庙移在湖里的雾里。我甚至觉得我站着的姿势有点放肆，我不是太睥睨不可一世就是像不绝俯视自己的灵魂。我身后有双眼睛。这不行，我十九岁了，我得像个男人，这个局面应当由我来打破。我的胡桃糖在我手里。我转身跟人互相点点头。

"生日好。"

"好，谢谢。——生日好！"我眨了眨眼睛。似乎有点明白。这个城太小了。我拈了一块糖放进嘴里，其实胡桃皮已经麻了我的舌头。如此，我才好说。

"吃糖。"一来接糖，她就可走到栏杆边来，我们的地位得平行才行。我看到一个黑皮面的速写簿，它看来颇重，要从腋下滑下去的样子，她不该穿这么软的料子。黑的衬亮所有白的。

"画画？"

"当着人怎么动笔。"

当着人不好动笔，背着人倒好动笔？我倒真没见到把手笼在手笼里画画的，而且又是个白手笼！很可能你连笔都没有带。你事先晓得船尾上就有人？是的，船比城更小。

"再过两三个月，画画就方便了。"

"那时候我们该拼命忙毕业考试了。"

"噢呵，我是说树就都绿了。"她笑了笑，用脚尖踢踢甲板。我看见袜子上有一块油斑，一小块药水棉花凸起，既然敷得极薄，还是看得出。好，这可会让你不自在了，这块油斑会在你感觉中大起来，棉花会凸起，凸起如一个小山！

"你弟弟在学校里大家都喜欢。你弟弟像你，她们说。"

"我弟弟像我小时候。"

她又笑了笑。女孩子总爱笑。"此地实乃世上女子笑声最清脆之一隅。"我手里的一本书里印着这句话。我也笑了笑。她不懂。

我想起背乘数表的声音。现在那几棵大银杏树该是金黄色的了吧。它吸收了多少种背诵的声音。银杏树的木质是松的，松到可以透亮。我们从前的图画板就是用这种木头做的。风琴的声音属于一种过去的声音。灰尘落在教室的皱纸饰物上。

"敲钟的还是老詹？"

"剪校门口冬青的也还是他。"

冬青细碎的花，淡绿色；小果子，深紫色。我们仿佛并肩从那条拱背的砖路上一齐走进去。夹道是平平的冬青，比我们的头高。不多久，快了吧，冬青会生出嫩红色的新枝叶，于是老詹用一把大剪子依次剪去，就像剪头发。我们并肩走进去，像两个音符。

我们都看着远远的地方，比那些树更远，比那群鸽子更远。水向后边流。

　　要弟弟为我拍张照片。呵，得再等等，这两天他怎么能穿那种大翻领的海军服。学校旁边有一个铺子里挂着海军服。我去买的时候，店员心里想甚么，衣服寄回去时家里想甚么，他们都不懂我的意思。我买一个秘密，寄一个秘密。我坏得很。早得很，再等等，等树都绿了。现在还只是梅花开在灯下。疏影横斜于我的生日之中。早得很，早甚么，嗐，明天一早你得动身，别尽弄那梅花，看忘了事情，落了东西！听好，第一次钟是起身钟。

　　"你看，那是甚么？"

　　"乡下人接亲，花轿子。"——这个东西不认得？一团红吹吹打打地过去，像个太阳。我看着的是指着的手。修得这么尖的指甲，不会把我戳破？我撮起嘴唇，河边芦苇嘘嘘响，我得警告她。

　　"你的手冷了。"

　　"哪有这时候接亲的。——不要紧。"

　　"路远，不到晌午就发轿。拣定了日子。就像人过生日，不能改的。你的手套，咳，得三天样子才能寄到。——"

　　她想拿一块糖，想拿又不拿了。

　　"用这个不方便，不好画画。"

　　她看了看指甲，一片月亮。

　　"冻疮是个讨厌东西。"讨厌得跟记忆一样。"一走多路，发热。"

她不说话，可是她不用一句话简直把所有的都说了：她把速写簿放在旁边的凳子上，把另一只手也褪出来，很不屑的把手笼放在速写簿上。手笼像一头小猫。

她用右手手指转正左手上一个石榴子的戒指，看了我一眼，这一眼的意思是：

看你还有甚么可说的！

我若再说，只有说：

你看，你的左手就比右手红些，因为它受暖的时间长些。你的体温从你的戒指上慢慢消失了。李长吉说"腰围白玉冷"，你的戒指一会儿就显得硬得多！

但是不成了，放下她的东西时她又稍稍占据比我后一点的地位了。我发现她的眼睛有一种跟人打赌的光，而且像邱比德一样有绝对的把握样子。她极不恭敬看着我的白围巾，我的围巾且是薰了一点香的。

来一阵大风，大风，大风吹得她的眼睛冻起来，哪怕也冻住我们的船。

她挪过她的眼睛，但原来在她眼睛里的立刻搬到她的眼角。

万籁无声。

胡桃皮硝制我的舌头。

一放手，我把一包糖掉落到水里，有意甚于无意。糖衣从胡桃上解去。但胡桃里面也透了糖。胡桃本身也是甜的。胡桃皮是胡桃皮。

"走吧，验票了。"她说话了，说了话，她恢复不了原来的样子了。感谢船是那么小：

"到我舱里来坐坐。我有不少橘子，这么重，才真不方便。我这是请客了。"

我的票子其实就在身上，不过我还是回去一下。我知道我是应当等一会才去赴约的。半个钟头，差不多了吧。当然我不能吹半点钟风，因为我已经吹了不止半点钟风。而且她一定预料我不会空了两手去，她知道我昨天过生日。（她能记得多少时候，到她自己过生日时会不会想起这一天？想到此，她会独自嫣然一笑，当她动手切生日蛋糕时。她自有她的秘密。）现在，正是时候了：

弟弟放午课回家了，为折磨皮鞋一路踢着石子。河堤西侧的阴影洗去了。弟弟的音乐老师在梅瓶前入神，鸟声灌满了校园。她拿起花瓶后面一双手套，一时还没有想到下午到邮局去寄。老詹的钟声颤动了阳光，像颤动了水，声音一半扩散，一半沉淀。

"好，当然来。我早闻见橘子香了。"

差点我说成橘子花。唢呐声消失了，也消失了湖上的雾，一种消失于不知不觉中，而并使人知觉于消失之后。

果然，半点钟之内，她换了袜子。一层轻绡从她的脚上褪去，和怜和爱她看看自己的脚尖，想起雨后在洁白的浅滩上印一湾苗条的痕迹，一种难以言说的温柔。怕太娇纵了自己，她赶快穿上一双。

小桌上两个剥了的橘子。橘子旁边是那头白猫。

"好，你是来做主人了。"

放下手里的一盒点心，一个开好的罐头，我的手指接触到白色的毛，又凉又滑。

"你是哪一班的？"

"比你低两班。"

"我怎么不认识你。"

"我是插班进去的，当中还又停了一年。"

她心里一定也笑，还不认识！

"你看过我弟弟？"

"昨天还在我表姐屋里玩来的。放学时逗他玩，不让他回去，急死了！"

"欺负小孩子，你表姐是不是那里毕业的？"

"她生了一场病，不然比我早四班。"

"那她一定在那个教室上过课，窗户外头是池塘，坐在窗户台上可以把钓竿伸出去钓鱼。我钓过一条大乌鱼，想起祖母说，乌鱼头上有北斗七星，赶紧又放了。"

"池塘里有个小岛，大概本来是座坟。"

"岛上可以拣野鸭蛋。"

"我没拣过。"

"你一定拣过，没有拣到！"

"你好像看见似的。要橘子，自己拿。那个和尚的石塔还是好好的。你从前懂不懂刻在上面的字？"

"现在也未见得就懂。"

"你在校刊上老有文章。我喜欢塔上的莲花。"

"莲花还好好的。现在若能找到我那些大作，看看，倒非常好玩。"

"昨天我在她们那儿看到好些学生作文。"

"这个多吃点不会怎么，笋，怕甚么。"

"你现在还画画么？"

"我没有速写簿子。你怎么晓得我喜欢过？"

我高兴有人提起我久不从事的东西。我实在应当及早学画。我老觉我在这方面的成就会比我将要投入的工作可靠得多。我起身取了两个橘子，却拿过那个手笼尽抚弄。橘子还是人家拿了坐到对面去剥了。我身边空了一点，因此我觉得我有理由不放下那种柔滑的感觉。

"我们在小学顶高兴野外写生。美术先生姓王，说话老是'譬如''譬如'——画来画去，大家老是画一个拥在丛树之上的庙檐；一片帆，一片远景；一个茅草屋子，黑黑的窗子，烟囱里不问早晚都在冒烟。老去的地方是东门大窑墩子，泰山庙文游台，王家亭子……"

"傅公桥，东门和西门的宝塔……"

"西门宝塔在河堤上，实在我们去得最多的地方是河堤上。老是向姓瞿的老太婆买荸荠吃。"

"就是这条河，水会流到那里。"

"你画过那个渡头，渡头左近尽是野蔷薇，香极了。"

"那个渡头……渡过去是潭家坞子。坞子里树比人还多。画眉比鸭子还多……"

"可是那些树不尽是柳树，你画的全是一条一条的。"

"……"

"那张画至今还在成绩室里。"

"不记得了，你还给人家改了画。那天是全校春季远足，王老师忙不过来了，说大家可以请汪曾祺改，你改得很仔细，好些人都要你改。"

"我的那张画也还在成绩室里，也是一条一条的。表姐昨天跟我去看过。……"

我咽下一小块停留在嘴里半天的蛋糕，想不起甚么话说，我的名字被人叫得如此自然。不自觉的把那个柔滑的感觉移到脸上，而且我的嘴唇也想埋在洁白的窝里。我的样子有点傻，我的年龄亮在我的眼睛里。我想一堆带露的蜜波花瓣拥在胸前。

　　一块橘子皮飞过来，刚好砸在我脸上，好像打中了我的眼睛。我用手掩住眼睛。我的手上感到百倍于那只猫的柔润，像一只招凉的猫，一点轻轻的抖，她的手。

　　波——岂有此理，这只小小的船安这么大一个汽笛。随着人声喧沸，脚步忽乱。

　　"船靠岸了。"

　　"这是××，晚上才能到□□。"

　　"你还要赶夜车？"

　　"大概不，我尽可以在□□耽搁几天，玩玩。"

　　"什么时候有兴给我画张画——"

　　"我去看看，姑妈是不是来接我了，说好了的。"

　　"姑妈？你要上岸了？"

　　"她脾气不大好，其实很好，说叫去不能不去。"

　　我揉了揉眼睛，把手笼交给她，看她把速写簿子放进箱子，扣好大衣领子，知道她说的是真的。

　　"箱子我来拿，你笼着这个不方便。"

　　"谢谢，是真不方便。"

当然，老詹的钟又敲起来了。风很大，船晃得厉害。每个教室里有一块黑板。黑板上写许多字，字与字之间产生一种神秘的交通，钟声作为接引。我不知道我在船上还是在水上，我是怎么活下来的。有时我不免稍微有点疯，先是人家说起后来是我自己想起。钟！

四月廿七日夜写成

廿九日改易数处，添写最后两句

一月不熬夜，居然觉得疲倦。我的疲倦引诱我

纪念我的生日，纪念几句话

载一九四六年第一卷第二期《文艺复兴》

晚饭后的故事

　　京剧导演郭庆春就着一碟猪耳朵喝了二两酒，咬着一条顶花带刺的黄瓜，吃了半斤过了凉水的麻酱面，叼着前门烟，捏了一把芭蕉扇，坐在阳台上的竹躺椅上乘凉。他脱了个光脊梁，露出半身白肉。天渐渐黑下来了。楼下的马缨花散发着一阵一阵的清香。衡水老白干的饮后回甘和马缨花的香味，使得郭导演有点醺醺然了……

　　郭庆春小时候，家里很穷苦。父亲死得早，母亲靠缝穷维持一家三口的生活——郭庆春还有个弟弟，比他小四岁。每天早上，母亲蒸好一屉窝头，留给他们哥俩，就夹着一个针线笸箩，上市去了。地点没有定准，哪里穿破衣服的人多就奔哪里。但总也不出那几个地方。郭庆春就留在家里看着弟弟。他有时也领着弟弟出去玩，去看过妈给人缝穷。妈靠墙坐在街边的一个马扎子上，在闹市之中，在车尘马足之间，在人们的腿脚之下，挣着他们明天要吃的杂和面儿。穷人家的孩子懂事早。冬天，郭庆春知道妈一定很冷；夏天，妈一定很热，很渴，很困。缝穷的冬天和夏天都特别长。郭庆春的街坊、亲戚都比较贫苦，但是郭庆春从小就知道缝穷的比许多人更卑屈、更低贱。他跟着大人和比他大些的孩子学会了说许多北京的俏皮话、歇后语："武大郎盘杠子——上下够不着。""户不拉喂饭——

不正经玩儿。"等等。有一句歇后语他绝对不说，小时候不说，长大以后也不说："缝穷的撒尿——瞅不冷子。"有一回一个大孩子当他面说了一句，他满脸通红，跟他打了一架。那孩子其实是无心说的，他不明白郭庆春为什么生那么大的气。

这个穷苦的出身，日后给他带来了无限的好处。

郭庆春十二三岁就开始出去奔自己的衣食了。

他有个舅舅，是在剧场（那会不叫剧场，叫戏园子，或者更古老一些，叫戏馆子）里"写字"的。写字是写剧场门口的海报，和由失业的闲汉扛着走遍九城的海报牌。那会已有报纸，剧场都在报上登了广告，可是很多人还是看了海报牌，知道哪家剧场今天演什么戏，才去买票的。舅舅的光景比郭家好些，也好不到哪里去。他时常来瞧瞧他的唯一的妹妹。他提出，庆春长得快齐他的肩膀高了（舅舅是个矮子），能把自己吃的窝头挣出来了。舅舅出面向放印子钱的借了一笔本钱，趸了一担西瓜。郭庆春在陕西巷口外摆了一个西瓜摊，把瓜切成块，卖西瓜。

他穿了条大裤衩，腰里插着一把芭蕉扇，学着吆唤：

"唉，闹块来！

脆沙瓤喂，

赛冰糖喂，

唉，闹块来！……"

他头一回听见自己吆唤，有一种说不出的新鲜感。他竟能吆唤得那样像。这不是学着玩，这是真事！他的弟弟坐在小板凳上看哥哥做买卖，也觉得很新鲜。他佩服哥哥。晚上，哥俩收了摊子，飞跑回家，把卖得的钱往妈面前一放：

"妈！钱！我挣的！"

妈这天给他们炒了个麻豆腐吃。

这种新鲜感很快就消失了。西瓜生意并不那样好。尤其是下雨天。他恨下雨。

有一天，倒是大太阳，卖了不少钱。从陕西巷里面开出一辆军用卡车，一下子把他的西瓜摊带翻了，西瓜滚了一地。他顾不上看摔破了、压烂了多少，纵起身来一把抓住卡车挡板后面的铁把手，哭喊着：

"你赔我！你赔我瓜！你赔我！"

卡车不理碴，飞快地往前开。

"你赔我！你赔我瓜！"

他的小弟弟迈着小腿在后面追：

"哥哥！哥哥！"

路旁行人大声喊：

"孩子，你撒手！他们不会赔你的！他们不讲理！孩子，撒手！快撒手！"

卡车飞快地开着，快开到珠市口了。郭庆春的胳膊吃不住劲了。他一松手，面朝下平拍在马路上。缓了半天，才坐起来。

脸上、胸脯拉了好些的道道。围了好些人看。弟弟直哭："哥哥！唔，哥哥！"郭庆春拉着弟弟的手往回走，一面回头向卡车开去的方向骂："我操你妈！操你臭大兵的妈！"

在水管龙头上冲了冲，用擦西瓜刀的布擦擦脸，他还得做买卖。——他的滚散了的瓜已经有好心的大爷给他捡回来了。他接着吆唤：

"唉，闹块来！

我操你妈！

闹块来！

我操你臭大兵的妈！

闹块来！"

舅舅又来了。舅舅听说外甥摔了的事了。他跟妹妹说："庆春到底还小，在街面上混饭吃，还早了点。我看叫他学戏吧。没准儿将来有个出息。这孩子长相不错，有个人缘儿，扮上了，不难看。我听他的吆唤，有点膛音。马连良家原先不也是挺苦的吗？你瞧人家这会儿，净吃蹦虾仁！"

妈知道学戏很苦，有点舍不得。经舅舅再三开导，同意了。舅舅带他到华春社科班报了名，立了"关书"。舅舅是常常写关书的，写完了，念给妹妹听听。郭庆春的妈听到："生死由命，概不负责。若有逃亡，两家寻找。"她听懂了，眼泪直往下掉。她说："孩子，你要肚里长牙，千万可不能半途而废！我就指着你了。你还有个弟弟！"郭庆春点头，说："妈，您放心！"

　　学戏比卖西瓜有意思！

　　耗顶，撕腿。耗顶得耗一炷香，大汗珠子叭叭地往下滴，滴得地下湿了一片。撕腿，单这个"撕"字就叫人肝颤。把腿愣给撕开，撕得能伸到常人达不到的角度。学生疼得直掉眼泪，抄功的董老师还是使劲地把孩子们的两只小腿往两边掰，毫不怜惜，一面嘴里说："若要人前显贵，必得人后受罪，小子，忍着点！"

　　接着，开小翻、开虎跳、前扑、蹿毛、倒插虎、乌龙搅柱、拧旋子、练云里翻……

　　这比卖西瓜有意思。

　　吃的是棒子面窝头、"三合油"——韭菜花、青椒糊、酱油，倒在一个木桶里，拿开水一沏，这就是菜。学生们都吃得很香。郭庆春在出科以后多少年，在大城市的大旅馆里，甚至在国外，还会有时忽然想起三合油的香味，非常想喝一碗。大白菜下来的时候，就顿顿都是大白菜。有的时候，师父——班主忽然高了兴，在他的生日，或是买了几件得意的古董玉器，就吩咐厨子："给他们炒蛋炒饭！"蛋炒饭油汪汪的，装在一个大缸里，管饱！撑得这些孩子一个一个挺腰凸肚。

　　师父是个喜怒无常的人。高了兴，给蛋炒饭吃，稍不高兴，就"打通堂"。全科学生，每人五板子，平均对待，无一幸免。这板子平常就供在祖师爷龛子的旁边，谁也不许碰，神圣得很。到要用的时候，"请"下来。掌刑的，就是抄功的董老师。他打学生很有功夫，节奏分明，不紧不慢，轻重如一，不偏不向。师父说一声"搬板凳！"董老师在鼻孔里塞两撮鼻烟，抹了个蝴蝶，用一块大手绢把右手腕子缠住（防止闪了腕子），学生就很自觉地从大到小挨着个儿撩起衣服，趴到板凳上，老老实实，规规矩矩，挨那份内应得的重重的五下。

"打通堂"的原因很多。几个馋嘴师哥把师父买回来放在冰箱里准备第二天吃的熏鸡偷出来分吃了；一个调皮捣蛋的学生在董老师的鼻烟壶里倒进了胡椒面了；一个小学生在台上尿了裤子了……都可以连累大家挨一顿打。

"打通堂"给同科的师兄师弟留下极其甘美的回忆。他们日后聚在一起，常常谈起某一次"打通堂"的经过，彼此互相补充，谈得津津有味。"打通堂"使他们的同学意识变得非常深刻，非常坚实。这对于维系他们的感情，作用比一册印刷精美的同学录要大得多。

一同喝三合油，一同挨"打通堂"，还一同生虱子，一同长疥，三四年很快过去了。孩子们都学会了几出戏，能应堂会，能上戏园子演出了。郭庆春学的是武生，能唱《哪吒闹海》《蜈蚣岭》《恶虎村》（后来他当了老师，给学生开蒙，也是这几出）。因为他是个小白胖子（吃那种伙食也能长胖，真也是奇迹），长得挺好玩，在节日应景戏《天河配》里又总扮一个洗澡的小仙女，因此到他已经四十几岁，有儿有女的时候，旧日的同学还动不动以此事来取笑："你得了吧！到天河里洗你的澡去吧！"

　　他们每天排着队上剧场。都穿的长衫、棉袍，冬天戴着小帽头，夏天露着刮得发青的光脑袋。从科班到剧场，要经过一个胡同。胡同里有一家卖炒疙瘩的，掌柜的是个跟郭庆春的妈差不多岁数的大娘，姓许。许大娘特别喜欢孩子——男孩子。科班的孩子经过胡同时，她总站在门口一个一个地看他们。孩子们也知道许大娘喜欢他们，一个一个嘴很甜，走过跟前，都叫她：

　　"大娘！"

　　"哎！"

　　"大娘！"

　　"哎！"

　　许大娘知道科班里吃得很苦，就常常抓机会拉一两个孩子上她铺子里吃一盘炒疙瘩。轮流请。华春社的学生几乎全吃过她的炒疙瘩。以后他们只要吃炒疙瘩，就会想起许大娘，吃的次数最多的是郭庆春。科班学生排队从许大娘铺子门前走过，大娘常常扬声叫庆春："庆春哪，你放假回家的时候，到大娘这儿弯一下。"——"哎。"

　　许大娘有个女儿，叫招弟，比郭庆春小两岁。她很爱和庆春一块玩。许大娘家后面有一个很小的院子，院里有一棵马缨花，两盆茉莉，还有几盆草花。郭庆春吃完了炒疙瘩（许大娘在疙瘩里放了好些牛肉，加了半勺油），他们就在小院里玩。郭庆春陪她玩女孩子玩的抓子儿、跳房子；招弟也陪庆春玩男孩子玩的弹球。谁输了，就让赢家弹一下脑锛儿，或是拧一下耳朵，刮一下鼻子，或是亲一下。庆春赢了，招弟歪着脑袋等他来亲。庆春只是尖着嘴，在她脸上碰一下。

"亲都不会！饶你一下，重来！"

郭庆春看见招弟耳垂后面有一颗红痣（他头二年就看到了），就在那个地方使劲地亲了一下。招弟格格地笑个不停：

"痒痒！"

从此每次庆春赢了，就亲那儿。招弟也愿意让他亲这儿。每次都格格地笑，都说"痒痒"。

有一次许大娘看见郭庆春亲招弟，说："哪有这样玩的！"许大娘心里一沉：孩子们自己不知道，他们一天一天大了哇！

渐渐的，他们也知道自己大了，就不再这么玩了。招弟爱瞧戏。她家离戏园子近，跟戏园子的人都很熟，她可以随时钻进去看一会。她看郭庆春的《恶虎村》，也看别人的戏，尤其爱看旦角戏。看得多了，她自己也能唱两段。郭庆春会拉一点胡琴。后两年吃完了炒疙瘩，就是庆春拉胡琴，招弟唱"苏三离了洪洞县""儿的父去投军无音信"……招弟嗓子很好。郭庆春松了琴弦，合上弓，常说："你该唱戏去的，耽误了，可惜！"

人大了，懂事了。他们有时眼对眼看着，看半天，不说话。马缨花一阵一阵地散发着清香。

许大娘也有了点心事。她很喜欢庆春。她也知道，如果由她做主把招弟许给庆春，招弟是愿意的。可是，庆春日后能成气候么？唱戏这玩意，唱红了，荣华富贵；唱不红，流落街头。

等二年再说吧!

残酷的现实把许大娘的这点淡淡的梦砸得粉碎: 庆春在快毕业的那年倒了仓, 倒得很苦———字不出! "子弟无音客无本", 郭庆春见过多少师哥, 在科班里是好角儿, 一旦倒了仓, 倒不过来, 拉洋车, 卖落花生, 卖大碗茶。他惊恐万状, 一身一身地出汗。他天不亮就到窑台喊嗓子, 他听见自己那一点点病猫一样的嘶哑的声音, 心都凉了。夜里做梦, 念了一整出《连环套》, "愚下保镖, 路过马兰关口……" 脆亮响堂, 高兴得从床上跳起来。一醒来, 仍然是一字不出。祖师爷把他的饭碗收去了, 他该怎么办呢? 许大娘也知道了庆春倒仓没倒过来。招弟也知道了。她们也反反复复想了许多。

郭庆春只有两条路可走: 当底包龙套, 或是改行。

郭庆春坐科学戏是在敌伪时期, 到他该出科时已经是抗战胜利, 国民党中央军来了。"想中央, 盼中央, 中央来了更遭殃。"物价飞涨, 剧场不上座。很多人连赶两包(在两处剧场赶两个角色), 也奔不出一天的嚼裹儿。有人唱了一天戏, 开的份儿只够买两个茄子, 一家几口, 就只好吃这两个熬茄子。满街都是伤兵, 开口就是"老子抗战八年!"动不动就举起双拐打人。没开戏, 他们就坐满了戏园子。没法子, 就只好唱一出极其寡淡无味的戏, 把他们唱走。有一出戏, 叫《老道游山》, 就一个角色——老道, 拿着云帚, 游山。游到哪里, "真好景致也", 唱一段, 接着再游。没有别的人物, 也没有一点故事情节, 要唱多长唱多长。这出戏本来是评剧唱, 后来京剧也唱。唱得这些兵大爷不耐烦了: "他妈的, 这叫什么戏!" 一哄而去。等他们走了，再开正戏。

很多戏曲演员都改了行了。郭庆春的前几科的师哥，有的到保定、石家庄贩鸡蛋，有的在北海管租船，有的卖了糊盐——盐炒糊了，北京还有极少数人家用它来刷牙，可是这能卖几个钱？

有嗓子的都没了辙了，何况他这没嗓子的？他在科班虽然不是数一数二的好角儿，可是是能唱一出的。当底包龙套，他不甘心！再说，当底包龙套也吃不饱呀！郭庆春把心一横：干脆，改行！

春秋两季，拉菜车，从广渠门外拉到城里。夏天，卖西瓜。冬天，卖柿子。一车青菜，两千多斤。头几回拉，累得他要吐血。咬咬牙，也就挺过来了。卖西瓜，是他的老行当。西瓜摊还是摆在陕西巷口外。因为嗓子没音，他很少吆唤。但是人大了，有了经验，隔皮知瓤，挑来的瓜个个熟。西瓜片切得很薄，显得块儿大。木板上铺了蓝布，潲了水，显着这些瓜鲜亮水淋，嗞嗞地往外冒着凉气。卖柿子没有三天的"力笨"，人家咋卖咱咋卖。找个背风的旮旯儿，把柿子挨个儿排在地上，就着路灯的光，照得柿子一个一个黄澄澄的，饱满鼓立，精神好看，谁看了都想到围着火炉嚼着带着冰碴的凉柿子的那股舒服劲儿。卖柿子的怕回暖，尤其怕刮风。一刮风，冻柿子就流了汤了。风再把尘土涂在柿子皮上，又脏又黑，满完！因此，郭庆春就盼着一冬天都是那么干冷干冷的。

卖力气，做小买卖，不丢人！街坊邻居不笑话他。他的还在唱戏和已经改了行的师兄弟有时路过，还停下来跟他聊一会。有的师哥劝他别把功撂下，早上起来也到陶然亭喊两嗓子。说是有人倒仓好几年，后来又缓过来的。没准儿，有那一天，还能归到梨园行来。郭庆春听了师哥的话，接长不短的，耗耗腿，拉拉山膀，无非是解闷而已。

郭庆春没有再去看许大娘。他拉菜车、卖西瓜、卖柿子，不怕碰见别的熟人，可就怕碰见许大娘母女。听说，许大娘搬了家了，搬到哪里，他也没打听。北京城那样大，人一分开，就像树上落下两片叶子，风一吹，各自西东了。

北京城并不大。

一天晚上，干冷干冷的。郭庆春穿了件小棉袄，蹲在墙旮旯。地面上的冷气从裆下一直透进他的后脊梁。一辆三轮车蹬了过来，车上坐了一个女的。

"三轮，停停。"

女的揭开盖在腿上的毛毯，下了车。

"这柿子不错，给我包四个。"

她扔下一条手绢，郭庆春挑了四个大的，包上了。他抬起头来，把手绢往上递：是许招弟！穿了一件长毛绒大衣。

许招弟一看，是郭庆春。

"你……这样了！"

郭庆春把脑袋低了下去。

许招弟把柿子钱丢在地下，坐上车，走了。

转过年来，夏天，郭庆春在陕西巷口卖西瓜，正吆唤着（他嗓子有了一点音了），巷里走出一个人来：

"卖西瓜的，递两个瓜来。——要好的。"

"没错！"

郭庆春挑了两个大黑皮瓜，对旁边的纸烟阁子的掌柜说："劳您驾，给照看一下瓜摊。"——"你走吧。"郭庆春跟着要瓜的那人走，到了一家，这家正办喜事。堂屋正面挂着大红双喜幔帐，屋里屋外一股炮仗硝烟气味。两边摆着两桌酒。已经行过礼，客人入席。郭庆春一看，新娘子是许招弟！她烫了发，抹了胭脂口红，耳朵下垂着水钻坠子。郭庆春把两个瓜放在旁边的小方桌上，拔腿就跑。听到后面有人喊：

"卖西瓜的，给你瓜钱！"

这是一个张恨水式的故事，一点小市民的悲欢离合。这样的故事在北京城每天都有。

北京解放了。

解放，使许多人的生活发生了急转直下的变化。许多故事产生了一个原来意想不到的结尾。

郭庆春万万没有想到，他会和一个老干部、一个科长结了婚，并且在结婚以后变成现在的郭导演。

北京解放以后，物价稳定，没有伤兵，剧场上座很好。很多改了行的演员又纷纷搭班唱戏了。他到他曾经唱过多次戏的剧场去听过几次蹭戏，紧锣密鼓，使他兴奋激动，筋肉伸张。随着锣经，他直替台上的同行使劲。

一个外地剧经到北京来约人。那个贩卖鸡蛋的师哥来找郭庆春：

"庆春，他们来找了我。我想去。我提了你。北京的戏不好唱。咱先到外地转转。你的功底我知道，这些年没有全撂下，稍稍练练，能捡回来。听你吆唤，嗓子出来了。咱们一块去吧。学了那些年，能就扔下吗？就你那几出戏，管保能震他们一下子。"

郭庆春沉吟了一会，说："去！"

到了那儿，安顿下了，剧团团长领他们几个新从北京约来的演员去见见当地文化局的领导。戏改科的杨科长接见了他们。杨科长很忙，一会儿接电话，一会在秘书送来的文件收文簿上签字，显得很果断，很有气魄。杨科长勉励了他们几句，说他们是剧团的"新血液"，希望他们发挥自己的专长，为人民服务。郭庆春连连称是。他对杨科长油然产生一种敬重之情。一个女的，能当科长，了不起！他觉得杨科长的举止动作、言谈话语，都像一个男人，不像是个女的。

重返舞台，心情紧张。一生成败，在此一举。三天"打炮"，提心吊胆。没有想到，一"炮"而红。他第一次听到台下的掌声，好像在做梦。第三天《恶虎村》，出来就有碰头好。以后"四记头"亮相，都有掌声。他扮相好，身上规矩，在台上很有人缘。他也的确是"卯上"了。经过了生活上的一番波折，他这才真正懂得在进科班时他妈跟他说的话："要肚里长牙。"他在台上从不偷工惜力，他深深知道把戏唱砸了，出溜下来，会有什么后果。他的戏码逐渐往后挪，从开场头一二出挪到中间，又挪到了倒第二。他很知足了，这就到了头。在科班时他就知道自己唱不了大轴，不是那材料。一个人能吃几碗干饭，自己清楚，别人也清楚。

杨科长常去看京剧团的戏。一半由于职务，一半出于爱好。他万万没有想到，她后来竟成了他的爱人。

郭庆春在阳台上忽然一个人失声笑了出来。他的女儿在屋里问："爸爸，你笑什么？"

他笑他们那个讲习会。市里举办了第一届全市旧艺人讲习会。局长是主任，杨科长是副主任。讲《新民主主义论》、社会发展史、政治经济学。小组讨论，真是笑话百出。杨科长一次在讲课时说："列宁说过……"一个拉胡琴的老艺人问："列宁是唱什么的？"——"列宁不是唱戏的。"——"哦，不是唱戏的，那咱们不知道。"又有一次，杨科长鼓励大家要有主人翁思想，这位老艺人没有听明白前言后语，站起来说："咱们是从旧社会来的，什么坏思想都有，就这主人翁思想，咱没有！"原来他以为主人翁思想就是想当班主的思想。

讲习会要发展一批党员。郭庆春被列为培养对象。杨科长时常找他个别谈话。鼓励他建立革命人生观，提高阶级觉悟，提高政治水平，要在政治上有表现，会上积极发言。郭庆春很认真也很诚恳地照办了。他大小会都发言。讲得最多的是新旧社会对比。他有切身感受，无须准备，讲得很真实、很生动。同行的艺人多有类似经历，容易产生共鸣。讲的人、听的人个个热泪盈眶，效果很好。讲习班结业时，讨论发展党员名单，他因为出身好，政治表现突出，很顺利地通过了。他的入党介绍人是杨科长和局长。

第一批发展的党员，回到剧团，全都成了剧团的骨干。郭庆春被提升为副团长、艺委会主任。

因为时常要到局里请示汇报工作，他和杨科长接触的机会就更多了。熟了，就不那么拘谨了，有时也说点笑话，聊点闲天。局里很多人叫杨科长杨大姐或大姐，郭庆春也随着叫。虽然叫大姐，他还是觉得大姐很有男子气。

没想到，大姐提出要跟他结婚。他目瞪口呆，结结巴巴，不知说什么好。他觉得和一个领导结婚，简直有点乱伦的味道，他想也没有想过。天地良心，他在大姐面前从来没有起过邪念。他当然同意。

杨科长的老战友们听说她结了婚，很诧异。听说是和一个京剧演员结婚，尤其诧异。她们想：她这是图什么呢？她喜欢他什么？

虽然结了婚，他们的关系还是上下级。不论是在工作上，在家里，她是领导，他是被领导。他习惯于"服从命令听指挥"，觉得这样很舒服，很幸福。

杨科长是个目光远大的人，她得给庆春（和她自己）安排一个远景规划的蓝图。庆春目前一切都很顺利，但要看到下一步。唱武生的，能在台上蹦跶多少年呢？照戏班里的说法，要找一个"落劲"。中央戏剧学院举办导演训练班，学员由各省推荐。市里分到一个名额，杨科长提出给郭庆春，科里、局里都同意。郭庆春在导演训练班学了两年，听过苏联专家的课，比较系统地知道斯坦尼斯拉夫斯基体系。毕业之后，回到剧团，大家自然刮目相看。这个剧团原来没有导演，要排新戏，排《三打祝家庄》《红娘子》，不是向外地剧团学，"刻模子"，就是请话剧团的导演来排。郭庆春学成归来，就成了专职导演。剧团里的人，有人希望他露两手，有人等着看他的笑话。接连排了两个戏，他全"拿"下来了。他并没有用一些斯坦尼的术语去唬人，他知道那样会招人反感。他用一些戏曲演员所熟悉、所能接受的行话临场指挥。比如，他不说"交流"，却说"过电"——"你们俩得过电哪！"他不说什么"情绪的记忆"这样很玄妙的词儿，他只说是"神气"。"你要长神气——长一点，再长一点！"他用的舞台调度也无非还是斜胡同、蛇蜕皮……但是变了一下，就使得演员既"过得去""走得上来"，又觉得新鲜。郭导演的威信建立起来了。从此，他不上舞台了。有时，有演员病了，他上去顶一角，人们就要竖大拇指："瞧人家郭导演，不拿导演架子！好样儿的！"

不但在本剧团，外剧团也常请他。京剧、评剧、梆子，他全导过。一通百通，应付裕如。他导的戏，已经不止一出拍成了戏曲艺术片。郭庆春三个字印在影片的片头，街头的广告上。

他不会再卖西瓜，卖柿子了。

他曾经两次参加戏剧代表团出国，到过东欧、苏联，到过朝鲜。他听了曾经出过国的师哥的建议，带了一包五香粉，一瓶酱油，于是什么高加索烤羊肉、带血的煎牛排，他都能对付。他很想带一罐臭豆腐，经同行团员的劝阻，才没有带。量服装的时候，问他大衣要什么料子，他毫不迟疑地说："长毛绒！"服装厂的同志说在外国，男人没有穿长毛绒的，这才改为海军呢。

他在国外照了好多照片，黑白的，还有彩色的。他的爱人一张一张地贴在仿古缎面的相册上。这些照片上的郭庆春全都是器宇轩昂，很像个大导演。

由于爱人的活动（通过各种"老战友"的关系），他已经调到北京的剧团里来了。他的母亲还健在。他的弟弟由于他的资助，上了学，现在在一家工厂当出纳。他有了一个女儿。已经上小学了。他有一套三居室的单元。他在剧团里自然也有气儿不顺的时候：为一个戏置景置装的费用、演员的"人位"，和领导争得面红耳赤，摔门，拍桌子；偶尔有很"个"的演员调皮捣蛋"吊腰子"，当面顶撞，出言不逊，气得他要休克，但是这样的时候不多，一年也只是七八次。总的说来，一切都很顺利。他对自己的生活很满意。因为满意，就没有理由不发胖，于是就发胖了。

他的感情是平稳的、柔软的、滑润的，像一块奶油（从国外回来，他养成爱吃奶油的习惯）。

今天遇见了一件事，使他的情绪有一点小小的波动。

　　剧团招收学员，他是主考。排练厅里摆了一张乒乓球案子，几把椅子。他坐在正中的一把上。像当初他进科班时被教师考察一样，一个一个考察着来应试的男孩子、女孩子。看看他们的相貌、体格，叫他们唱两句，拉一个山膀，踢踢腿——来应试的孩子多半在家里请人教过，都能唱几句，走几个"身上"。然后在名单上用铅笔做一些记号。来应试的女孩子里有一个叫于小玲。这孩子一走出来，郭庆春就一愣，这孩子长得太像一个人了。他有点走神。于小玲的唱（她唱的是"苏三离了洪洞县"），所走的"身子"，他都没有认真地听，看，名单上于小玲的名字底下，什么记号也没有做。

　　学员都考完了，于小玲往外走。郭庆春叫住她：

　　"于小玲。"

　　于小玲站住：

　　"您叫我？"

　　"……你妈姓什么？"

　　"姓许。"

　　没错，是许招弟的女儿。

　　"你爸爸……对，姓于。他还好吗？"

　　"我爸死了，有五年了。"

　　"你妈挺好？"

　　"还可以。"

"……她还是那样吗？"

"您认得我妈？"

"认得。"

"我妈就在外面。妈——！"

于小玲走出排练厅，郭庆春也跟着走出来。

迎面走过来许招弟。

许招弟还那样，只是憔悴瘦削，显老了。

"妈，这是郭导演。"

许招弟看着郭庆春，很客气地称呼一声：

"郭导演！"

郭庆春不知怎么称呼她好，也不能像小时候一样叫她招弟，只好含含糊糊地应了一声，问道：

"您倒好？"

"还凑合。"

"多年不见了。"

"有年头了。——这孩子，您多关照。"

"她不错。条件挺好。"

"回见啦。"

"回见！"

许招弟领着女儿转身走了。郭庆春看见她耳垂后面那颗红痣，有些怅惘。

以上，是京剧导演郭庆春在晚饭之后，微醺之中，闻着一阵一阵的马缨花的香味时所想的一些事。想的时候自然是飘飘忽忽、断断续续的。如果用意识流方法照实地记录下来，将会很长。为省篇幅，只能挑挑拣拣，加以剪裁，简单地勾出一个轮廓。

郭导演想：……一个人走过的路真是很难预料。如果不是解放了，他会是什么样子呢？也许还是卖西瓜、卖柿子、拉菜车？……如果他出科时不倒仓，又会是什么样子呢？也许他就唱红了，也许就会和许招弟结了婚。那么于小玲就会是他的女儿，她会不姓于，而姓郭？……

他正在这样漫无边际地想下去，他的女儿在屋里娇声喊道：

"爸，你进来，我要你！"

正好夹在手里的大前门已经吸完，烟头烧痛了他的手指，他把烟头往楼下的马缨花树帽上一扔，进屋去了。

第二天，郭导演上午导了一场戏，中午，几个小青年拉他去挑西瓜。

"郭导演，给我们挑一个瓜。"

"去一边去！当导演的还管挑西瓜呀！"

但还是被他们连推带拽地去了。他站在一堆西瓜前面巡视一下，挑了一个，用右手大拇指按在瓜皮上，用力往前一蹭，放在耳朵边听一听，轻轻拍一下：

"就这个！保证脆沙瓤。生了，瘪了，我给钱！"

他抄起案子上的西瓜刀，一刀切过去，只听见喀嚓一声，瓜裂开了：薄皮、红瓤、黑籽。

卖瓜的惊奇地问：

"您卖过瓜？"

"我卖瓜的那阵，还没有你哪！哈哈哈哈……"

他大笑着走回剧团。谁也不知道他的笑声里包含了多少东西。

过了几天，招考学员发了榜，于小玲考取了。人们都说，是郭导演给她使了劲。

载一九八一年第一期《人民文学》